Un patron si attirant

*

La surprise d'une sage-femme

SCARLET WILSON

Un patron si attirant

Traduction française de
ADELINE MAGNE

BLANCHE

HARLEQUIN

Collection : Blanche

Titre original :
A TOUCH OF CHRISTMAS MAGIC

Ce roman a déjà été publié en 2016

HARPERCOLLINS FRANCE
83-85, boulevard Vincent-Auriol, 75646 PARIS CEDEX 13
Service Lectrices — Tél. : 01 45 82 47 47 - www.harlequin.fr
ISBN 978-2-2804-6478-9 — ISSN 0223-5056

Composé et édité par HarperCollins France.
Imprimé en novembre 2021 par CPI Black Print (Barcelone)
en utilisant 100% d'électricité renouvelable.
Dépôt légal : décembre 2021.

FSC www.fsc.org MIXTE Papier issu de sources responsables FSC® C159065

Pour limiter l'empreinte environnementale de ses livres, HarperCollins France s'engage à n'utiliser que du papier fabriqué à partir de bois provenant de forêts gérées durablement et de manière responsable.

1.

Bonnie sortit de l'école, le cœur lourd.

Pourvu que tout se passe bien…

Elle sentit une coulée de sueur lui glisser le long du dos : même en novembre, le temps était beaucoup plus doux ici qu'en Ecosse, et elle étouffait sous son épais manteau d'hiver.

Quand elle se retourna vers le bâtiment, elle vit derrière la fenêtre le minois de Freya tendu vers elle. La fillette leva la main pour lui faire un petit signe, et elle le lui rendit avec un enthousiasme forcé.

Les boucles rousses de Freya s'échappaient déjà de ses tresses. C'était bien la peine de s'être donné tant de mal pour la coiffer ce matin ! De toute façon, lorsqu'elle la récupérerait en fin de journée, ses cheveux ne ressembleraient plus à rien, comme d'habitude.

L'instituteur s'approcha de la fenêtre et, l'apercevant, éloigna l'enfant.

Zut. A coup sûr, il l'avait cataloguée parmi les parents stressés.

Pourtant, ce n'était pas son genre de s'inquiéter. Seulement, arrivée la veille avec en tout et pour tout quatre valises, elle était juste un peu sur les nerfs. Sans parler de l'hôtel miteux dans lequel elles avaient atterri. A peine entrée dans la chambre, elle avait été prise à la gorge par l'odeur de moisi. Une chance que Freya n'ait pas fait une crise d'asthme pendant la nuit… Quoi qu'il en soit, d'ici la période des fêtes, il fallait absolument qu'elle trouve un logement plus convenable.

Que n'aurait-elle donné pour déménager dans des délais moins courts ! Mais le responsable de la maternité avait été inflexible sur la date de sa prise de poste. La sage-femme en chef avait dû anticiper son congé de maternité en raison de problèmes médicaux, et le service avait besoin d'une remplaçante qualifiée dans les plus brefs délais.

De son côté, elle n'était vraiment pas en mesure de dire non. Ce boulot à Cambridge, c'était sa seule chance de pouvoir quitter rapidement l'Ecosse. Et Dieu sait qu'elle avait besoin de partir ! Par ailleurs, autant l'avouer, la perspective de travailler dans un établissement aussi prestigieux que la maternité royale de Cambridge était très tentante. La réputation de cet hôpital vieux de deux siècles n'était plus à faire, et l'offre de recrutement avait tout de suite attiré son attention, de sorte que, un soir, dans un élan de chagrin et de colère, elle avait postulé. A sa grande surprise, ils lui proposaient dès le lendemain par e-mail un entretien téléphonique. Et lorsque, le jour suivant, ils lui avaient annoncé qu'elle était engagée, elle n'en avait pas cru ses oreilles.

Dès lors, tout était allé très vite. Après leur avoir fait parvenir en catastrophe des lettres de références et un certificat médical, elle avait reçu une offre formelle pour une prise de poste immédiate. Fort heureusement, son ancien chef, qui était au courant de sa situation, avait consenti à lui accorder un préavis de seulement quinze jours. Ces quinze jours avaient filé comme une flèche.

Et pour ne pas arranger les choses, cette première journée était mal partie. D'habitude docile, Freya avait pleuré et traîné des pieds sur le chemin de l'école.

Immobile, Bonnie retint son souffle.

Un moment s'écoula, la fenêtre demeurait vide. Apparemment, l'instituteur avait réussi à apprivoiser Freya.

Poussant un soupir de soulagement, elle regarda sa montre.

Bon sang ! Elle allait arriver en retard !

Elle courut jusqu'à l'arrêt de bus en se promettant d'acheter une voiture dès que possible, puis téléphona à la maternité et laissa un message sur le répondeur de son nouveau chef.

Comme entrée en matière, il y avait mieux, mais qu'y pouvait-elle ? Après tout, il savait qu'elle était arrivée la veille et qu'elle devait déposer sa fille à sa nouvelle école. Mais quand même, c'était un mauvais départ, d'autant plus qu'il lui fallait aussi s'acquitter de formalités administratives et pratiques avant de pouvoir travailler à proprement parler.

Par bonheur, le bus apparut presque tout de suite. Elle se laissa tomber sur un siège libre et se permit d'admirer la belle ville dans laquelle elle avait décidé sur un coup de tête de venir vivre.

Un coup de tête, certes, motivé par la rancœur d'avoir trouvé son mari au lit avec sa meilleure amie. Ce souvenir continuait de la blesser, même si elle se sentait à présent un peu soulagée. Sitôt le divorce prononcé, elle s'était mise en quête d'un travail pour démarrer une nouvelle vie. Elle avait besoin de tourner la page, et cet emménagement dans une ville chargée d'histoire comme Cambridge avait quelque chose d'excitant.

Un léger sourire aux lèvres, elle observa les rues bordées de monuments. Enfin, elle aperçut la masse imposante de l'hôpital, et un frémissement la parcourut.

Voilà. C'était là !

En descendant du bus, elle embrassa la bâtisse du regard : une nouvelle vie pour une nouvelle ville.

Dire que Jacob Layton était énervé serait un euphémisme. Il était positivement furieux, comme d'habitude ces derniers temps. Il était connu pour détester la désorganisation, le désordre. Sa grande fierté, c'était de faire tourner son service comme sur des roulettes. Avec lui, l'incompétence n'était pas tolérée, et il n'hésitait pas une seconde à se débarrasser des canards boiteux dans son équipe. Sévère ? Sans doute, mais pouvait-on agir autrement, lorsqu'il en allait de la santé des patientes et de leurs bébés ? Les femmes qui avaient choisi d'accoucher dans cet établissement étaient en droit d'attendre les meilleurs soins, et il lui appartenait de les leur garantir.

Hélas, ce matin, tout allait de travers. Aucun tableau de planning n'était à jour, il ne savait même pas quelle patiente se trouvait dans quelle chambre. Des notes de cas jonchaient pêle-mêle le bureau des infirmières dans un méli-mélo de Post-it multicolores. Et, comme de bien entendu, personne à l'horizon.

« Hé, vous êtes tous en vacances, ou quoi ? »

Les poings sur les hanches, il bouillonnait littéralement de colère.

Une sage-femme apparut, apeurée. Elle trottina comme une souris vers le bureau, les yeux fixés sur ses chaussures, tandis qu'un jeune médecin s'approchait lentement, dans l'espoir manifeste que sa collègue essuierait ses foudres à sa place. Toutefois, il ne perdait rien pour attendre.

La sage-femme tendit des papiers d'une main qui tremblait légèrement.

— Vous aviez demandé ces notes, je crois. J'étais justement en train d'examiner Mme Clark. Tout va bien.

Jacob lui arracha les feuilles et les parcourut avec rapidité. Par bonheur, l'état de Mme Clark s'améliorait.

— Bien, dit-il d'une voix qu'il s'efforça de garder neutre. Allez lui dire que je passerai la voir sans tarder.

Comme elle s'empressait de partir, l'interne esquissa le geste de s'en aller à son tour.

— Jenkins !

Il se figea aussitôt et blêmit.

Jacob se saisit d'une liasse de notes qu'il laissa tomber une à une sur le bureau en les énumérant d'une voix allant crescendo, vibrante de colère.

— Mme Bates a besoin d'un bilan sanguin, Mme Kelly doit subir un test de contrôle. Où en est l'examen cardiaque de Lucy Evans ? Elle a été admise il y a six heures. Faites-le, tout de suite.

L'interne hocha brièvement la tête.

— Oui, docteur Layton.

Tournant les talons, l'interne se sauva dans le couloir.

Jacob soupira.

Décidément, depuis qu'Abby était partie en congé maternité, ce service allait à vau-l'eau. Les quatre autres sages-femmes étaient excellentes au bloc, mais elles n'avaient aucune capacité d'organisation. Une nouvelle recrue devait arriver aujourd'hui pour remédier à la situation actuelle. Il ne demandait qu'à le croire, mais il venait de lire le CV de Bonnie Reid : il s'agissait d'une Ecossaise spécialisée dans la surveillance pré- et postnatale à domicile. Il comprenait mal comment elle arriverait à s'adapter à la routine d'une unité hospitalière. Et puis, elle était en retard, ce qui achevait de l'énerver.

Il regarda de nouveau sa montre : 9 h 30, et la nouvelle n'était toujours pas là !

Comme en réponse, les portes au fond du couloir s'ouvrirent brusquement.

Ah, enfin ! Ce devait être elle.

En blouse bleue et baskets rose vif, la jeune femme avait noué ses cheveux roux en une espèce de chignon qui défiait les lois de la gravité. Cette coiffure, plus ses jolies courbes que la blouse informe ne parvenait pas à dissimuler, lui firent songer à un poster qu'il avait affiché dans sa chambre, adolescent. Malgré son énervement, ce souvenir lui fit venir un sourire aux lèvres.

A la façon dont ses mains jouaient avec son badge et dont elle semblait se contraindre à ralentir le pas, elle donnait l'impression d'être nerveuse. Le comble, c'était qu'elle ne paraissait même pas avoir remarqué qu'il l'attendait, posté devant le bureau des infirmières. Au lieu de ça, elle s'arrêtait devant chaque porte pour se présenter aux divers membres de l'équipe. Il la vit même entrer dans une chambre pour en ressortir un instant plus tard, chargée d'un sac de linge sale qu'elle déposa dans le conteneur à cet effet. Elle réinstalla au passage deux flacons de désinfectant pour les mains et rangea le plateau d'un chariot d'urgence cardiaque.

Posté devant la porte, il la regardait venir vers lui.

De loin, elle n'était pas mal du tout, mais, de près, elle était encore plus intéressante. La lumière agressive de l'éclairage électrique renforçait la pâleur de son teint parsemé de taches de rousseur. Elle avait des yeux magnifiques, d'un bleu sombre presque noir, assez inhabituel chez une rousse. Quoique ses cheveux fussent plutôt châtains avec des reflets acajou.

— Bonnie Reid ? dit-il comme elle arrivait à sa hauteur. Comme c'est gentil de nous rejoindre enfin !

Elle le dévisagea avec une expression indéchiffrable et, au coup d'œil qu'elle lui jeta, il sentit une émotion étrange le remuer.

Ça faisait longtemps qu'une femme ne lui avait pas fait un tel effet. Etait-ce à cause de ce contraste entre ses yeux sombres et son teint d'albâtre ou en raison du regard dédaigneux qu'elle lui lança en entrant dans la salle de soins pour se laver les mains ? A moins qu'il ne se fasse des idées…

Mais non. Il devinait, à son visage, que cette femme avait un vécu assez chargé. Il lui donnait la petite trentaine tout au plus. Comme elle s'essuyait les mains, il remarqua qu'elle ne portait pas d'alliance. Depuis quand n'avait-il pas fait attention à ce genre de détail ?

Elle daigna enfin se tourner vers lui.

— Je suis Bonnie Reid, et je viens d'intégrer l'équipe des sages-femmes de la maternité royale de Cambridge. Vous êtes ?

La manière dont elle s'adressait à lui l'énerva aussitôt. Il n'avait jamais été du genre à faire valoir son rang, surtout devant une nouvelle recrue, mais…

— Dr Jacob Layton, responsable de l'unité d'obstétrique à la maternité royale de Cambridge, tonna-t-il.

Tout à coup, quasiment toutes les portes du couloir s'ouvrirent, et plusieurs infirmières et médecins apparurent. On aurait dit qu'une boîte de chocolats ou un plateau de gâteaux étaient apparus par magie dans le bureau du personnel.

De là à croire que tout le monde l'évitait chaque matin, il n'y avait qu'un pas !

Sans se laisser démonter, Bonnie pointa un doigt vers sa poitrine.

— Vous devriez porter un badge, docteur Layton. Autrement, comment voulez-vous que je devine qui vous êtes ?

Il sentit son énervement grimper d'un cran. La patience n'était pas son fort et, dans toute autre circonstance, il l'aurait remise à sa place. Il s'en abstint, cependant, parce qu'il ne savait pas s'il devait lui adresser une réprimande ou sourire. En fait, elle ne faisait que réagir à sa pique.

— Appelez-moi Jacob comme tout le monde, dit-il d'une voix calme.

Menteur ! La plupart des membres du service étaient bien trop intimidés pour se permettre ce genre de familiarité avec lui.

L'espace d'une seconde, leurs regards se mêlèrent, et il sentit un frémissement le parcourir. Quand avait-il ressenti cela ? Pas durant cette dernière année, en tout cas.

Elle lui tendit la main avec un bref hochement de tête.

— Et vous, appelez-moi Bonnie.

Dès qu'il eut saisi sa main, il sut qu'il n'aurait pas dû. Le contact de cette paume tiède dans la sienne, cette connexion, c'était justement ce qui lui avait manqué pendant tout ce temps.

Il se libéra d'un geste brusque qui la surprit.

— Vous êtes en retard, dit-il d'un ton plus sec qu'il ne l'aurait voulu.

La main de Bonnie resta un instant levée, comme suspendue dans le vide, avant de retomber lentement. Elle redressa les épaules en le toisant d'un regard rétréci.

— En effet, je suis en retard.

Manifestement, elle n'avait pas l'intention de s'excuser.

Elle le cherchait, ou quoi ? Elle était nouvelle et travaillait sous ses ordres. Elle devait respecter l'heure, point final, d'autant plus que Valérie avait pensé à elle pour un poste de sage-femme en chef. Mais pour cela, encore faudrait-il qu'elle fasse l'affaire.

— Vous étiez attendue pour 9 heures. Les retards ne sont pas tolérés dans cet établissement, par égard pour les patients et pour le bon fonctionnement du service.

Pour le coup, elle eut l'air un peu soucieuse.

— J'ai dû déposer ma fille à la maternelle avant de venir. Nous sommes arrivées toutes les deux d'Ecosse hier, tard le soir. C'était son premier jour d'école, et je tenais à m'assurer que tout se passait bien.

Elle jeta un coup d'œil par-dessus son épaule, comme pour prendre quelqu'un à témoin.

— J'ai laissé un message sur le répondeur de la responsable des sages-femmes. Elle est au courant de ma situation.

Cette explication acheva d'énerver Jacob.

Valérie ne lui avait rien dit de la « situation » de la nouvelle recrue. En plus, il détestait qu'un collaborateur utilise des prétextes pour arriver en retard ou ne pas faire une garde.

— Tout le monde a des soucis. Ce n'est pas une raison pour ne pas être à l'heure au travail. Les patients sont une priorité absolue.

Empourprée, Bonnie se raidit, et ses yeux sombres lancèrent des éclairs.

— Rassurez-vous, cela a toujours été ma règle de conduite. D'ailleurs, en venant à votre rencontre, je me suis occupée de deux patientes. Pouvez-vous en dire autant ? Pendant que vous étiez planté là à m'attendre, étiez-vous disponible pour le travail ?

Il ouvrit des yeux ronds.

Cette femme venait à peine d'arriver et elle lui demandait des comptes ? S'il n'avait tenu qu'à lui, il l'aurait virée sur-le-champ ! Malheureusement, il ne pouvait pas se le permettre.

— D'après votre CV, vous avez surtout travaillé dans un environnement rural, en Ecosse. Cela n'a pas grand-chose à voir avec la routine d'un grand service hospitalier urbain.

Serez-vous capable de vous adapter sans avoir besoin d'une remise à niveau ?

Bonnie posa les poings sur les hanches d'un air ulcéré.

— Mes compétences et qualifications sont largement à la hauteur. Pour la seule année passée, j'ai dû prendre en charge une dystocie des épaules, un prolapsus du cordon ombilical, une stagnation du travail, une présentation par le siège et un accouchement compliqué d'une hémorragie. Ça vous suffit ?

Elle esquissa le geste de s'éloigner, avant de se raviser.

— Encore une chose. J'ai l'habitude de travailler avec les moyens du bord. Lorsque j'intervenais pour des accouchements à domicile, je devais me débrouiller toute seule, sans la moindre assistance. Je ne pouvais compter que sur moi-même. Pensez-vous toujours que j'aie besoin d'une « remise à niveau », comme vous dites ?

Pas de doute, il avait touché un point sensible. Que ça lui serve de leçon : caressée dans le mauvais sens du poil, Bonnie Reid n'hésitait pas à mordre. A juste titre, d'ailleurs. Avec un pedigree pareil, il était normal qu'elle se sente insultée. Même pour une sage-femme exerçant en hôpital, de tels faits d'armes auraient été impressionnants. Or Bonnie travaillait seule, au domicile des patientes… Il lui tirait son chapeau.

Mais Bonnie n'en resta pas là.

— Par ailleurs, *docteur* Layton, dit-elle en insistant sur le « docteur ». Mon expérience ne se cantonne pas à la seule prise en charge des accouchements. Ces dix dernières années, je me suis occupée de femmes et d'enfants du tout début de la grossesse jusqu'à bien après la naissance. J'ai dû faire face à un grand nombre de facteurs sociaux et cliniques susceptibles de perturber la santé des mamans et des bébés. Travailler au domicile des patientes, cela n'a rien à voir avec une pratique en hôpital. Je suis aguerrie à tous les cas de figure : problèmes d'isolement, complications postopératoires ou néonatales, psychose ou dépression post-partum, violence domestique… Cette liste n'est pas exhaustive.

En parfait imbécile qu'il était, il n'avait pas songé une seule seconde qu'il paraissait douter de ses compétences devant tout le service. Elle le remettait à sa place, mais il l'avait bien mérité, en la rabaissant ainsi devant des collègues qu'elle allait être appelée à diriger. Sacré brin de femme que cette Bonnie Reid…

Mais alors, pourquoi avait-elle lâché son poste pour venir ici ?

— En effet, votre expérience semble tout à fait conséquente. Du coup, qu'est-ce qui vous a poussée à déménager si loin de l'Ecosse ? ne put-il s'empêcher de demander.

Le regard de Bonnie s'assombrit.

— J'ai trouvé mon mari au lit avec ma meilleure amie. Ça vous suffira, comme raison ?

Ces paroles tombèrent dans un silence retentissant.

Ecarlate, Bonnie porta une main devant sa bouche.

Qu'est-ce qu'il lui avait pris de dire une chose pareille ? Tout ça, c'était la faute de ce Jacob Layton. Comme si elle n'était pas suffisamment stressée aujourd'hui, ce type n'avait cessé de la déstabiliser. Déjà, tout à l'heure, lorsqu'elle avait parcouru le couloir, elle s'était sentie mise à nu par son regard. Et depuis qu'il lui avait adressé la parole, tout ce qu'il avait dit lui avait mis les nerfs en pelote. Comme prise de contact, on pouvait rêver mieux !

Pourtant, il était hors de question qu'elle fasse le gros dos. Finie, l'époque où elle s'accommodait de l'indifférence et de la grossièreté des autres.

Pour ajouter à son trouble, ce chef de service avait un physique de tombeur, avec des yeux d'un vert intense. Et il la regardait fixement, les lèvres incurvées en un demi-sourire, comme si elle l'amusait. Elle aurait été prête à parier que, en s'approchant un peu, elle aurait vu des paillettes dorées danser dans ses prunelles.

— Suivez-moi, je vous prie, dit-il d'un ton sec.

Il la précéda dans son bureau et referma la porte derrière eux.

— Veuillez vous asseoir, dit en la fixant d'un regard qui lui donna la chair de poule.

Une violente sensation de malaise s'empara d'elle. Elle avait l'impression d'être invitée à prendre place sur la chaise du condamné.

Allait-il la virer avant même qu'elle n'ait commencé ?

Elle se balança nerveusement sur ses pieds et se tordit les mains sans presque s'en rendre compte.

— Ecoutez, je suis désolée. Je ne sais pas ce qu'il m'a pris…

Jamais, dans ses pires cauchemars, elle n'aurait imaginé une situation pareille. Ce n'était pas tant le fait de s'être ridiculisée devant son nouveau chef qui l'alarmait le plus. Elle ne se pardonnait pas d'avoir parlé publiquement de ses déboires matrimoniaux. Qu'est-ce qu'il lui avait pris, bon sang ? Autant proclamer partout qu'elle était nulle au lit !

A des moments comme celui-ci, elle regrettait vraiment l'épaisse tunique blanche et le pantalon bleu marine qu'elle avait l'habitude de porter dans son précédent poste. Malheureusement, la plupart des maternités imposaient le port de ces blouses bien trop légères à son goût.

De nouveau, le Dr Layton lui indiqua un siège.

— Asseyez-vous.

Comme chaque fois qu'elle se sentait acculée, un élan de panique s'empara d'elle, et un flot de paroles lui échappa.

— Je vous interdis de me reparler de la sorte devant des collègues. Ce n'était pas professionnel. Si vous avez des doutes quant à mes compétences, faites-le-moi savoir en privé ou par la personne qui m'a recrutée. D'ailleurs, en y réfléchissant, vous pourriez attendre d'avoir travaillé un peu avec moi avant de vous faire une idée. Si ça se trouve, c'est moi qui mettrais en doute vos aptitudes, dit-elle encore, les poings sur les hanches.

Cette fois-ci, elle avait poussé le bouchon trop loin, elle s'en rendit compte à son expression choquée.

C'était classique : lorsqu'elle était nerveuse, elle n'arrivait pas à se taire. Cette matinée allait de mal en pis ! Pour un peu, elle aurait pris ses jambes à son cou.

Elle inspira profondément et s'assit.

— Ecoutez…, déclara-t-elle.

Mais Jacob Layton leva la main pour l'interrompre et se passa les doigts dans les cheveux.

Bizarre, ce geste. Souvent, il s'agissait d'un signe de fatigue ou d'énervement. Or, il ne semblait ni fatigué ni énervé.

— Vous avez raison, dit-il. Je n'aurais pas dû mettre en doute vos compétences. Mais pour en revenir à l'essentiel, j'aurais préféré vous voir arriver ce matin à 9 heures. Notre prise de contact aurait sans doute été plus facile. Pensez-vous que vous aurez du mal à respecter cet horaire ?

Elle secoua rapidement la tête.

— Non, pas du tout. Mon retard de ce matin était tout à fait exceptionnel.

Il eut un hochement imperceptible.

— Je tiens compte du fait que vous êtes arrivée juste hier. Avez-vous un moyen de faire garder votre fille ? ajouta-t-il en fronçant légèrement les sourcils.

Elle se crispa de nouveau. Encore une fois, il la prenait à rebrousse-poil.

— J'espère bien ! J'ai une amie assistante maternelle qui a accepté de s'occuper de Freya le matin et après l'école.

— Mais pour les week-ends et les nuits ?

Elle ouvrit de grands yeux.

— On m'a dit que je ne serais pas d'astreinte la nuit… Que vous aviez des équipes pour ces horaires ?

Il hocha la tête.

— C'est vrai. Mais mettons que vous soyez appelée à effectuer des gardes ?

Elle s'efforça de garder son calme.

Elle avait déjà perdu patience avec lui et n'avait pas envie de recommencer. Après tout, son chef de service n'était pour rien dans le fait que le déménagement l'avait mise sur les rotules. Ou dans le fait que Freya avait été pénible ce matin. Ou que cet hôtel n'était pas un logement convenable. Non, il n'était pour rien dans ses problèmes.

Elle désirait être en bons termes avec cet homme. Certes, il était un peu bourru, mais elle avait vu pire, et elle ne doutait pas de l'amener à de meilleures dispositions à son égard. Mais pour cela, encore fallait-il qu'elle lui tende une perche.

— Jacob, je ne pense pas que vous soyez autorisé à me demander cela.

Il se renversa sur son siège, les sourcils froncés.

— Ah bon ? Et pourquoi ?

— Réfléchissez. Franchement, poseriez-vous ce genre de questions à un homme ? Imaginez que je vous interroge sur vos solutions pour faire garder vos enfants, si vous en avez. Comment le prendriez-vous ?

Jacob la considéra en silence. Visiblement, ces paroles avaient fait mouche.

— Eh bien… Mal, finit-il par répondre.

Il se prit la tête dans les mains et soupira, puis se redressa avec un sourire contrit.

— Désolé.

— Je vous en prie, fit-elle avec un bref hochement de tête.

Les épaules de Jacob se détendirent.

— En fait, si, j'avais une bonne raison pour vous poser ces questions.

Elle haussa les sourcils, surprise.

— Ah bon ?

Il opina lentement.

— Oui. Notre sage-femme en chef, Valérie Glencross, a suggéré de vous offrir une promotion.

Elle eut un sursaut d'étonnement. Elle s'était attendue à tout, sauf à cela !

— C'est vrai ?

— Tout à fait.

Leurs regards s'accrochèrent, et pendant un bref instant elle eut l'impression que le temps s'était figé. Elle était prisonnière de ses yeux verts qui étincelaient. Elle ne s'était pas trompée : de minuscules paillettes dorées irisaient le regard de Jacob Layton, le plus beau regard masculin qu'elle ait jamais vu. Elle sentit son cœur battre plus vite.

— Apparemment, votre CV l'a beaucoup impressionnée et votre entretien téléphonique s'est bien déroulé. Valérie tenait à ce que je vous demande si vous accepteriez d'encadrer à titre temporaire l'équipe des sages-femmes.

— Moi ? Mais vous avez du personnel expérimenté, non ? Ne vaudrait-il pas mieux faire appel à quelqu'un qui connaisse déjà le service ?

Jacob émit un petit rire.

— Cela paraîtrait logique, en effet. Le problème, c'est que, malgré leur expertise clinique indéniable, nos sages-femmes ne brillent pas par leurs capacités d'organisation. Valérie m'a dit que vous avez été sage-femme en chef. Je crois qu'un peu de sang neuf ne nous ferait pas de mal.

Il soupira avant de poursuivre.

— Jusqu'à ces derniers temps, Abby gérait l'équipe des sages-femmes, mais elle a dû anticiper son congé de maternité et, depuis qu'elle est partie, c'est le chaos. Je ne m'étais pas rendu compte à quel point le service reposait sur ses épaules, et, à vrai dire, je m'en veux, dit-il en secouant légèrement la tête. Je me demande si le stress n'a pas joué un rôle dans ses problèmes de grossesse.

— Elle va bien ?

Il fit oui de la tête.

Bonnie sourit.

— Dans ce cas, on ne peut pas dire que vous me donniez envie de travailler ici. D'ailleurs, étant donné la façon dont nous nous sommes rencontrés, êtes-vous toujours disposé à m'offrir ce poste ?

Il se redressa sur son siège et lui décocha un sourire qui la fit frissonner jusqu'au bout des doigts.

— OK, je recommence. Bonnie Reid, sur la base de votre CV, nous avons jugé que vous seriez un bel atout pour notre équipe. Vous êtes, je suppose, au courant de la réputation de la maternité royale de Cambridge. Nous sommes une unité d'excellence, qui recrute parmi les meilleurs médecins et sages-femmes. En outre, nous avons tissé des liens de partenariat avec l'université de Cambridge et sommes à l'avant-garde dans la mise en place de nombreuses techniques innovantes. Nos collaborateurs sont rompus à leur métier. Tout ce qu'il nous manque, c'est une aide pour l'organisation du service.

Il se pencha en avant.

— Et oui, je tiens à vous proposer ce poste. En cinq ans, vous êtes la première personne à nous répondre aussi vite.

Incapable de détacher son regard du sien, elle resta silencieuse.

Il était si près qu'elle pouvait détailler chaque mèche de ses cheveux sombres, les minuscules rides qui encadraient ses yeux, ses belles dents, blanches et régulières. Quel homme… Et pourtant, elle était sûre que Jacob Layton ne se résumait pas à une belle gueule. Elle devinait en lui un médecin dévoué corps et âme à son métier. A présent, il lui semblait tout à fait sympathique. Mais pourquoi avait-il été aussi désagréable ?

— Alors, qu'est-ce que vous en dites ?

Elle lui sourit.

— C'est déjà beaucoup mieux.

Il se laissa retomber sur son siège, visiblement soulagé.

— Ouf ! Dieu merci.

Elle prit une profonde inspiration.

— Ce travail est très important pour moi. Plus qu'un boulot, c'est un tournant dans ma vie, et je tiens absolument à le réussir.

Jacob hocha la tête tout en pianotant du bout des doigts sur le bureau.

— Si je vous ai interrogée sur vos solutions pour faire garder votre fille, c'est pour une raison bien précise. Si vous acceptez ce poste de sage-femme en chef, vous travaillerez surtout en horaire de journée, de 9 heures à 17 heures. Toutefois, en cas de sous-effectifs, vous serez également d'astreinte certains soirs ou week-ends.

Elle fronça les sourcils.

— Comment cela ?

— Chacune de nos sages-femmes doit travailler en fin de semaine, à tour de rôle. Vous-même ne ferez pas partie de l'équipe à proprement parler. Vous assurerez l'encadrement général du service : répondre aux questions relatives au personnel, régler les cas difficiles ou tout problème susceptible de survenir dans la maternité. D'habitude, ces astreintes ont lieu une fois toutes les neuf semaines.

— D'accord, cette solution me convient très bien. Freya sera beaucoup moins perturbée si je travaille en journée. De la sorte, je pourrai la coucher presque tous les jours. Quant à ces soirs ou week-ends d'astreinte, comme je vous l'ai expliqué, je peux confier ma fille à une personne fiable.

Elle ponctua ces propos d'un soupir de soulagement.

— Je suis ravie d'intégrer votre équipe. Ravie et impatiente.

— Donc, c'est bon ? Vous acceptez ce poste ?

Elle se leva et lui tendit la main.

— Bien sûr. Certes, je suis un peu nerveuse à l'idée de commencer, mais, dans quelques jours, je me serai adaptée à votre routine.

Il lui serra la main avec un sourire lumineux, et elle éprouva de nouveau cette sensation étrange, comme si des centaines de papillons voletaient dans son estomac.

— Parfait, décréta-t-il. Dans ce cas, je vais dire à Valérie que vous acceptez, et elle vous rédigera un nouveau contrat.

Se levant, il la raccompagna jusqu'à la porte.

— Sur ce, si vous le voulez bien, allons annoncer la nouvelle à vos collègues.

Elle acquiesça, le ventre noué à l'idée de rendre publique cette nomination.

A moins qu'elle ne soit troublée par le contact de la main de Jacob au creux de son dos ? Quoi qu'il en soit, les prochaines semaines à la maternité royale de Cambridge promettaient d'être intéressantes.

2.

Il n'avait pas fallu longtemps à Bonnie pour constater que, effectivement, le service était totalement désorganisé. Il suffisait pourtant d'un peu de bon sens et de discipline pour le remettre sur les rails.

Sans perdre de temps, avisant un employé, elle lui donna une série d'instructions pour trier les dossiers médicaux, ranger les documents et mettre à jour les tableaux du personnel. Ensuite, elle demanda que lui soient communiquées de nouvelles listes téléphoniques. Celle qu'elle avait vue affichée sur le mur était manifestement périmée et, sachant que l'équipe se renouvelait tous les six mois, elle ne voulait pas avoir de mauvaise surprise en cas d'urgence.

Elle passa le reste de la matinée à travailler auprès des différents membres de l'équipe et des patients.

Au terme de sa première demi-journée, elle était complètement rassurée sur les compétences de ses collègues : tous avaient à cœur d'exercer au mieux leur métier. Mais ils rechignaient à s'encombrer de tâches administratives comme de vérifier les stocks et de passer des commandes, de tenir à jour les plannings et les carnets de rendez-vous. Apparemment, la responsable précédente s'était occupée de toutes ces corvées, et à son départ la relève n'avait pas été assurée.

Elle aussi, si elle l'avait pu, elle aurait préféré passer ses journées auprès des patients. Le problème, c'était qu'un service ne pouvait pas fonctionner de la sorte. Et il fallait aussi régler la question des téléphones : trop souvent, ils sonnaient dans le vide. Ils avaient besoin d'une secrétaire médicale, et le plus tôt serait le mieux.

Elle terminait de jeter des notes sur l'attribution des jours de congé lorsque le téléphone sonna.

— Maternité royale de Cambridge, Bonnie Reid à l'appareil, puis-je vous aider ?

— Ici le poste ambulancier. Il nous faut une équipe sur le site d'un accident qui vient de se produire sur une bretelle d'autoroute. On nous signale une femme enceinte inconsciente et incarcérée dans son véhicule. Elle en serait à trente-quatre semaines de grossesse.

Elle griffonna en vitesse les renseignements.

Un accident pour sa première journée… Ce n'était pas possible, elle devait être maudite !

Elle bipa immédiatement l'obstétricien de garde et informa une sage-femme. L'instant d'après, le Dr Layton sortait de son bureau, muni de son bip.

— De quoi s'agit-il ?

Elle le mit au courant en quelques phrases succinctes.

— OK, suivez-moi, dit-il. L'équipement pour les interventions d'urgence se trouve ici. Munissez-vous d'un sac et d'une veste.

Il se tourna vers elle pour lui faire face.

— Vous venez, n'est-ce pas ?

Et puis quoi, encore ? C'est son premier jour, elle venait d'accepter un poste de sage-femme en chef dans l'un des hôpitaux les plus prestigieux du pays, et voilà qu'il lui demandait de partir sur une intervention d'urgence ! Cette sortie avait tout d'un baptême du feu, et elle était malade de trouille.

Mais elle se contenta de hocher la tête.

— Puisque vous le dites.

Avec la rapidité que donne l'habitude, Jacob s'empara d'une veste vert vif portant au dos l'inscription DOCTEUR, et il lui en tendit une autre sur laquelle était écrit SAGE-FEMME. Avec un bref sourire, il l'aida à hisser son sac sur les épaules.

— Voilà. Avant de partir, laissez quelques consignes à Miriam, la sage-femme senior. Elle tiendra le standard jusqu'à notre retour.

Il s'éloigna à grands pas, ne s'arrêtant que pour prendre une couveuse portable.

En proie à une panique grandissante, elle s'enjoignit au calme et passa en revue dans sa tête les diverses situations critiques auxquelles elle avait dû faire face lorsqu'elle travaillait en Ecosse.

Oui, elle était à la hauteur. Il suffisait d'y croire.

Elle alla donner quelques instructions à Miriam, qui eut un hochement de tête compatissant.

— Je suis vraiment contente que ça tombe sur toi et pas sur moi, murmura-t-elle.

— Pourquoi ?

Miriam leva les yeux au ciel.

— Si tu le trouves difficile en temps normal, attends de le voir en situation d'urgence ! Les patients l'adorent, mais les infirmiers et les médecins ont besoin d'une aide psychologique après l'avoir assisté sur un accident.

— Alors, Bonnie, vous venez ?

Elle sursauta et se dépêcha de rejoindre Jacob.

Dehors, l'ambulance les attendait déjà. Sitôt les portières refermées, la sirène retentit, et le véhicule démarra comme une trombe.

Violemment ballottée, Bonnie s'agrippa comme elle le pouvait à son siège et manqua de tomber sur les genoux de Jacob. Les yeux fixés sur la route, celui-ci s'en aperçut à peine.

— Vous avez du nouveau ?

L'un des ambulanciers se retourna vers eux.

— Rien de bon. La victime est toujours inconsciente et prisonnière de son véhicule. On vient d'apprendre que ses membranes ont peut-être rompu. Les équipes paniquent. Ils ont peur qu'elle n'accouche.

Il consulta sa montre.

— On arrive dans cinq minutes.

Mille diagnostics différents défilaient dans la tête de Bonnie. A en juger par son visage, Jacob était dans le même état d'esprit.

Elle s'efforça de respirer calmement.

Enfin, ils s'arrêtèrent dans un crissement de pneus.

Sans attendre, Jacob ouvrit la portière, attrapa son sac et sortit en courant.

Lorsqu'elle se leva pour descendre, elle fut tout d'abord frappée par l'odeur — une odeur de caoutchouc brûlé et d'essence qui prenait à la gorge. Quatre autres équipes de secours étaient déjà à pied d'œuvre, et quelques blessés étaient assis de l'autre côté de la glissière de sécurité : deux enfants au visage ensanglanté, un homme qui se tenait le bras et une vieille femme en état de sidération. Des bruits de pleurs lui parvenaient de quelque part. Elle aurait voulu se boucher les oreilles. La police avait disposé un cordon de sécurité, mais la vitesse et le vacarme de la circulation avaient quelque chose de perturbant. Comme il fallait s'y attendre, la plupart des automobilistes ralentissaient au passage.

Un deuxième accident risquait de se produire d'une minute à l'autre, songea-t-elle en frémissant.

Elle s'efforça de repérer dans la foule la veste de Jacob. Un policier lui signala un véhicule renversé sur le toit.

— Par ici, madame.

Elle s'approcha en évitant de marcher sur les débris qui jonchaient le macadam.

Jacob s'était faufilé dans l'habitacle, et seuls ses pieds dépassaient par la vitre cassée.

— Vous avez besoin de quelque chose ? cria-t-elle, accroupie près de la voiture renversée.

Elle changea de position pour mieux observer l'intérieur.

Une femme enceinte était assise la tête en bas, retenue tant bien que mal par sa ceinture de sécurité. Elle était manifestement inconsciente et portait un masque à oxygène. Jacob avait repoussé les pans de son manteau et remontait précautionneusement son T-shirt sur son ventre rebondi. Sans attendre de recevoir des consignes, Bonnie lui tendit par la vitre cassée un stéthoscope et un doppler fœtal.

Même de là où elle se trouvait, elle apercevait nettement une tache mouillée sur le pantalon de la jeune femme. De deux choses l'une : si ce n'était pas de l'urine, c'était du liquide amniotique. Ou alors du sang ?

Seigneur, pourvu que non !

Après quelques minutes d'un examen malaisé, Jacob parla enfin.

— Son pouls est un peu rapide, et elle a des contractions. Je ne suis pas en mesure de l'ausculter davantage.

D'un signe de tête, il refusa les bandelettes urinaires que Bonnie s'efforçait de lui passer.

— Ça ne sert à rien. Je suis quasiment sûr que ses membranes ont rompu. Il faut la sortir tout de suite pour ne pas risquer une rupture utérine ou placentaire. Il est hors de question qu'elle accouche dans cette position.

Bonnie se retourna vers les équipes de sauveteurs.

— Il faut sortir cette femme de là, clama-t-elle. Elle peut accoucher d'un instant à l'autre. Qui peut nous aider ?

Un homme accourut aussitôt.

— Désolé, je m'occupais d'un homme coincé sous une voiture.

Bonnie frissonna.

C'était vraiment le chaos. Même si les secours étaient nombreux, il leur aurait sans doute fallu des renforts.

Le sauveteur pointa le doigt vers la femme dans le véhicule.

— Elle s'est évanouie quelques instants après notre arrivée. Avant de perdre connaissance, elle ne sentait plus ses jambes, c'est pour cela qu'on l'a mise sous oxygène. Le traumatologue nous a dit de ne surtout pas la bouger. Il vous attendait.

Bonnie hocha la tête.

— Allez lui dire que nous sommes là et qu'elle est en train d'accoucher. Nous avons besoin d'aide pour l'extraire sans lui faire de mal. Pouvez-vous nous faire parvenir une planche dorsale ?

Sans attendre de réponse, elle contourna la voiture.

La portière du côté du conducteur était coincée par une camionnette, et elle eut beaucoup de mal à passer les bras par la vitre pour enrouler un brassard de tension autour du bras de la victime.

— A-t-on un nom ? cria-t-elle à Jacob.

— Holly Burns.

Elle enclencha la mesure.

A présent qu'elle s'était faufilée de l'autre côté du véhicule, elle voyait mieux Jacob. Le front barré de profondes rides, il surveillait les contractions de la jeune femme avec une concentration inquiète.

— Sa tension est faible.

Plusieurs sauveteurs les avaient rejoints et discutaient entre eux à voix basse.

— On va être obligés de bouger cette voiture, dit l'un d'entre eux. Il faut extraire la victime, mais c'est impossible avec cette camionnette. Docteur, vous devriez sortir.

— Non, répondit Jacob d'un ton sans appel. Cette dame et son bébé exigent une surveillance constante. Je ne bouge pas d'ici.

Bonnie était sûre que cette décision allait à rebours de toutes les règles de sécurité, mais elle avait déjà vu des pompiers, des secouristes et des policiers agir de la sorte. Dans tous les cas, la victime était la priorité.

Elle sortit en se tortillant de l'espace étroit entre les deux véhicules et toucha le bras d'un pompier qui s'était avancé pour tenter de raisonner Jacob.

— Inutile de discuter, dit-elle. Il ne changera pas d'avis, et nous perdrions un temps précieux. Elle peut accoucher d'un instant à l'autre, et cette position est très dangereuse pour elle comme pour le bébé.

Le sauveteur opina et ordonna de disposer les machines.

Elle recula pour ne pas gêner les sauveteurs.

Après avoir inséré des couvertures dans l'habitacle, ceux-ci recommandèrent à Jacob de bien s'accrocher et de tenir Holly, puis le grincement de la scie à métaux résonna.

Les nerfs à vif, Bonnie se boucha les oreilles.

La voiture et la camionnette étaient imbriquées l'une dans l'autre, Les véhicules malmenés étaient agités de violentes secousses, les roues tournaient dans le vide. Enfin, au bout de ce qui lui parut une éternité, les deux carcasses furent séparées, et les secours purent accéder à la victime. Il ne leur fallut que quelques secondes pour découper la portière à la scie. Un sauveteur apporta la planche dorsale et échangea de brèves paroles avec Jacob quant à la meilleure manière de libérer Holly tout en lui soutenant le dos. Pour cette opération à haut risque, douze hommes furent disposés tout autour d'elle afin de la retenir sur son siège tandis qu'on découpait la ceinture de sécurité.

— Attendez, dit soudain Jacob. Elle a une nouvelle contraction. Il faut patienter quelques secondes.

La gorge serrée, Bonnie avala sa salive.

La contraction était bien visible. D'expérience, elle savait que Holly n'était pas aux premiers stades du travail. Une pensée la traversa : au moment de l'accident, Holly n'était-elle pas en route pour accoucher à l'hôpital ?

Ou alors, les contractions avaient été déclenchées par le choc. Quoi qu'il en soit, lorsqu'elle serait installée dans l'ambulance, il leur faudrait certainement procéder à l'accouchement sans tarder.

Tandis que Holly était précautionneusement déposée sur la planche, Bonnie promena un regard autour d'elle.

— Ses proches ont-ils été informés ?

— Nous avons appelé son mari, répondit un policier. Vous l'emmenez à la maternité ?

— Oui. Pouvez-vous me communiquer le nom et les coordonnées de son mari ?

L'homme acquiesça d'un signe de tête. Il griffonna une note dans son carnet, déchira la page et la lui tendit. Lorsqu'elle se retourna, Holly était en train d'être chargée dans l'ambulance.

Décidément, Jacob était d'une indiscutable efficacité !

Le traumatologue s'assura que la tête et les cervicales étaient bien calées et les voies respiratoires, dégagées.

— Je vous laisse, je dois accompagner un patient atteint d'un volet costal. Je demanderai à un urgentiste de passer à la maternité.

Jacob répondit par un hochement de tête.

Bonnie monta promptement, et ils démarrèrent aussitôt.

— Une autre contraction arrive, dit-elle tandis qu'elle achevait d'installer le brassard et le moniteur cardiaque.

Elle aida tant bien que mal à ôter les sous-vêtements de Holly et déposa une couverture sur son ventre.

— Ça y est, la tête apparaît, dit Jacob en fronçant les sourcils. Ce n'est plus qu'une question de minutes.

Elle s'occupa de démarrer la couveuse portable en s'efforçant de ne pas tomber malgré les cahots.

Normalement, elle et Jacob auraient dû être attachés, mais ce bébé n'attendait pas. Elle brancha le dispositif de contrôle et vérifia que la couveuse était prête, puis elle revint prendre place à côté du brancard. Avec les secousses de la route, elle avait toutes les peines du monde à garder l'équilibre, et elle dut se contenter de soulever une des jambes de la blessée de manière à faciliter l'accès à la tête du bébé.

Seigneur, qu'avait-elle fait pour mériter cela ? C'était sa première naissance à la maternité royale, et elle ne savait même pas si la mère allait s'en tirer. Pourquoi celle-ci demeurait-elle inconsciente ? Tout à l'heure, le traumatologue avait à peine eu le temps de l'examiner…

Elle s'efforça de se raccrocher à tous les éléments positifs auxquels elle pouvait penser.

D'un autre côté, le visage de Holly se crispait à chaque contraction comme sous l'effet de la douleur. Or, selon le score de Glasgow, la sensibilité douloureuse est un indice de bon pronostic. Autre point positif, elle respirait spontanément, sans assistance médicale.

— Elle en est à trente-quatre semaines, donc le terme n'est pas trop précoce, dit-elle. Avec un peu de chance, le bébé n'aura pas de difficultés respiratoires.

A la contraction suivante, la tête sortit. Jacob s'assura rapidement que le cou du bébé était libre.

— Pas de cordon. L'enfant se présente bien. Ouf ! dit-il avec un soupir de soulagement.

Au bout d'une minute, il reçut le nouveau-né dans ses mains et le tendit à Bonnie.

C'était une petite fille pâle et inerte, qu'elle massa légèrement pour stimuler sa première respiration.

Le bébé émit un souffle rauque, suivi de petits cris stridents.

Bonnie lança un bref sourire à Jacob, puis enveloppa le nourrisson dans une couverture tiède avant de l'examiner.

— Son APGAR est à 6, dit-elle.

Ce score était certes un peu faible, mais il allait certainement s'améliorer dans les minutes à venir. En tout cas, il était meilleur que ce à quoi elle s'était attendue.

Elle n'eut guère le loisir de s'appesantir là-dessus. Déjà, l'ambulance arrivait aux urgences. A l'extérieur, trois agents les attendaient de pied ferme.

Jacob leur tendit la couveuse avec précaution.

— Portez-la en néonatalogie et faites-la examiner par un pédiatre.

Bonnie acquiesça d'un bref hochement de tête et accompagna le nourrisson, qui fut rapidement pris en charge. Il avait pris des couleurs et faisait savoir haut et fort qu'il aurait préféré rester au chaud dans le ventre de sa mère.

De retour au service de maternité, elle trouva Jacob s'entretenant avec un urgentiste.

Le dossier de Holly était sur le bureau. Heureusement, la jeune femme ne présentait pas d'antécédents, et sa grossesse semblait s'être bien déroulée. Sur le tableau affiché au mur, elle vit que c'était Miriam qui s'occupait d'elle.

— Est-ce qu'elle s'est réveillée ? En dix ans de métier, je n'avais encore jamais pratiqué d'accouchement sur une femme inconsciente.

Elle repensa à son propre accouchement.

Contrairement à Holly, elle avait eu le privilège de ne rien manquer de la naissance de Freya : les premiers cris, le souffle ténu de sa respiration contre sa poitrine… Tous ces souvenirs restaient gravés dans son cœur. Or, ce moment magique, Holly l'avait irrémédiablement raté.

Elle battit des paupières pour chasser les larmes qui perlaient entre ses cils.

— A-t-elle été blessée à la tête ?

L'urgentiste lança un coup d'œil à Jacob avant de se tourner vers elle et de lui tapoter le bras.

— Son pronostic est moins lourd que prévu. Nous redoutons toujours une atteinte crânienne, mais son état neurologique s'est amélioré depuis son arrivée. Je suspecte un choc spinal, mais ça reste à confirmer. Avec Jacob, nous tentions de déterminer si l'accouchement avait commencé avant l'accident proprement dit. D'après le journal d'appels, Holly n'avait pas contacté la maternité, et sa voiture ne contenait aucun bagage… Mais peut-être rentrait-elle chez elle pour rassembler ses affaires avant de venir ?

Bonnie hocha la tête, pensive.

— Je suppose que la gamine va bien ?

La voix de Jacob l'avait fait sursauter. Il fronçait les sourcils d'un air furieux, et elle mit quelques secondes à comprendre que cette colère n'était pas dirigée contre elle… Ou du moins, pas en partie.

Il avait les yeux fixés sur la main de l'urgentiste, encore posée sur son bras.

Allons bon ! Etait-il toujours aussi possessif, s'agissant de ses sages-femmes ?

Elle contourna le bureau pour rassembler des papiers.

— La petite Burns va bien. Son score APGAR était de 8 à cinq minutes. Le pédiatre l'examinait lorsque je suis partie.

Je vais rédiger un résumé de cas pour les équipes de relève, puis je ferai enregistrer l'hospitalisation de Holly et de sa fille.

Comme elle terminait sa phrase, un claquement de porte résonna au bout du couloir, et ils virent débouler un homme visiblement dévoré d'inquiétude.

— Je cherche ma femme, Holly Burns. Elle est là ? Il paraît qu'elle a été victime d'un accident de la route. Que s'est-il passé ? Elle va bien ? Et le bébé ?

Jacob échangea un regard avec l'urgentiste avant de répondre.

— Monsieur Burns, si vous le voulez bien, suivez-moi dans mon bureau.

L'homme blêmit et chancela.

— Elle est… Elle est morte ?

— Mais non, rassurez-vous, pas du tout ! Vous pourrez les voir après notre entretien, dit Jacob avant de se tourner vers son confrère. Docteur Connelly, pouvez-vous vous joindre à nous ?

M. Burns le dévisagea, frappé de stupeur.

— Comment ça, *les* voir ?

Bonnie s'approcha et lui sourit.

— Vous êtes le père d'une ravissante petite fille. Je vous conduirai auprès d'elle lorsque le docteur vous aura parlé.

Soufflé par l'émotion, l'homme tenait à peine sur ses jambes, elle dut le soutenir jusqu'au bureau de Jacob.

Elle se retira en refermant la porte derrière elle pour aller trouver la femme de service dans la cuisine.

— Debbie, pourriez-vous apporter du thé dans le bureau du Dr Layton ? A mon avis, l'homme à qui il est en train de parler en aurait bien besoin.

Debbie eut un petit rire.

— Du thé ? Pas pour Jacob, alors ! Il ne boit que du café, et bien tassé. Vous le verrez souvent se balader dans le service avec sa tasse. Laissez-moi faire, je m'en occupe.

Bonnie alla rédiger son compte rendu de cas clinique, puis elle conduisit M. Burns jusqu'à sa fille et sa femme.

Holly avait commencé à refaire surface, mais sa prise en charge demeurait délicate. D'ici vingt-quatre heures, il faudrait de nouveau lui faire subir un bilan. Elle aurait eu davantage sa place en soins neurologiques, mais l'expulsion du placenta s'était mal passée et nécessitait un suivi spécialisé. Par chance, Bonnie avait réussi à trouver une sage-femme possédant également un diplôme d'infirmière.

Le reste de la journée s'écoula dans un tourbillon d'activités. Lorsque vint le soir, elle n'avait pas vu le temps filer, mais la fatigue commençait à la gagner. Sa patience atteignit ses limites quand elle ouvrit un placard dont le contenu se déversa par terre, d'autant plus qu'elle trouva dans le tas des produits périmés.

Elle ne savait plus où donner de la tête, et elle risquait de passer une mauvaise nuit, à lister tout ce qu'il lui restait à faire !

Ce fut le moment que Jacob choisit pour passer la voir. Il la regarda, puis découvrit les boîtes éparpillées sur le carrelage.

— Je venais juste voir si tout allait bien.

— Tout va très bien, merci, répondit-elle en replaçant les médicaments sur l'étagère.

Elle jeta un coup d'œil à sa montre et émit une exclamation consternée.

— Bon sang, déjà 18 heures ! La nounou va se demander ce que je fabrique. Et avec tout ça, je n'ai même pas eu le temps de chercher un autre logement, ajouta-t-elle avec un soupir.

— Comment ça ? Que voulez-vous dire ? Vous ne savez pas où dormir ? lança-t-il en s'adossant à l'encadrement de la porte.

— Si, si, du moins provisoirement. Le déménagement a été si précipité que je n'ai pas réussi à trouver une location, et le motel où j'ai atterri avec ma fille est absolument horrible. La chambre est très humide, et je ne serais pas surprise de voir des traces de moisissure sur les murs. Freya risque de faire une crise d'asthme. Bref, nous devons partir de là le plus vite possible. Hier soir, j'ai effectué une recherche rapide sur Internet, mais j'ai bien peur d'avoir du mal à trouver quelque chose jusqu'après les fêtes. Manifestement, je suis arrivée au pire moment…

Elle secoua la tête.

— Moi qui pensais résoudre ce problème sans trop de mal ! Cambridge, ce n'est pourtant pas la cambrousse.

— Il ne s'agit pas d'une ville comme les autres. Les locations sont prises d'assaut par les étudiants, et ils ne résilient leur bail qu'à la fin de leur cursus, quatre ans plus tard.

— Il va falloir que je me remue un peu plus, alors. Et que je me procure une voiture. Je ne veux pas dépendre des transports en commun, car je ne dois pas être en retard pour récupérer ma fille chez la nounou.

— Voulez-vous que je vous dépose en ville ?

Elle écarquilla les yeux.

Etait-ce bien le même homme qui lui avait réservé un accueil aussi hostile ce matin ?

— Oh, non, merci ! Ce n'est pas nécessaire.

— Ça ne me gêne pas du tout, je vous assure. Vous avez été mise à rude épreuve aujourd'hui, et je me doute bien que vous désirez retrouver votre fille au plus vite. L'école est sur mon chemin. Si vous voulez, nous partons dans dix minutes.

Un téléphone sonna dans le couloir, et Hope Sanders, une des sages-femmes de l'équipe, passa la tête par l'entrebâillement de la porte.

— Jacob ? Peux-tu prendre cet appel ?

Sans attendre la réponse de Bonnie, Jacob sortit de la pièce à grands pas pour gagner la réception.

Hope lui tendit l'appareil.

— C'est Sean Anderson. Il veut savoir si tu peux l'aider au bloc demain.

Au cours de la petite minute que dura l'appel, Hope demeura plantée près du bureau, les bras croisés sur la poitrine.

— Eh bien, quoi ? dit-il en reposant le combiné.

— Comment vas-tu ?

Il tressaillit à cette question en apparence anodine.

Hope était l'un des rares membres du personnel à pouvoir se targuer d'être de ses amis. Elle n'ignorait rien des problèmes auxquels il avait dû faire face depuis un an.

— Je vais bien.

Elle hocha lentement la tête.

— Quand auras-tu tes résultats ?

Il se balança sur ses jambes, mal à l'aise.

— Dans quelques semaines.

— Et tu te sens bien, vraiment ? Je peux t'aider en quelque chose ?

Il ramassa des papiers en secouant la tête.

— Mais non, Hope. Je t'assure, il n'y a pas lieu de s'inquiéter.

Elle opina avec un sourire qui n'atteignit pas ses yeux.

— As-tu songé à mon conseil ?

— Lequel ?

Des conseils, Hope lui en donnait beaucoup. A tout bout de champ. Elle l'incitait à sortir, à se faire des amis, à travailler moins, à manger mieux, à être plus agréable au travail…

— Eh bien, louer l'une de tes chambres, répondit-elle.

Ah, oui… Ce conseil-là, il l'avait oublié. Pourtant, c'était d'après elle la solution à tous ses problèmes : une personne à demeure, cela bousculerait un peu sa routine et l'obligerait à sortir de sa solitude. Avec un peu de chance, son ou sa locataire saurait aussi faire la cuisine.

— Je n'ai pas eu le temps. Trop de travail en ce moment, dit-il avec un clin d'œil malicieux avant de s'éloigner.

— Jacob…

Mais il était déjà à mi-chemin du couloir, et il se hâta de rejoindre Bonnie pour échapper aux questions inquisitrices de Hope. Il était certain qu'elle le laisserait tranquille si elle le voyait discuter avec une autre femme.

— Vous êtes prête ?

— Oui. Je termine de ranger ce dossier et j'arrive.

Il s'appuya contre le bureau pour la regarder.

— Alors, cette journée ?

Bonnie haussa les épaules en souriant.

— Elle n'est pas encore tout à fait terminée, que je sache.

Comme elle emboîtait le pas à Jacob pour sortir, elle contempla l'activité incessante de la maternité.

Sa maternité. En tout, elle avait rencontré sept sages-femmes, deux médecins et un interne. Tous semblaient parfaitement compétents. De même, le personnel auxiliaire lui avait fait très bonne impression. D'après ce qu'elle avait vu, les rouages du service avaient besoin d'être un peu huilés. Bien sûr, l'organisation était à revoir, mais c'était aussi pour cela qu'on l'avait engagée.

Voilà, elle venait de terminer son premier jour. La prise de contact n'avait pas été facile, mais les choses semblaient à présent parties pour le mieux. Un personnel compétent, une promotion, trois bébés nés en bonne santé, un autre né dans une ambulance, d'une mère en état d'inconscience... Oui, elle repartait nettement plus confiante qu'elle ne l'était ce matin.

Alors qu'ils passaient devant une chambre, elle aperçut Holly Burns par la porte entrouverte.

Celle-ci s'était réveillée et parlait à la sage-femme qui lui avait été affectée. A son chevet, son mari tenait le bébé dans ses bras. Apparemment, Holly voyait sa fille pour la première fois.

Son expression de bonheur réchauffa le cœur de Bonnie.

Oui, elle avait toute sa place à la maternité royale. En tout cas, elle n'avait pas à regretter sa décision.

Elle croisa le regard émeraude de Jacob et, à la lueur malicieuse qui brillait dans ses yeux, elle devina qu'il percevait parfaitement son état d'esprit.

Elle s'efforça de garder son sérieux.

— Non, ça n'a pas été une bonne journée...

Comme il ouvrait des yeux surpris, elle le gratifia d'un sourire radieux.

— C'était une journée *formidable* ! Je crois que je vais me plaire à la maternité royale.

3.

Garé devant l'entrée de la maternité, Jacob tapotait le volant avec impatience.

Bonnie tardait à arriver. Qu'est-ce qu'elle fabriquait, bon sang ? Il ne fallait tout de même pas une heure pour se changer… Depuis dix minutes qu'il attendait, plusieurs collègues l'avaient déjà regardé avec curiosité.

Enfin, elle apparut et s'engouffra dans l'habitacle.

— Désolée ! Je n'avais pas de casier, il a fallu qu'on m'en trouve un.

Elle lui donna l'adresse de la nounou et observa autour d'elle en souriant.

— C'est bizarre, je ne vous imaginais pas au volant d'un 4 × 4. Je vous voyais plutôt conduire une voiture de sport.

— Tiens donc ? Qu'est-ce qui vous fait croire une chose pareille ?

— Rien, rien, fit-elle en riant. Juste votre style un peu bling-bling. Et puis, j'ai du mal à comprendre l'utilité d'une telle voiture en ville. Je suis étonnée d'en voir autant par ici.

— Pour votre gouverne, les 4 × 4 sont à la mode. Je ne fais que suivre le mouvement.

Elle secoua la tête.

— Arrêtez-moi si je me trompe, mais vous me donnez plutôt l'impression de vous soucier du tiers comme du quart de ce que pensent les autres.

— Quel toupet ! Nous nous connaissons à peine, et vous me trouvez brut de fonderie.

Bonnie rit de plus belle.

— Avouez que, ce matin, vous étiez plutôt revêche. Tout le service semblait avoir peur de vous. Vous êtes souvent comme ça ?

— Mais non. Vous étiez en retard. D'où mon énervement.

C'était la meilleure excuse qu'il pouvait lui proposer. En vérité, depuis quatorze mois, il fallait le prendre avec des pincettes, et seule une poignée de personnes savaient pourquoi. Heureusement, il allait bientôt arriver au bout de ses peines.

Pourtant, Bonnie ne semblait pas dupe.

— Ne me mettez pas tout sur le dos. Je suis sûre que vous étiez en colère bien avant que je ne sois en retard. Ecoutez, je ne cherche pas à fourrer mon nez dans votre vie. Simplement, j'ai besoin de savoir si le personnel hésite à vous approcher de peur de se faire mordre.

Décidément, il l'aimait bien, cette petite Ecossaise. Elle avait les pieds sur terre et ne s'en laissait pas conter. Il espérait toutefois qu'elle n'utiliserait pas ses talents de perspicacité à ses dépens.

— Vous ne m'avez pas parlé des clients VIP, dit-elle encore.

— Les clients VIP ?

Bonnie sourit.

— La maternité royale est un établissement prisé des personnalités riches et célèbres. Que se passe-t-il si une patiente réclame un accouchement en suite privée ? Il serait imprudent de l'installer n'importe où. Je n'ai pas eu l'occasion d'étudier les plans de l'hôpital, mais il doit bien y avoir des locaux à leur disposition.

Il lui décocha un coup d'œil approbateur. Manifestement, elle s'était bien renseignée sur l'hôpital avant de venir.

— Vous avez raison, ce ne serait pas prudent. Peu de gens sont au courant, mais six suites privées sont disponibles à l'écart de la maternité, à quelques minutes de la salle d'accouchement. N'en dites rien à personne. Nous ne voulons pas qu'on sache où se trouvent nos VIP.

— C'est normal, ils tiennent à leur tranquillité. En revanche, vous devrez me préciser quel personnel est affecté à ces suites.

Il hocha la tête, pensif.

C'était étrange. Au premier abord, il avait eu un *a priori* négatif sur cette femme. Déjà, à la lecture de son CV, il n'avait pas compris pourquoi Valérie l'avait choisie pour remplacer leur sage-femme en chef. Ensuite, elle était arrivée en retard pour son premier jour. Pourtant, dès qu'elle s'était rebiffée et l'avait remis à sa place devant tout le service, elle lui avait plu. Elle était différente, au-dessus du lot. Sur le site de l'accident, elle s'était révélée plus que compétente. Ses questions, ses observations ne manquaient jamais de pertinence. Bref, Bonnie Reid était la femme la plus intéressante qu'il lui ait été donné de connaître depuis quelque temps.

Devant l'immeuble de la nounou, elle descendit précipitamment de voiture.

— Je n'en ai que pour deux minutes, promis, et Lynn me donnera un coup de main pour le siège enfant. Son garage est rempli d'articles de puériculture.

Un siège enfant ? Il n'avait même pas songé qu'il y en aurait besoin. Preuve s'il en était qu'il était complètement hors du coup.

Tandis que Bonnie s'éloignait, il s'efforça de ne pas laisser s'attarder son regard sur le jean serré et les longues mèches rousses qui se balançaient au rythme de ses pas.

Il adorait cette couleur de cheveux. Son ex devait être le dernier des imbéciles pour avoir trompé une femme pareille.

Un instant plus tard, elle réapparut avec une fillette de cinq ou six ans qui lui ressemblait comme deux gouttes d'eau : même peau d'albâtre, mêmes cheveux roux.

Il ne fallut qu'une minute à Bonnie pour attacher Freya sur le siège enfant.

Deux grands yeux bleus dévisagèrent Jacob dans le rétroviseur.

— T'es qui ? demanda la fillette.

Bonnie répondit avant lui.

— Ma chérie, voici Jacob, le collègue dont je t'ai parlé. Il va nous déposer au motel.

Alors qu'il démarrait, la fillette se recroquevilla légèrement, comme intimidée.

Diable ! Il n'avait toutefois rien d'un croque-mitaine. Pourtant, Bonnie venait de lui dire que plusieurs membres du service évitaient de se frotter à lui. Jusqu'à présent, il n'y avait jamais vraiment prêté attention.

Quelques minutes plus tard, ils se garaient devant un bâtiment.

Rien qu'à voir la façade décrépie, il comprit pourquoi Bonnie ne voulait pas rester là. Si l'extérieur payait aussi peu de mine, il n'osait pas imaginer à quoi ressemblait l'intérieur.

— Avez-vous besoin d'un coup de main ?

— Non, non, s'empressa-t-elle de répondre.

Après une brève hésitation, elle reprit d'une voix mal assurée.

— En fait, si. Pourriez-vous m'aider à rentrer le siège-auto ?

Il acquiesça et la suivit jusqu'à la chambre.

Dès qu'elle ouvrit la porte, il fut assailli par une insupportable odeur de moisi.

Dire que le propriétaire n'avait pas de scrupules à louer ce taudis !

— Avec une telle humidité ambiante, la petite risque en effet de faire une crise d'asthme.

Bonnie se mordit la lèvre inférieure, silencieuse.

— Vous ne pouvez pas rester ici, insista-t-il. Ce n'est pas un environnement salubre, *a fortiori* pour un enfant asthmatique.

Elle battit les paupières et serra Freya contre elle.

— Croyez-vous que j'aie le choix ? répliqua-t-elle avec exaspération.

— Vous pouvez venir chez moi.

Il avait parlé sans réfléchir à ce qu'il disait, cela lui avait littéralement échappé.

Ce n'était pas sérieux. En célibataire endurci, il aimait la tranquillité de sa maison. Après les quatorze mois qu'il venait de passer, il avait besoin de solitude.

D'ailleurs, Bonnie accueillit sa proposition avec stupeur.

— Comment ça ? Que voulez-vous dire ?

— Eh bien, je peux vous héberger toutes les deux, le temps que vous trouviez un logement convenable. Ça ne me gêne pas du tout, ma maison est largement assez grande pour trois.

Mais Bonnie secoua la tête avec énergie.

— Non, non, je ne peux vraiment pas accepter. Nous nous connaissons à peine, Jacob.

Un sentiment de gêne s'empara de lui.

Après la façon dont il s'était comporté avec elle, comment s'étonner qu'elle se méfie ?

Il prit une profonde inspiration.

— Ecoutez, Bonnie, je suis désolé pour ce matin. Je sais que je ne suis pas d'un abord toujours agréable, mais n'en faites pas une maladie. Nous ne nous sommes pas rencontrés sous les meilleurs auspices, voilà tout. En tout cas, je refuse de vous laisser toutes les deux dans ce trou à rats. Surtout s'il y va de la santé de votre fille.

L'expression stupéfaite de Bonnie s'évanouit peu à peu. Elle relâcha les épaules comme s'il venait de la décharger d'un lourd fardeau et hocha la tête avec lenteur.

Manifestement, elle peinait à croire à ce qui lui arrivait.

— Vous êtes sûr ? Enfin... Ça ne vous dérangerait vraiment pas ?

— Vous pouvez vivre chez moi le temps de trouver un logement convenable.

Le visage de Bonnie s'illumina.

— Bon, dans ce cas, c'est d'accord.

Il éprouva un pincement étrange à l'estomac.

Il n'y avait pourtant pas de quoi s'emballer. Il s'agissait juste d'un petit service entre collègues, voilà tout. La nouvelle sage-femme en chef avait des problèmes personnels qui risquaient de se répercuter sur son travail. En lui apportant de l'aide, il assurait la bonne marche du service.

— Merci beaucoup, Jacob. Vous m'ôtez un grand poids. Mais votre femme ou votre petite amie, qu'en dira-t-elle ? Je ne voudrais surtout pas lui imposer ma présence et celle d'une petite fille de cinq ans.

Jacob eut un bref signe de dénégation.

— Je n'ai pas de femme ni de petite amie. Je n'ai pas le temps pour ça, ajouta-t-il avec un haussement d'épaules embarrassé.

Certains hommes de sa connaissance auraient été ravis de proclamer ainsi leur liberté, mais, pour une raison qu'il ignorait, il vivait ce célibat prolongé comme un aveu permanent de solitude, et il en était gêné.

— Quand même, insista-t-elle, vous êtes sûr que ça ne vous dérangera pas ?

— Mais non, voyons ! Ce n'est pas une fillette de cinq ans qui va me gêner.

Cela dit, qu'en savait-il vraiment ? Il n'avait absolument aucune expérience des enfants.

Repoussant cette pensée, il s'efforça d'argumenter.

— C'est une solution logique, au contraire. Je suis votre chef et, en tant que tel, je tiens à ce que votre travail ne soit pas perturbé par des problèmes personnels.

Bonnie leva les paumes.

— Très bien. Donnez-moi cinq minutes, le temps de rassembler mes affaires.

Avec rapidité, elle remplit une grande valise bleue et s'assit dessus pour la fermer.

— Attendez, dit-il. Je vais vous aider.

Quelques instants plus tard, quatre bagages rebondis trouvaient place dans le coffre et sur la banquette arrière.

Il se tourna vers Bonnie avec un clin d'œil.

— Heureusement que je suis en 4 × 4 plutôt qu'en voiture de sport, non ?

Elle eut un soupir désolé.

— Vous savez, c'est un peu dur d'entasser toutes ses affaires dans quelques valises, surtout avec une gamine qui insiste pour emporter toutes ses peluches. Heureusement, mes parents m'ont permis de stocker le reste dans leur garage. Je les débarrasserai dès que j'aurai trouvé à me loger. Bon, je vais régler la note.

Alors qu'elle s'éloignait, il eut le sentiment d'avoir gaffé. Il n'avait pas eu l'intention de l'offenser ou de la gêner. Depuis un an, il s'était tellement focalisé sur ses problèmes et sur son travail qu'il ne s'embarrassait plus de politesses, en quoi il avait tort. Il ne devait pas heurter la susceptibilité des autres.

Bonnie ne tarda pas à revenir.

— Vous n'auriez pas dû débourser le moindre centime pour un taudis pareil, dit-il tandis qu'elle attachait sa ceinture de sécurité.

— Et pourtant, il insistait pour que je paye toute la semaine.

— Quoi ? Vous lui avez dit non, j'espère !

— Bien sûr, répondit-elle avec un clin d'œil.

Heureusement qu'il n'était pas en train de conduire, car ce clin d'œil lui aurait fait faire une embardée, songea-t-il en démarrant. Il devait absolument se maîtriser. Quelle folie de lui avoir fait une telle proposition ! Et elle était sans doute encore plus folle de l'avoir acceptée. Folle ou en grande difficulté. En fait, elle avait accepté son offre faute de mieux, parce qu'elle n'avait pas le choix, et il ferait bien de s'en souvenir au lieu d'aller s'imaginer Dieu sait quoi…

Heureusement, sa femme de ménage avait fait quelques courses. Il ne pouvait décemment pas héberger une mère et sa petite fille sans leur offrir à dîner.

Voilà : « une mère et sa petite fille ». Il devait penser à Bonnie dans ces termes, c'était beaucoup plus prudent.

Lorsqu'il se gara devant chez lui, une petite pluie fine s'était mise à tomber.

— Ne me dites pas que ce château est à vous, dit-elle, le nez collé à la vitre.

Il ouvrit la portière en souriant.

— Si. Et même la niche au fond du jardin.

Cette maison, c'était sa fierté. Idéalement située dans un quartier résidentiel du centre-ville, c'était une grande bâtisse de deux étages construite dans la plus pure tradition anglaise.

— Tu as un chien ?

Freya. Il l'avait presque oubliée.

Bonnie l'avait sortie de voiture et, debout sous la pluie, la fillette contemplait la façade en fronçant les sourcils.

Il lui rabattit sa capuche sur la tête.

— Non, désolé. Juste une très vieille niche.

Il sortit les valises du coffre et alla les déposer près de la porte, puis il chercha les clés dans sa poche, ouvrit et désactiva l'alarme.

— Allez vite vous mettre au sec. J'arrive tout de suite avec le reste des bagages.

Une minute plus tard, il entassait son chargement dans le vestibule et refermait derrière lui avec un soupir de soulagement.

Sa maison, c'était son sanctuaire. Après le travail et les séances de cure, c'était là qu'il se réfugiait, tous stores baissés, à l'abri du monde extérieur. Dieu merci, son traitement était désormais terminé. Il ne lui restait plus qu'à attendre les résultats.

Repoussant ces pensées, il rejoignit Bonnie dans le salon.

Elle avait pris Freya dans ses bras et promenait un regard ravi autour d'elle.

— C'est magnifique, chez vous ! J'adore !

Elle déposa la fillette et se dirigea vers la cheminée de marbre.

— Oh là là, qu'elle est belle ! Vous vous en servez parfois ? En plein hiver, un bon feu, c'est agréable.

Tout en parlant, elle s'était accroupie pour palper le carrelage autour de la cheminée.

— Je sais, mais je ne l'ai jamais fait ramoner faute de temps, dit-il avec un pincement de déception. Mais ne vous inquiétez pas, les radiateurs fonctionnent. Vous n'aurez pas froid.

— Oh ! je ne crains pas d'avoir froid ! Et ce parquet, quelle merveille ! Il est d'origine ?

Tout en parlant, elle se pencha pour caresser le plancher.

Apparemment, elle était quelqu'un de très tactile.

— Oui. Je l'ai poncé moi-même. Cela m'a pris presque un an pour faire toute la maison.

Elle eut un hochement de tête admiratif.

— J'ai aussi remarqué le carrelage en damier de l'entrée. J'en ai toujours voulu un chez moi…

Elle se tut un instant puis haussa les épaules.

— Mais au point où j'en suis à présent, je serais contente de pouvoir loger dans un couloir.

— Ce carrelage était dissimulé sous une moquette absolument immonde.

Elle le regarda avec consternation.

— Non, c'est vrai ? Quelle horreur !

— En fait, c'est sans doute ce qui l'a sauvé. Depuis, je l'ai verni avec un traitement de surface. Il est paré pour durer au moins un siècle.

Elle promena un long regard autour d'elle.

— Jamais je ne pourrai me payer une aussi belle maison. Vous en avez de la chance.

Chanceux, lui ? C'était drôle, jamais il ne se serait qualifié ainsi. D'un autre côté, elle ne connaissait rien de lui. D'ailleurs, il pouvait compter sur les doigts d'une main les personnes à qui il avait confié son secret. Très peu savaient à quel point il avait souffert tout au long de cette dernière année, à quel point il désirait retrouver une vie normale et s'occuper de ses patients comme avant.

Quoique… Oui, en un sens, il était peut-être chanceux. Après tout, son cancer était curable, ce qui est loin d'être toujours le cas. Et grâce à une organisation imparable, il avait réussi à ne prendre qu'un jour de congé maladie en tout et pour tout. Ses séances de chimio avaient lieu le jeudi soir en sortant du travail, et les effets secondaires n'apparaissaient vraiment que dans la nuit de vendredi, de sorte qu'il passait la plupart de ses week-ends au lit pour récupérer.

Mais pouvait-on réellement appeler cela de la chance ?

Pour sa mère, la question ne s'était même pas posée. C'était le même cancer qui l'avait emportée : un lymphome non hodgkinien. D'après le consensus scientifique, cette maladie n'était pas héréditaire, mais comment en être certain à cent pour cent ? La recherche était loin d'avoir fait le tour de la question.

En tout cas, une chose était sûre, son traitement était fini. Dans quelques semaines, il subirait un dernier bilan sanguin pour savoir s'il était ou non en rémission, et le nuage noir qui planait sur sa vie depuis quatorze mois allait disparaître. Enfin, peut-être. Avec un peu de chance.

— Décoré pour Noël, votre salon doit être magnifique, dit encore Bonnie. Je l'imagine parfaitement.

Il se tourna vers elle.

Un sourire épanouissait ses traits. A la voir se promener dans la pièce avec un air de ravissement, il était clair qu'elle était tombée amoureuse de la maison.

Elle s'arrêta le dos à la fenêtre et tendit les bras.

— Là, ce serait l'endroit parfait pour un sapin qu'on pourrait voir depuis la rue. Et la cheminée serait splendide, avec des guirlandes lumineuses rouges et vertes.

Ce fut comme une gifle pour lui.

Jamais il ne célébrait Noël. Il ne l'avait plus fait depuis ses dix ans. Pour lui, cette fête restait indissociable de la mort de sa mère, et chaque fin d'année les festivités le ramenaient à des souffrances qu'il aurait préféré oublier.

Mais, bien sûr, Bonnie ne pouvait pas le deviner.

Loin de se douter qu'elle commettait un impair, elle promena la main sur les stores blancs.

— Vous les gardez pendant les fêtes de Noël ? Elle est splendide, cette fenêtre à encorbellement. Vous devriez la mettre en valeur avec un rideau de velours, par exemple.

Dans un élan d'énervement autant que pour s'éloigner de Bonnie, il prit la direction du hall.

Il aimait sa maison telle qu'elle était et n'avait nullement l'intention de prendre en compte les avis esthétiques de qui que ce soit. Il était chez lui, bon sang !

— Je n'ai ni le temps ni l'envie de décorer la maison pour Noël. De toute façon, je suis toujours de garde ce jour-là. Venez, je vais vous montrer vos chambres.

Sans même se retourner pour voir si Bonnie le suivait, il monta deux valises à l'étage. A l'arrivée elle ne s'était toujours pas déparée de son expression émerveillée.

— La rambarde serait jolie, avec des guirlandes.

— Non ! Pas de guirlandes chez moi.

Au diable la politesse. Puisqu'elle n'avait pas remarqué ses réticences, il fallait qu'il mette le holà à son enthousiasme. Et puis, quelle importance ? D'ici Noël, elle serait partie.

Il déposa sa charge sur le palier, évitant son regard étonné.

— La maison dispose de cinq chambres : trois à cet étage, dont la mienne, et deux à celui du dessus. Je pense que vous et Freya serez mieux là-haut. Vous aurez davantage d'intimité.

Et lui aussi, du coup. Il n'avait guère envie de tomber sur la petite ou sa mère alors qu'il se baladait à moitié nu.

Il monta la deuxième volée de marches sans attendre sa réponse.

En haut, les pièces étaient ouvertes, et il y flottait un léger parfum de détergent, signe que la femme de ménage était passée dans la journée. Il déposa les valises dans la chambre garnie d'un lit à deux places.

— Vous pouvez prendre cette chambre et Freya celle d'à côté. La salle de bains est au bout du couloir. Je vais vous la montrer.

Il les conduisit vers la pièce d'eau carrelée de blanc, puis vers l'autre chambre.

Freya lança un coup d'œil suspicieux à l'intérieur puis se tourna vers sa mère et jeta les bras autour de sa taille.

Il la contempla, désarçonné.

Elle était très bien, cette chambre. Qu'est-ce qu'elle lui trouvait ? Bon, simplement meublée d'une commode et d'un petit lit avec une couverture blanche, elle était peut-être un peu monacale pour le goût d'une petite fille.

— Tu préférerais dormir dans la même chambre que ta mère ?

Bonnie acquiesça en souriant.

— Bonne idée. Merci, Jacob.

Il hocha la tête avec soulagement.

— Désolé, je ne vous ai pas encore montré la cuisine et la salle de séjour. Le canapé y est plus confortable que dans le grand salon.

Une pensée fusa dans son esprit.

— Le seul endroit où je préférerais que Freya n'aille pas, c'est mon bureau, au rez-de-chaussée.

Il avait une bonne raison pour cela : la pièce était remplie de documents sur le lymphome non hodkinien. Bien sûr, la petite serait incapable de les lire, mais sa mère, si.

— Pas de problème, dit Bonnie.

— La femme de ménage a fait des courses aujourd'hui. Vous n'avez qu'à vous servir dans les placards ou le frigo. Ou alors, vous pouvez vous faire des sandwichs, si vous préférez.

Bonnie ne put s'empêcher de sourire.

De toute évidence, Jacob n'avait pas l'habitude d'avoir du monde chez lui, et il ne savait pas trop comment s'y prendre. Du coup, elle avait l'impression d'abuser de sa gentillesse. Elles devaient le gêner, toutes les deux. Regrettait-il de leur avoir fait cette offre ? Ça ne l'aurait pas étonnée. D'un autre côté, il avait tellement envie de leur faire plaisir que c'en était presque touchant. A vrai dire, elle n'aurait pas dit non à une bonne tasse de thé. Mais de là à faire comme si elle était chez elle…

— Je ne voudrais surtout pas vous déranger, Jacob. Présentez toutes mes excuses à votre femme de ménage. Je suis désolée de lui donner un surcroît de travail.

— Mais pas du tout ! protesta-t-il en agitant le bras. Elle fait de temps en temps les courses pour moi. Allez inspecter le frigo. Pendant ce temps, je m'occupe d'apporter le reste de vos bagages.

Sur ces mots, il disparut dans l'escalier.

Elle posa un regard absent sur ses valises pleines à craquer : deux taches de couleur bleu vif dans la pièce blanche. Leur présence semblait complètement incongrue. Dieu merci, le plancher donnait une touche de chaleur à cette maison qui en manquait singulièrement.

Elle s'avança jusqu'aux valises, Freya accrochée à sa taille.

La petite avait du mal à s'habituer à la situation et, en toute franchise, Bonnie se sentait dépassée, elle aussi.

Jacob savait-il dans quoi il s'engageait ? Une fois ces valises ouvertes, il pouvait dire adieu à sa belle maison ordonnée. Non qu'elle et Freya s'amusent à tout déranger — en tant qu'invitée, Bonnie ne se le permettrait jamais. Seulement, elles allaient forcément le perturber dans ses habitudes de célibataire. En était-il bien conscient ? Comment allait-il réagir ?

Avec un soupir, elle s'assit sur le rebord du lit et serra Freya contre elle.

Le matelas moelleux faillit les engloutir.

Propre, spacieuse, cette maison était aux antipodes de l'hôtel. Elles avaient chacune leur chambre, et même un étage pour elles toutes seules. Le thermostat était réglé à la bonne température, ni trop chaud ni trop froid. Ici, Freya ne risquait pas de faire une crise d'asthme.

Et l'argent ?

A cette pensée, Bonnie se redressa en sursaut.

Elle n'avait proposé à Jacob aucune compensation financière. Pourtant, il était hors de question qu'elle et sa fille soient hébergées aux frais de la princesse. Elle devait absolument le payer d'une manière ou d'une autre.

Seulement, comment allait-il prendre sa proposition ?

Elle soupira et caressa pensivement le dessus-de-lit blanc.

C'était bizarre, de se retrouver ainsi chez lui.

« Chez lui », c'était cela, le problème. Si belle qu'elle fût, cette maison ne semblait pas habitée, on aurait dit un logement-témoin. Tout ce blanc omniprésent donnait une impression de vide quasiment clinique. Il manquait une empreinte personnelle, des photos, de la couleur. L'envie lui démangeait de changer les rideaux du salon, d'accrocher des tableaux aux murs, de suspendre des serviettes de couleur dans la salle de bains…

Allons, cette maison n'était pas la sienne, et elle devait s'estimer heureuse de pouvoir dormir dans un endroit sain. Jacob Layton pouvait bien décorer son intérieur comme il l'entendait, ça ne la regardait pas.

— Allez, choupette. Laissons les valises pour plus tard et allons nous chercher à manger.

Elle prit la menotte tiède de Freya dans sa main, et elles descendirent l'escalier.

Sans surprise, la cuisine était à l'avenant du reste de la maison : blanche, impersonnelle et d'une propreté rutilante qui lui fit cligner des yeux — quoiqu'un joli détail égayât l'ensemble : le plan de travail en bois poli qui accueillait un grand évier de campagne. Un îlot central entouré de tabourets de bar faisait office de table.

Elle installa Freya sur l'un d'eux et alla ouvrir le congélateur.

Vide. En revanche, elle trouva dans le frigo deux steaks ainsi qu'une quiche, du bacon, quelques œufs et deux tranches de poisson pané soigneusement enveloppées. Jacob apparut alors qu'elle cherchait un plat pour le four et du papier sulfurisé.

— Vous vous y retrouvez ?

Elle hocha la tête en souriant.

— Nous avons décidé de manger avant de déballer nos affaires. Cette première journée a été très longue pour Freya comme pour moi, et nous sommes lessivées.

Il ouvrit un placard et sortit trois verres à vin, puis il se ravisa en regardant Freya et posa devant elle un gobelet.

— Je vous sers du vin ?

— Oh, non, merci ! Je suis trop fatiguée. En revanche, je ne dirais pas non à une tasse de thé. D'autant plus que je n'ai pas encore défait mes valises. Ça ne vous ennuie pas, si je fais une lessive ?

— Non, pas du tout, dit-il en ouvrant une canette de soda pour Freya. Le thé et le café sont dans cette armoire. Et pour avoir de l'eau bouillante, il vous suffit d'appuyer sur le bouton rouge près de l'évier. Ne vous inquiétez pas, Freya ne peut pas l'atteindre. La buanderie se trouve là-bas. Vous y trouverez une machine à laver et un séchoir à linge. La pièce donne sur le jardin. S'il fait bon, Freya pourra y jouer… Sauf que je n'ai aucun jouet à part un vieux ballon dégonflé, ajouta-t-il avec une grimace d'excuse.

— Elle est où, la niche ?

Jacob se tourna vers la petite voix et se pencha vers la fillette.

— Ah oui, la niche. C'est vrai, je t'en ai parlé dans la voiture. Eh bien, justement, elle se trouve dans le petit jardin. Elle devait appartenir aux anciens propriétaires. Elle porte même encore le nom de leur chien.

— Il s'appelait comment ?

— Comment sais-tu qu'il s'agissait d'un mâle ?

— Oh ! comme ça, dit Freya en haussant les épaules. Je l'ai deviné.

Bonnie sourit, soulagée de voir que sa fille commençait à se rassurer.

Jacob était gentil de faire l'effort de lui parler. Encore à l'instant, elle songeait qu'elles devraient se faire toutes petites chez lui, mais apparemment la cohabitation serait plus aisée qu'elle ne l'avait craint de prime abord.

— Eh bien, tu as deviné juste : c'était bien un mâle, et il s'appelait Nonosse.

— Nonosse ? C'est débile, comme nom.

Bonnie ne put s'empêcher de rire. Jacob, quant à lui, s'accouda sur le plan de travail d'un air sérieux.

— C'est bien mon avis. Et toi, quel nom donnerais-tu à ton chien ?

— Sandy. J'aimerais bien avoir un caniche blanc.

— Ne l'écoutez pas, intervint Bonnie. Un jour, c'est un bichon frisé, l'autre, un fox-terrier ou alors un teckel. De toute façon, la plupart des locations n'acceptent pas les animaux domestiques. Je n'arrête pas de le lui répéter.

Il se pencha vers Freya pour lui chuchoter avec un sourire de conspirateur :

— Tu devrais demander à ta maman de vous trouver une maison où les chiens sont admis.

Bonnie ouvrit des yeux ronds.

Décidément, ce Jacob Layton ne cessait de l'étonner. Elle n'aurait jamais pensé qu'il avait un contact aussi facile avec les enfants.

— Du poisson, ça vous va pour ce soir ? dit-il en sortant le paquet du frigo. Il sera prêt en un quart d'heure.

Il déposa le merlan dans un plat pour le four et versa par-dessus le contenu d'un tupperware.

— Ce sont des pommes de terre grillées, expliqua-t-il. Comme je n'ai rien d'un cordon-bleu, ma femme de ménage me concocte toujours quelques repas d'avance. D'après elle, c'est la seule fois où ma cuisine sert à quelque chose.

Bonnie opina gauchement et, après s'être préparé une tasse de thé, se hissa sur un tabouret de bar, les mains autour de son mug.

Jacob lui jeta un coup d'œil en remplissant son verre de vin.

— Ça va ?

Elle émit un long soupir.

— La journée a été chargée. Ce matin, j'ai déposé ma fille à sa nouvelle école, je suis arrivée en retard à mon nouveau boulot. J'ai aussi accepté une promotion, participé à une intervention sur un accident et déménagé chez mon chef. Tout ça en un jour.

Il but une gorgée d'un air songeur.

— Vous allez bien dormir, je pense. Mieux que la nuit dernière, en tout cas.

Après une courte hésitation, elle hocha la tête avec gratitude.

— Jacob… Nous ne pouvons pas séjourner ici sans rien débourser. Permettez-moi de vous donner au moins ce que nous aurions dû payer au motel.

— Non.

Elle sursauta, surprise de la sécheresse de son ton.

— Pourtant, ce serait la moindre des choses, insista-t-elle. Je ne veux pas abuser de votre gentillesse. Ce soir, vous nous offrez même le repas. Je tiens à vous dédommager.

— Pas question. De toute façon, je vous héberge à titre temporaire, pour que vous vous trouviez un logement décent. Quant à la nourriture, je vous laisserai le soin de vous en occuper. Considérez ce soir comme une exception. Il est trop tard pour aller faire les courses.

A l'entendre, la situation semblait logique, raisonnable. Pourtant, c'était loin d'être le cas.

— Merci, dit-elle en soupirant. Mais je vous préviens, je reviendrai à la charge. Je ne compte pas lâcher le morceau aussi facilement.

Il fit tinter son verre contre sa tasse de thé.

— On verra. En attendant, venez, je vais vous faire visiter le reste de la maison.

Il leur montra une salle à manger, la porte de son bureau, un dressing ainsi qu'un petit salon agrémenté d'une véranda.

— Vous vivez vraiment dans une maison de rêve, Jacob, et si proche du centre-ville. Comment s'appelle ce quartier ? Le coin des millionnaires ?

Il éclata de rire.

— Non, pas du tout ! J'ai acheté avant l'envolée des prix, mais j'ai surtout dépensé pas mal d'huile de coude. Les rénovations m'ont pris de longs mois.

— Vous avez fait du beau travail. J'espère pouvoir découvrir le quartier au cours des prochains jours. J'ai besoin de me familiariser avec Cambridge.

— A l'occasion, je vous ferai visiter la ville, les endroits à connaître.

— Merci, Jacob, dit-elle en souriant. C'est très gentil de votre part.

La sonnerie du four retentit.

Elle aida Jacob à servir le poisson. Ils dînèrent à la bonne franquette, dans la cuisine. Freya réclama avec insistance d'aller voir la niche, mais il faisait noir dehors, et elle ne tarda pas à dodeliner de la tête.

— Je connais une petite fille qui va vite prendre son bain et faire dodo, dit Bonnie en lui enlaçant les épaules. En toute franchise, moi-même, j'irais bien me coucher tôt. Une fois la vaisselle terminée, je vais vous laisser…

Elle se leva avec un clin d'œil.

— Je ne veux pas arriver en retard demain ! Mon chef est un vrai casse-pieds.

— Je sais, je le connais de réputation, répondit Jacob en riant. Ne vous inquiétez pas pour la vaisselle, la machine va s'en charger.

— C'est vrai ?

— Tout à fait. Bonne nuit, Freya. Bonne nuit, Bonnie.

Comme c'était étrange… Pour la première fois depuis bien longtemps, elle se sentait en paix.

— Bonne nuit, Jacob. Et merci.

Mais quand, la fillette dans ses bras, elle croisa une dernière fois son regard d'un vert intense, cette plénitude disparut.

Elle était sûre d'une chose : ce regard-là allait hanter ses rêves une partie de la nuit.

4.

Installée au bureau des sages-femmes, Bonnie fronçait les sourcils devant l'écran de l'ordinateur.

Comment fonctionnait ce truc ? Un nouveau système de commande venait d'être installé, ainsi qu'un logiciel de calcul des heures travaillées, mais personne ne semblait avoir eu le temps ou la motivation pour apprendre à s'en servir. Preuve supplémentaire que ce service marchait sur la tête. Lorsque Jacob lui avait proposé ce poste de sage-femme en chef, elle avait été flattée. A présent, elle se demandait si cette promotion n'était pas un cadeau empoisonné.

Heureusement, plusieurs de ses collègues étaient très coopératives. Elle pouvait notamment compter sur Isabel Delamere, une obstétricienne australienne arrivée à la maternité royale dans le cadre d'un programme d'échange. Les premiers jours, Isabel l'avait mise au courant du fonctionnement général du service et lui avait présenté la plupart des membres de l'équipe. Pour les systèmes informatiques, elle avait reçu l'aide d'une sage-femme du nom de Hope Sanders, qu'elle voyait souvent discuter avec Jacob. Manifestement, tous deux étaient amis, mais, bien que Hope fût une séduisante blonde, célibataire de surcroît, leurs rapports semblaient s'en tenir à la camaraderie.

Bien malgré elle, Bonnie ne pouvait s'empêcher de s'en féliciter.

Afin d'éviter les ragots, Jacob et elle s'étaient mis d'accord pour ne rien dire de leur arrangement. En conséquence, il la déposait chaque matin en ville de manière à ce qu'ils arrivent séparément à l'hôpital. Jusqu'à présent, tout s'était bien passé. Seule ombre au tableau, sa recherche de logement n'avançait pas. Bien sûr, Jacob essayait de l'aider… Enfin, si l'on pouvait parler d'aide : il trouvait toujours à redire aux annonces qu'elle dénichait. Le problème, c'est qu'elle avait déménagé à la pire période de l'année. Les appartements qui l'auraient intéressée étaient pour la plupart occupés par des étudiants ou des professeurs qui ne partiraient pas avant la fin de l'année universitaire. Quelques mois plus tôt, elle n'aurait eu que l'embarras du choix, mais à présent c'était grillé.

Elle se massa les yeux avec un soupir et sursauta à la voix de Kerry, une des sages-femmes.

— Bonnie, on vient de recevoir un appel concernant une rupture spontanée des membranes à trente-six semaines. La patiente s'appelle Hayley Dickson, elle a vingt-sept ans et attend des jumeaux. Elle devrait arriver dans une heure, et j'aurai besoin d'un coup de main. Ça t'embête de descendre déjeuner maintenant ?

— Non, pas du tout, surtout pour mes premiers jumeaux à la maternité royale ! Et toi, tu as déjà mangé ?

— Oui, tu es la seule à ne pas avoir encore pris ta pause. Si tu ne te dépêches pas, il ne restera plus rien à la cantine.

— Pas de problème, dit-elle en se levant. Je remonte dans une demi-heure.

A la cafétéria, elle s'empara d'un sandwich au thon et, dans la salle quasiment vide, repéra une table à laquelle était installée une jolie blonde : Jessica Black, une infirmière en soins intensifs de pédiatrie. Tournée vers la fenêtre, le regard dans le vague, celle-ci semblait plongée dans ses pensées.

— La place est libre ?

Jessica sursauta et tendit le bras vers les chaises disponibles en souriant.

— Bien sûr. Si tu peux me remonter le moral…

— Qu'est-ce qui ne va pas ? Des problèmes de cœur ?

— Si seulement… Ce serait tellement plus simple que des soucis familiaux. Mes parents fêtent leurs trente ans de mariage dans quelques semaines, et je ne peux absolument pas me défiler. Ce n'est pourtant pas l'envie qui m'en manque.

Bonnie la regarda avec surprise.

— Pourquoi ? C'est quelque chose à fêter, non ?

— Normalement oui, soupira Jessica. J'adore mes parents, mais je sais qu'on va encore une fois me comparer à ma sœur et que je ne serai pas à la hauteur.

— Je ne te crois pas une seconde ! Tu es mignonne comme tout, tu as un métier formidable… Qu'est-ce que ta sœur peut bien avoir de plus que toi ?

Jessica marqua une courte hésitation avant de répondre.

— Abbie n'est pas seulement ma sœur, nous sommes jumelles. Et elle a toujours été parfaite : au lycée, en sport, avec les garçons… Depuis notre plus jeune âge, j'ai vécu dans son ombre. A Noël, si Abbie préférait mes jouets aux siens, elle faisait un caprice jusqu'à ce que je les lui donne. Lorsque je suis entrée à l'école d'infirmière, elle a décidé de suivre les mêmes études. Ensuite, elle m'a volé mon petit ami. Depuis, ils se sont mariés et ont fait trois enfants aussi parfaits qu'elle, et elle en attend un quatrième. Pour tout dire, ce n'est qu'ici, au travail, que je ne suis pas « la sœur d'Abbie ».

Bonnie tendit la main par-dessus la table pour prendre celle de Jessica.

— Comme je comprends ! Mon ex-mari était exactement pareil avec son propre frère. Il fallait toujours qu'il soit le meilleur en tout, c'était vraiment pesant. A présent, je suis tout à fait ravie de l'avoir quitté. D'ailleurs, tu as dû entendre dire que je l'avais plaqué après l'avoir surpris au lit avec ma meilleure amie. Donc, je compatis en connaissance de cause. Moi, au moins, j'ai pu m'en aller, et je ne suis pas obligée de les revoir ensemble. Je suis de tout cœur avec toi.

Jessica hocha la tête d'un air sombre.

— Certains hommes sont vraiment des minables. Malheureusement, c'est aussi mon problème numéro deux. C'est pour cela que je redoute autant cet anniversaire : tout le monde s'attend à me voir arriver accompagnée.

— Si ce n'est que ça… Tu pourrais demander à un ami.

— Oui, mais l'ami en question devrait correspondre aux exigences familiales : un physique de tombeur, un charme à toute épreuve et une patience infinie avec ma sœur.

Bonnie eut un léger sourire.

— Et parmi les hommes qui travaillent dans le service, tu ne vois personne ?

Jessica fronça les sourcils.

— Qui, par exemple ?

— Je ne sais pas, moi… Jacob Layton ? dit Bonnie en affectant le détachement.

— Oh ! lui… Oui, il est mignon, mais beaucoup trop grincheux.

Bonnie s'efforça de dissimuler son soulagement.

— Et Aaron Cartwright ? Un gynécologue américain, ça ne leur irait pas ?

Jessica secoua la tête avec un sourire.

— Si, sans doute, mais pas à moi. Il s'implique beaucoup trop dans son travail, comme la plupart des hommes dans ce service, d'ailleurs.

Bonnie réfléchit un instant.

— Et pourquoi pas un Australien ? Sean Anderson, tu sais, l'obstétricien arrivé quelques semaines avant moi.

— Tu plaisantes ? Je veux bien que tu sois encore nouvelle dans le service, mais quand même. Tu ne t'es pas aperçue qu'Isabel lui tournait autour ?

Ah bon ? Certes, ils étaient tous les deux australiens, mais de là à imaginer quelque chose entre eux…

Elle haussa les épaules.

— Je n'ai rien remarqué. Il faut dire que je ne les ai pas vus ensemble.

— La prochaine fois, tu feras attention. En tout cas, moi, je préfère rester à l'écart.

Bonnie termina son sandwich, pensive.

— Ça y est, j'ai trouvé ! Dean Edwards, le néonatologiste. Il serait parfait !

Un trouble fugitif se lut sur le visage de Jessica, ce qui n'échappa pas à Bonnie.

— Non, pas du tout ! C'est un homme à femmes, il change sans cesse de petite amie.

— Ah bon ? Il est sorti avec quelqu'un du service ?

Jessica s'empourpra et secoua vivement la tête.

— Oh non ! Il ne mélange pas le travail et la gaudriole.

— Bon, d'accord. Autrement dit, tu l'as barré de ta liste ?

Ah, zut, Sa question était à la limite de l'indiscrétion. Après tout, elles se connaissaient à peine.

Toutefois, Jessica ne parut pas se formaliser. Sans doute lui était-il plus facile de se confier à une personne nouvelle dans le service.

— On peut dire ça comme ça, oui. De toute façon, il n'a jamais fait attention à moi. Et à supposer le contraire, ma sœur aurait tôt fait de lui faire du charme et de le mener par le bout du nez.

De nouveau, Bonnie lui serra la main.

— Tu es une fille formidable, Jess. Je suis mal placée pour parler de ta sœur, mais d'après le portrait que tu m'en fais, elle n'a pas l'air facile à vivre. Tu vaux beaucoup mieux que tu ne le penses, et je t'assure que, quelque part, un homme rêve de rencontrer une femme comme toi. Tu tomberas certainement sur lui au moment où tu t'y attendras le moins. Excuse-moi, mais il faut que j'y aille, ajouta-t-elle en jetant un regard vers l'horloge. Je dois donner un coup de main à Kerry pour un accouchement de jumeaux.

Elle lui lança un clin d'œil en se levant.

— Je t'ai proposé trois hommes très bien, et tu les as tous refusés. Tu ne serais pas un peu exigeante ?

Jess lui rendit son clin d'œil avec un fin sourire.

— Tu m'as proposé *quatre* hommes, Bonnie, pas trois. De là à penser que tu t'en réserves un…

Bonnie s'éloigna avec un rire gêné.

Elle se serait giflée. A coup sûr, elle devait être écarlate.

Il n'y avait vraiment pas de quoi, pourtant. Sa réaction était ridicule. Personne ne savait qu'elle vivait chez Jacob. Au travail, ils ne s'étaient jamais permis la moindre familiarité, à part le tutoiement institué entre les membres du personnel. A la maison non plus, d'ailleurs. Cela dit, il avait toujours été gentil, surtout avec Freya. C'était même étonnant de la part d'une personne qui prétendait ne rien connaître aux enfants. Certes, il était parfois un peu maladroit, mais elle remarquait ses efforts et en était touchée.

Comme si le fait de penser à lui pouvait le matérialiser, elle le vit à l'entrée du service.

— Tiens, Bonnie ! Tu viens nous aider pour les jumeaux ?

— Tout à fait, fit-elle avec un large sourire. Donc, Hayley est ta patiente ? Que dois-je savoir sur elle ?

A la maternité, certaines patientes étaient prises en charge uniquement par des sages-femmes alors que d'autres nécessitaient un suivi médical plus poussé. C'était notamment le cas des grossesses multiples, du fait du risque accru de complications. Les bébés relevaient quant à eux du pédiatre.

— Hayley Dickson en est à trente-six semaines d'une grossesse sans histoire. En revanche, on a constaté une légère hausse de tension depuis deux semaines. Je suis content que l'accouchement survienne spontanément parce que j'envisageais de le déclencher. Les bébés vont bien. Il s'agit de jumeaux hétérozygotes d'environ trois kilos chacun.

— Filles ou garçons ?

— Elle et son mari ne tiennent pas à le savoir avant la naissance.

— Mais toi, tu n'es pas au courant ?

— Peut-être que oui, peut-être que non. Ne compte pas sur moi pour vendre la mèche. Sur ce, allons-y. Si tu es d'accord, dit-il en lui posant la main sur l'épaule, je vous laisse agir, toi et Kerry. Je reste là en cas de besoin et pour lancer la péridurale comme Hayley en a exprimé le désir. Elle tient autant que possible à accoucher par voie basse.

— Pas de problème. Je vais chercher les berceaux médicaux et je reviens.

Sur ces mots, elle s'éloigna en se félicitant de ce que Jacob respecte la volonté de sa patiente.

Parfois, les médecins pèchent par excès de zèle. De toute évidence, il n'était pas de ceux-là.

Lorsqu'elle arriva avec les lits et des chaufferettes, Kerry terminait de relier la patiente aux moniteurs fœtaux et de tension.

— Hayley, je vous présente Bonnie, notre nouvelle sage-femme en chef. Bonnie, voici Hayley et son mari, Jordan.

— Ravie de vous rencontrer, dit-elle en se lavant les mains. J'ai hâte de faire connaissance avec ces bébés. Dès qu'ils seront nés, le pédiatre viendra pour les examiner — après que vous leur aurez fait un câlin, bien sûr !

Hayley eut un sourire inquiet, qui fut interrompu par une nouvelle contraction.

— Je ne pensais pas les voir arriver si tôt.

Jacob entra avec un chariot contenant le matériel pour la péridurale.

— Où en est la dilatation ? demanda-t-il à Kerry.

— A cinq centimètres. Le premier bébé se présente la tête en bas.

— Parfait.

Il s'assit au chevet de Hayley pour lui expliquer succinctement la procédure.

— Une fois le cathéter en place, l'anesthésie surviendra au bout d'une dizaine de minutes. Nous allons veiller à ce qu'elle ne ralentisse pas le travail, mais normalement tout va bien se passer.

D'un léger signe de tête, il demanda à Bonnie de faire basculer Hayley sur le côté afin d'introduire le cathéter, puis il posa la péridurale avec l'habileté d'une longue pratique.

L'accouchement se déroula sans difficulté. Le premier enfant vit le jour au bout de deux heures. Bonnie vérifia ses voies respiratoires avant de le poser sur la poitrine de sa mère.

— C'est un garçon, un beau petit gars. Avez-vous choisi un prénom ?

Le mari de Hayley s'essuya les yeux.

— Dillon. On veut l'appeler Dillon.

Comme sur un signal, Sean entra à cet instant avec un grand sourire.

— Bonjour, je suis le Dr Anderson et je viens effectuer quelques tests pour vérifier que votre bébé va bien. Mon timing est impeccable, à ce que je vois !

Il procéda sans plus tarder à l'examen et déclara quelques instants plus tard que l'enfant avait un score d'APGAR parfait.

— Je reviens dans un moment pour le prochain bébé. Bon courage et à tout à l'heure.

Tandis que Kerry s'occupait de Dillon, Bonnie revint auprès de Hayley.

Déjà, la tête du deuxième bébé était visible. Toutefois, alors qu'une contraction arrivait, Bonnie fronça les sourcils et se tourna vers Jacob.

— Je crois qu'on a une dystocie des épaules, dit-elle d'une voix calme.

Une dystocie est une complication grave, susceptible d'endommager les nerfs de l'épaule, du bras ou de la main, ou de causer des difficultés respiratoires si le cordon ombilical est resté comprimé trop longtemps.

Jacob la rejoignit aussitôt, mais elle avait la situation sous contrôle.

— Hayley, votre bébé est coincé : son épaule est bloquée derrière votre os pubien. Avec l'aide du Dr Layton, je vais vous faire changer de position. Pendant un instant, essayez de ne plus pousser.

Tandis qu'elle parlait, Jacob alla se poster en bout de lit.

— Nous allons effectuer une manœuvre de McRoberts, poursuivit-elle. Pour cela, je vais vous demander de lever les jambes le plus haut possible afin de faciliter l'expulsion de votre bébé. Kerry vous tiendra une cuisse et le Dr Layton, l'autre.

Kerry tendit Dillon à son père et alla prendre place.

Bonnie adressa un bref hochement de tête à Jacob.

— A la prochaine contraction, le Dr Layton va pousser sur votre ventre. Cela peut être un peu douloureux, mais ce geste devrait normalement libérer l'épaule du bébé.

Elle jeta un coup d'œil à l'horloge.

Le temps leur était compté. Si la manœuvre n'aboutissait pas d'ici quelques minutes, il faudrait procéder à une césarienne d'urgence.

Au moment de la contraction, Jacob appuya sur l'os pubien. Plusieurs secondes s'écoulèrent, aussi longues que des heures. Enfin, Hayley fit un dernier effort, et le bébé glissa dans les mains de Bonnie. Prévenu par Kerry, Sean était déjà présent pour ausculter le nouveau-né. Fort heureusement, l'examen physique s'avéra tout à fait rassurant.

— Félicitations, dit Sean. Voici votre fille.

Il tendit la fillette aux parents ravis.

Bonnie, quant à elle, restait au chevet de Hayley pour surveiller l'expulsion du placenta.

— Avez-vous choisi un nom pour votre fille ?

Hayley hocha la tête.

— Oui, Carly. Nous allons l'appeler Carly.

Après l'avoir pesé, Kerry ramena Dillon à son père.

— Dillon et Carly, voilà de jolis prénoms. Félicitations ! Dillon pèse trois kilos cent, et Carly, deux kilos sept : ce sont de bons poids. Sean les réexaminera d'ici un moment, mais d'ores et déjà, il n'est pas utile de les mettre en soins intensifs.

Hayley et Jordan échangèrent un sourire de soulagement. Ils planaient tous les deux dans la béatitude des jeunes parents.

Bonnie éprouva malgré elle un pincement au cœur, frappée par la complicité qui unissait les parents dans l'émotion de l'accouchement.

Elle avait été dans le même état à la naissance de Freya. Robert, en revanche, avait eu l'air complètement paumé de celui qui ne comprend pas ce qu'il lui arrive. D'ailleurs, à présent qu'elle y pensait, il avait eu exactement la même expression lorsqu'elle l'avait surpris au lit avec Tricia.

Avec le recul, il fallait bien reconnaître qu'il n'était pas prêt pour le mariage. Et elle non plus. Ils sortaient ensemble depuis à peine un an lorsqu'elle était tombée enceinte, et leurs parents vieux jeu avaient insisté pour qu'ils se marient. A présent, elle se rendait compte qu'elle avait davantage été amoureuse de l'amour. Au fond, peut-être avait-elle toujours su que Robert n'avait pas l'étoffe d'un mari.

Ni d'un père, d'ailleurs. Dire qu'il n'avait pas tenté de revoir Freya depuis qu'ils s'étaient séparés…

Heureusement, elle avait la possibilité de prendre un nouveau départ. Il était hors de question qu'elle s'embarque encore dans une histoire sans avenir, d'autant plus qu'elle n'était plus une gamine de vingt ans, mais la mère d'une petite fille. Freya représentait tout pour elle.

Il fallait avant tout qu'elle pense à sa fille, mais, devant le bonheur de Hayley et Jordan, elle ne pouvait s'empêcher d'éprouver une pointe d'envie. C'était ridicule ! La plupart du temps, la vie de couple n'avait rien d'un conte de fées, au contraire. Elle était bien placée pour le savoir. Et pourtant, elle continuait de rêver à l'impossible.

Kerry lui donna une tape sur l'épaule.

— C'est bientôt l'heure à laquelle tu termines. Je vais rester encore un peu avec Hayley, le temps de lui donner quelques conseils pour l'allaitement. Ensuite, je m'occupe de passer le relais à l'équipe de nuit. Merci pour ton aide, Bonnie.

— Pas de problème, répondit Bonnie en souriant. Je t'en prie.

Jacob arriva derrière elle alors qu'elle se nettoyait les mains après avoir emporté le linge sale à la laverie.

— Félicitations ! En quinze ans de service, je n'ai jamais vu une dystocie des épaules aussi bien prise en charge.

Elle se retourna et lui sourit.

— Nous avons eu beaucoup de chance. Je t'assure que j'ai poussé un soupir de soulagement lorsque ce bébé est sorti.

Il lui posa la main au creux du dos en souriant.

— Moi aussi, crois-moi. Je n'avais vraiment pas envie de courir à la salle d'opération.

Elle frissonna en sentant la chaleur de sa main au travers de sa blouse.

A quand remontait la dernière fois qu'un homme l'avait touchée ainsi ?

— Merci, Jacob, dit-elle calmement.

Il inclina la tête de côté.

— De quoi donc ?

Proche comme elle l'était, elle voyait parfaitement les paillettes dorées qui scintillaient dans ses yeux verts. Il s'était rasé ce matin, mais son menton était déjà ombré d'une barbe naissante. Elle mourait d'envie de lever la main pour le caresser. Il ne traînait plus cet air las qu'il avait aux premiers jours de leur rencontre, une fatigue teintée d'un sentiment de… de désespoir ?

Comment le savoir ? Jacob Layton était tellement secret. Elle vivait chez lui depuis bientôt deux semaines, et elle avait l'impression de ne rien connaître de lui. La seule chose dont elle était sûre, c'était qu'il n'avait pas de femme dans sa vie et, pour une raison qu'elle ne s'expliquait pas, cela la tranquillisait.

— Eh bien, merci de m'avoir fait confiance, de ne pas avoir joué de ton autorité, murmura-t-elle. Tu m'as laissée faire mon travail en toute liberté, je t'en suis reconnaissante.

Il se pencha légèrement vers elle, et elle retint son souffle.

Si elle s'autorisait à respirer, son haleine lui caresserait le menton. Surtout, elle risquait d'inhaler l'odeur de sa peau, la fragrance discrète de son after-shave. Elle en avait déjà la tête qui tournait.

— Avec moi, tu seras toujours libre d'exercer ton métier comme tu l'entends, Bonnie. Je tiens à ce que mes collaborateurs se sentent bien. Tout le monde te fait confiance : moi, le reste de l'équipe, les patientes. Tu es un excellent élément.

Elle recula légèrement pour mieux s'appuyer contre sa main et leva le visage vers lui.

— Merci…

Ils se figèrent, leurs bouches à quelques centimètres l'une de l'autre.

— Bonnie, tu pourrais signer… Oh ! Pardon.

Ils s'écartèrent dans un sursaut.

Un papier à la main, une sage-femme du nom d'Ellis les dévisageait alternativement.

— Pas de problème, Ellis, dit-elle. Je faisais un peu de ménage après l'accouchement des jumeaux.

Sans un regard pour Jacob, elle prit le papier et alla le signer sur le bureau des infirmières.

Elle affichait un calme souverain, comme si rien ne s'était passé. Et d'ailleurs, c'était bien le cas : rien ne s'était passé entre elle et Jacob. Mais alors, pourquoi son cœur tambourinait-il si fort dans sa poitrine ? Et pourquoi Ellis la regardait-elle avec cet air perplexe ?

Elle lui rendit le document signé et la vit partir avec soulagement.

Qu'est-ce qu'il lui avait pris, bon sang ? Un peu plus, et elle aurait embrassé Jacob Layton dans la laverie. Bonjour le romantisme… Et pourtant, lorsqu'il avait posé la main sur son dos et l'avait couvée de son regard émeraude, elle s'était vraiment sentie perdre pied.

Elle ferma fort les paupières.

Il fallait qu'elle se ressaisisse. Elle n'allait pas se lancer dans une nouvelle relation de couple, et surtout pas avec son chef !

Forte de cette résolution, elle retourna vers la laverie — mais Jacob était parti.

5.

Il y avait du changement dans l'air. Quelque chose était arrivé. Quoi exactement, Jacob n'aurait pas su le dire, mais sa vie n'était plus comme avant. Pour preuve, si on lui avait dit deux semaines plus tôt qu'il prendrait plaisir à regarder un dessin animé en compagnie d'une gamine de cinq ans, il aurait haussé les épaules. Comme quoi, il ne faut jamais dire jamais.

Pour faire comme au cinéma, Freya avait insisté pour que toutes les lumières soient éteintes sauf une petite lampe et, pour compléter l'ambiance, elle avait demandé une glace.

— C'est qui, ton nain préféré ?

— Celui-ci, dit-il en pointant le doigt vers l'écran.

— Moi aussi.

Une soudaine explosion de musique fit sursauter Freya, et sa boule de glace tomba sur les genoux de Jacob.

— Oups !

Avec rapidité, il ramassa la glace et la fourra dans sa bouche.

La fillette fut prise d'un fou de rire irrépressible.

Oui, quelque chose avait changé. Depuis deux semaines, le gros nuage noir qui planait sans cesse au-dessus de sa tête semblait s'être éloigné définitivement. Etait-ce dû au fait que son traitement était enfin terminé ? En tout cas, il se sentait moins fatigué et de meilleure humeur. Au travail, il était moins intransigeant, moins impatient. Même les internes n'arrivaient plus à l'énerver. Et à la maison, une diablotine de cinq ans le menait par le bout du nez.

Freya sauta du canapé et ouvrit son cartable qui traînait par terre pour en sortir un papier froissé.

— Regarde ! J'ai fait ça pour toi aujourd'hui. C'est toi, sur le dessin.

— C'est vrai ? Merci beaucoup.

Il observa son portrait et sourit.

Assise à côté de lui, Freya attendait son verdict avec impatience.

— Alors, tu l'aimes bien ?

— Oui. Mais est-ce que j'ai vraiment des oreilles aussi grandes ?

— Oui, répliqua-t-elle d'un ton définitif. Dis, est-ce qu'on peut le mettre sur le frigo ? C'est comme ça que maman faisait, à la maison.

Elle le tira par la main, et il se leva pour la suivre jusqu'à la cuisine.

— Maman ! Regarde le dessin que j'ai fait pour Jacob. On peut l'afficher ?

Bonnie posa le saladier qu'elle était en train d'essuyer et réprima un rire.

— Il est magnifique, ma chérie. Attends, je crois que j'ai ce qu'il faut.

Elle ouvrit un tiroir et en sortit un aimant dont Jacob ne connaissait même pas l'existence.

— Super ! s'écria Freya, qui reprit la main de Jacob. Viens vite, c'est ma chanson préférée !

Jacob sourit.

Il avait toujours considéré sa maison comme un sanctuaire dans lequel il pouvait s'abriter du monde extérieur, mais, depuis l'arrivée de Bonnie et de Freya, sa tranquillité n'était plus qu'un lointain souvenir.

Il n'était pas désolé pour autant. Au contraire, au travail, il avait presque hâte que le soir arrive pour pouvoir les retrouver. Pourquoi, il n'en savait rien. Peut-être parce qu'elles lui fournissaient une distraction bienvenue. En leur compagnie, il n'avait plus le temps de se laisser aller à des idées noires ou de se demander si ses résultats seraient bons, s'il était venu à bout de son cancer. Pas plus qu'il n'avait le temps de se rappeler que sa mère était morte à cette période de l'année et qu'il risquait de connaître le même sort. Toutes ces pensées ne resurgissaient qu'après, dans la solitude de la nuit.

— Allez, viens, Jacob !

La voix impatiente de Freya le tira de sa songerie, et il s'aperçut alors que, une fois de plus, sans s'en rendre compte, il était en train de contempler le postérieur de Bonnie. Celle-ci pivota sur elle-même pour ranger des couverts dans un tiroir et lui sourit. Elle avait l'air détendue, heureuse.

A cette pensée, il sentit quelque chose frémir en lui. Un sentiment indéfini mais puissant.

— Je débouche une bouteille pour tenir jusqu'à la fin du film ? demanda-t-elle.

Il fit oui de la tête. Tandis que Freya l'entraînait dans le salon, il entendit le tintement des verres qu'elle sortait du placard.

Et dire que, à peine quelques heures plus tôt, il avait failli l'embrasser dans la laverie de l'hôpital. Que s'était-il passé ? Car il s'était bien passé quelque chose, du moins pendant un court instant. Il l'avait senti, et il était sûr qu'il en était de même pour elle. Il l'avait bien vu, à ses yeux tellement expressifs.

Pendant toute la première semaine, ils étaient restés prudents l'un avec l'autre, mais cette alchimie étrange qui vibrait entre eux n'avait pas faibli, bien au contraire. C'était évident à la façon dont leurs regards se croisaient sans cesse.

Il était resté si longtemps focalisé sur sa maladie qu'il avait fini par perdre de vue toute une palette d'émotions.

Oui, malgré l'hiver qui approchait, la température était montée d'un cran depuis l'arrivée de Bonnie Reid. Inutile de se mentir, elle lui faisait passer des nuits blanches. De là à savoir si c'était une bonne ou une mauvaise chose…

Une fois n'était pas coutume, Bonnie allait travailler pendant le week-end, et son jour de congé tombait en pleine semaine.

Heureusement, Lynn était d'accord pour garder Freya, elle parlait de l'emmener au zoo avec ses fils. C'était un souci de moins. Mais aujourd'hui, Freya était à l'école et Jacob au travail. Seule dans la grande maison, Bonnie ne cessait de tournicoter, désœuvrée. Elle n'avait plus l'habitude d'avoir du temps pour elle. Son ménage était fait, sa lessive aussi. Son linge et celui de Freya étaient pliés dans l'armoire en piles bien nettes.

Un léger frisson la parcourut.

Il commençait à faire froid dans cette maison. Depuis quelques jours, les températures avaient baissé. Or elle ne savait pas comment fonctionnait le chauffage et n'osait pas manipuler le thermostat de peur de le détraquer.

Elle traversa le salon en passant la main sur le manteau de la cheminée. Justement, un joli seau à charbon posé dans le foyer était rempli de boulets. Elle savait que Jacob n'avait pas eu le temps de faire ramoner le conduit, mais quel dommage de ne pas se servir de cette cheminée, surtout par un temps pareil. Un bon feu, quoi de plus agréable en hiver ?

Elle se redressa, forte d'une résolution nouvelle.

Puisque Jacob ne voyait pas d'objection à se servir de cette cheminée, elle allait la faire ramoner. C'était même une excellente façon de compenser l'aide qu'il leur apportait, étant donné qu'il avait toujours refusé qu'elle le paie. En plus d'avoir chaud, elle le remercierait de sa gentillesse : voilà ce qui s'appelait faire d'une pierre deux coups. La maison se trouvait en plein centre de Cambridge, dans un quartier rempli de vieilles demeures. Ce serait bien le diable si elle ne trouvait pas un ramoneur dans les parages.

Jacob était de garde toute la journée et ne rentrerait peut-être même pas ce soir. En tant que chef de service, il devait intervenir en cas d'urgence, mais il n'était jamais sûr que les internes le bipent, sans doute parce qu'il continuait de les intimider.

Elle avait eu du mal à ne pas rire lorsqu'il lui avait dit cela.

Ce soir ou, au pire, demain, lorsque Jacob rentrerait de sa garde, il aurait la surprise d'un bon feu qui réchaufferait la maison et lui donnerait une atmosphère accueillante. Il serait ravi ! De cela, elle ne doutait pas une seconde.

Sans hésiter, elle se plongea dans l'annuaire téléphonique, prit son téléphone et composa le numéro.

La première chose que Jacob remarqua en rentrant du travail, ce fut cette odeur bizarre.

Ce n'était pas celle de ces bougies aromatisées que Bonnie avait l'habitude d'allumer partout dans la maison. Celle-ci, âcre et piquante, prenait à la gorge. Il entendit alors un bruit assourdi qui semblait venir du salon. On aurait dit un reniflement, ou alors un sanglot.

Bon sang, mais qu'est-ce qui planait dans l'air ?

Il laissa tomber sa sacoche et se précipita dans le salon.

A genoux sur le sol, une grande bassine à côté d'elle, Bonnie récurait le plancher tandis que Freya jouait paisiblement avec ses poupées sur le canapé.

Il eut une exclamation étouffée à la vue du mur noir de suie.

— Mais qu'est-ce qu'il s'est passé ici ?

— Jacob ? C'est toi ?

Bonnie se leva d'un bond, elle semblait complètement paniquée. Son front, ses joues étaient maculés de cendres, ainsi que son T-shirt et son pantalon.

— S'il te plaît, ne te fâche pas ! Je croyais avoir le temps de tout nettoyer avant ton retour. Oh ! si tu savais comme je suis désolée !

Freya secoua la tête d'un air désapprobateur.

— Vilaine maman ! Je t'avais dit qu'il serait fâché.

Des larmes tracèrent des sillons grisâtres sur le visage de Bonnie.

— J'avais pensé te faire plaisir en engageant un ramoneur pour nettoyer la cheminée… Il faisait si froid, aujourd'hui. Un bon feu, ça aurait égayé la maison. Donc, j'ai pris contact avec un professionnel. Il avait l'air sérieux, pourtant. Il avait même étalé une grande bâche par terre. Mais lorsqu'il a commencé à ramoner, je ne sais pas ce qu'il s'est passé… J'ai entendu un grand bruit, et il y a eu un gros nuage de suie. Tout était noir ! Il a nettoyé autant que possible, mais, malgré tout, il en reste sur les murs, partout. Il doit revenir demain pour terminer de remettre de l'ordre.

Jacob la regarda fixement, sans rien dire.

Il aurait dû être furieux, mais, à la voir ainsi désolée, il ne pouvait pas s'empêcher d'être attendri. Comme chaque fois qu'elle était nerveuse, elle jacassait. Elle avait eu le même comportement le premier jour qu'il l'avait rencontrée.

— Ce n'est pas grave, va, répondit-il calmement.

Elle ouvrit des yeux ronds, étonnée de ne pas le voir s'emporter.

La vérité, c'était qu'il était trop fatigué pour se fâcher. Et puis, à quoi bon s'énerver ? En les hébergeant, il avait accepté de faire une croix sur sa tranquillité. Autant assumer sa décision.

— Monte te laver. Je vais terminer de nettoyer.

Freya leva la tête de son jeu et lui sourit.

— Salut, Jacob. T'as eu combien de bébés, aujourd'hui ?

— Quatre.

C'était devenu un rituel entre eux : chaque jour, elle lui posait cette question.

— Seulement quatre ? Hier, c'était six. Demain, tu devras faire mieux.

— Je suis bien d'accord, dit-il en souriant, avant de se tourner vers Bonnie. Va prendre une douche. Je m'occupe de Freya.

Elle hocha la tête, encore étonnée de sa réaction.

A vrai dire, il en était surpris lui-même. Quoique, s'il était tombé sur le ramoneur, il n'ait sans doute pas pris les choses avec autant de philosophie.

Près du seau à charbon, il avisa un panier rempli de bûches que Bonnie avait dû acheter pour préparer le feu. Plus il y pensait, plus ce geste le touchait. Elle avait vraiment cru bien faire et, comme elle n'était pas au courant de ses problèmes de santé, il ne pouvait pas la soupçonner d'avoir été motivée par la pitié. Certes, il appréciait l'aide de ses amis, mais il supportait mal de se sentir diminué. A l'hôpital, seules Hope et Isabel étaient au courant, en plus du spécialiste qui le suivait. Elles ne cessaient toutes les deux de lui dispenser de menues attentions quasi maternelles, et elles veillaient notamment à ce qu'il se nourrisse bien. Dernièrement, elles l'avaient régalé de muffins au chocolat et d'un ragoût de bœuf à mettre au congélateur. Toutefois, leur sollicitude le gênait, et il ne les avait jamais vraiment remerciées à la hauteur de leur gentillesse.

Rien de tel avec Bonnie. Cette initiative était spontanée. Bien sûr, elle avait agi parce qu'elle se sentait redevable envers lui, ce qui avait le don de l'exaspérer mais elle avait surtout voulu lui faire plaisir à *lui*, sans arrière-pensée, et il en était tout ému.

Il termina le nettoyage du sol et emporta la bassine d'eau sale dans la buanderie, puis il retourna dans le salon allumer la télévision. Il laissa Freya devant un dessin animé le temps de prendre une douche rapide et redescendit dix minutes plus tard, vêtu d'un jean et d'un pull.

Sur le palier, il croisa Bonnie qui portait la fillette somnolente dans ses bras.

— Je vais la coucher tout de suite, chuchota-t-elle, elle est épuisée. De toute façon, elle a déjà mangé. En revanche, je n'ai pas eu le temps de préparer le repas pour nous.

— Ne t'inquiète pas pour ça. Des croque-monsieur, ça te va ?

— Parfait, dit-elle en souriant. Merci.

Dans la cuisine, il entama les préparatifs de leur dîner et ouvrit une bouteille de vin blanc, puis il alla mettre en route un feu dans le salon. Lorsqu'il versa les boulets de charbon dans le foyer, un flot de souvenirs l'assaillit.

La dernière fois qu'il s'était servi d'une cheminée, c'était pour réchauffer sa mère. Affaiblie par la maladie, celle-ci avait toujours froid, même dans la maison chauffée.

Le feu démarré, il retourna finir le repas et revint dans le salon, chargé d'un plateau.

Bonnie était installée sur le canapé, perdue dans la contemplation du feu. Ses cheveux auburn fraîchement lavés étaient noués en un chignon d'où s'échappaient de petites mèches folles. Elle avait enfilé son jean préféré et un T-shirt jaune décoré de sequins qui étincelaient à la lumière des flammes. Son teint pâle avait un éclat nacré.

Elle sursauta lorsqu'il déposa le plateau sur la table basse et soupira.

— Je ne crois pas que je mérite une telle gentillesse.

Il ne put s'empêcher de sourire devant son air désolé et lui lança un regard de côté.

— Je ne le crois pas non plus, mais nous avons le choix entre nous quereller et boire un verre de vin. A toi de choisir.

Devant son regard rieur, elle sourit et trinqua avec lui.

— Je suis trop fatiguée pour me quereller. OK pour le vin.

Ils partagèrent leur repas dans un silence amical. Les seuls bruits étaient le crépitement des bûches et le tintement des couverts sur les assiettes. Puis Bonnie ramena les jambes sous ses fesses et bascula la tête en arrière, les yeux mi-clos.

— C'est magnifique.

Il opina du chef. Il était capable de perdre des soirées entières devant le spectacle d'un feu, surtout en compagnie d'une jolie femme. Pourquoi n'avait-il pas remis cette cheminée en état plus tôt ?

— Je suis désolée pour le mur, murmura-t-elle encore.

Il jeta un regard vers la tache et haussa les épaules.

Un coup de peinture, et il n'y paraîtrait plus.

— Raconte-moi ce qu'il s'est passé au juste.

Bonnie secoua la tête.

— Tu ne me croiras pas. J'étais dans la cuisine avec Freya, quand j'ai entendu tout à coup un grand « wouch » suivi d'un « boum ». Je me suis précipitée dans le salon, et j'ai vu le ramoneur étalé sur le dos, prêt à tourner de l'œil. Quand j'ai vu ça, j'ai fondu en larmes.

— Le pauvre, voilà qui a dû l'aider ! dit-il en s'esclaffant, allongeant un bras sur le dossier derrière la tête de Bonnie.

Gagnée par son hilarité, Bonnie se tourna vers lui.

— Rassure-moi, tu ne m'en veux pas ?

Il riait à présent si fort qu'il arrivait à peine à parler. Il secoua la tête et, sans réfléchir, lui caressa la joue du bout du doigt.

Ce geste lui semblait le plus naturel du monde, la suite normale de ce qu'il s'était passé quelques jours plus tôt dans la laverie de l'hôpital.

— Non, pas du tout. Au contraire, c'était très gentil de ta part. J'avais toujours eu l'intention de faire ramoner cette cheminée, mais je n'en ai jamais trouvé le temps. J'ai sans cesse trop de choses à faire.

Bonnie posa la main sur son poignet. Il éprouva aussitôt une myriade de picotements électriques sur sa peau et dut se retenir de l'attirer dans ses bras pour la serrer contre lui.

— Quoi donc, par exemple ? demanda-t-elle.

— Oh ! des choses, du travail. Rien d'important.

Il ne voulait pas évoquer le sujet avec Bonnie de peur de dissiper cette sensation presque irréelle qui planait sur eux d'un secret qu'ils étaient les seuls à partager.

Bonnie ne retirait toujours pas sa main.

— Au fait, j'aurais besoin de tes lumières. Aujourd'hui, j'ai sélectionné plusieurs annonces pour des locations, dont une pour un petit appartement qui serait dans mes moyens. Peux-tu me renseigner ?

Assis à côté d'elle, les yeux fixés sur les reflets dorés dans ses cheveux auburn, il sentit son ventre se serrer violemment.

Il lui semblait tout simplement absurde de lui donner des conseils pour qu'elle parte.

Il s'humecta les lèvres, et elle en fit autant.

Décidément, cette femme le rendait fou.

— Des appartements dans quels quartiers ?

— A Olderfield et à Rancor. Celui que j'ai repéré est situé à Calderwood.

Il secoua la tête lorsqu'elle mentionna les prix.

— Olderfield n'est pas un quartier recommandable. Rancor irait mieux, mais le loyer est beaucoup trop cher. A cet endroit, on trouve des logements pareils pour trois cents livres de moins. Quant à Calderwood, c'est à l'autre bout de la ville, ça t'obligerait à changer Freya d'école.

Tout ce qu'il disait était sensé, rationnel, et pourtant ses sentiments étaient à l'opposé. Sa voix s'était réduite à un murmure à peine audible. Mû comme par une force étrangère, il s'était penché vers Bonnie, et il sentait sur sa peau la caresse légère de son haleine. Son parfum l'enveloppait comme un filtre magique auquel il n'essayait même pas de résister. Dans ses yeux, il lisait de la passion, il en était sûr. Elle n'avait pas bougé, pas réagi, mais elle s'était calée contre lui comme si c'était sa place.

Bercé par la douce chaleur du feu, il se sentait différent, apaisé. Sans réfléchir, il se pencha vers elle pour effleurer ses lèvres. Elle renversa la tête avec un léger soupir et lui posa la main sur l'épaule comme pour l'attirer à elle.

— Maman ?

La petite voix de Freya surgit soudain de l'étage.

Ils s'écartèrent brusquement l'un de l'autre. Bonnie se leva d'un bond et se précipita vers l'escalier.

Seul dans le salon, Jacob s'efforça de maîtriser sa respiration, prenant la mesure de ce qu'ils avaient été sur le point de commettre.

Qu'est-ce qu'il lui avait pris, bon sang ? Etait-il devenu fou ? C'était une collègue de travail ! Un peu plus, et…

Il préférait ne pas y penser.

Il se leva pour allumer, et les ombres mordorées furent noyées par un flot de lumière crue.

Il était temps de se dire que rien n'était arrivé.

6.

— Quelqu'un peut-il me dire ce qui est arrivé à Jacob ?

La question venait de Kerry, qui sortait tout juste du bloc opératoire, accompagnée d'Isabel.

— Moi, j'ai ma petite idée, chantonna cette dernière.

Toutes deux échangèrent un clin d'œil malicieux.

Bonnie, qui se trouvait dans la pièce, sentit une onde d'appréhension lui parcourir l'échine.

— De quoi parlez-vous ? demanda-t-elle, l'air de rien.

— Tout à l'heure, j'ai laissé tomber un plateau à instruments en pleine opération, dit Kerry en se lavant les mains. Normalement, Jacob aurait pété les plombs et m'aurait éjectée de la salle illico.

Bonnie fronça les sourcils.

— Ah bon ?

Elle savait que certains chirurgiens avaient la réputation de s'emporter facilement au bloc, mais elle n'avait jamais rencontré cette situation, heureusement. Elle n'était pas sûre de bien réagir à de tels caprices de diva.

— Eh bien, là, rien du tout ! poursuivit Kerry. A croire que ce n'est plus la même personne. Il m'a juste demandé de remplacer le plateau. Tout le monde en est resté comme deux ronds de flan.

Bonnie cligna des paupières avec étonnement.

— Jacob était si colérique que ça au bloc ?

— Pas juste au bloc, intervint Isabel. Au bureau des infirmières, en néonat, en soins intensifs… Avec les patientes, il était toujours adorable, mais avec le personnel, quelle horreur…

— Et pourtant, dit Kerry, moi qui travaille ici depuis des années, je peux vous dire qu'il n'était pas comme ça auparavant. Il a changé brusquement il y a environ un an. Du jour au lendemain, il s'est transformé en une espèce d'ours mal léché. Du moins, jusqu'à il y a quelques semaines, ajouta-t-elle en lançant un regard appuyé vers Isabel.

Bonnie se balança nerveusement d'un pied sur l'autre, gênée par les deux paires d'yeux braqués sur elle.

— Je ne vois pas du tout ce que tu veux dire.

Isabel s'approcha d'elle pour lui tapoter l'épaule.

— Ecoute, je ne sais pas comment tu t'y prends au juste avec lui, mais continue comme ça.

Les portes claquèrent, et Sean Anderson fit irruption dans la pièce.

— Les filles, désolé de vous interrompre. Isabel, tu as une minute ?

Bonnie vit passer sur le visage d'Isabel une expression étrange où se lisaient la peur et le désir de fuir. Apparemment, Jessica avait deviné juste sur ces deux-là.

Rougissante, Isabel hasarda un regard vers elle.

— Bonnie, tu ne voulais pas me faire voir une patiente ?

Bonnie détestait mentir, mais elle n'était pas du genre à laisser une collègue dans l'embarras.

— Si…

Sean leva les yeux au ciel et s'en alla avec un soupir sonore.

Isabel lança un bref regard vers ses collègues.

— Merci.

La voyant partir à son tour tête baissée, Kerry croisa les bras sur sa poitrine avec un sourire amusé.

— De mieux en mieux… Il s'en passe des choses, dans ce service.

Bonnie hocha furtivement la tête et se dirigea vers la porte.

Si seulement Kerry savait…

Jacob était en proie à une excitation étrange. Depuis combien de temps n'était-il pas allé voir un film ? Dix ans, quinze ans ?

Quoi qu'il en soit, la veille, Freya lui avait parlé avec enthousiasme du dernier Disney, et il avait prévu d'inviter la petite et sa mère à une soirée-surprise au cinéma. Lundi, Freya avait son cours de danse, et mercredi elle allait passer la nuit chez une copine de classe, mais normalement elle et Bonnie étaient libres ce mardi.

Il avait acheté les billets. Restait la question du dîner. Il avait bien une idée, mais le restaurant proposait-il un menu enfant ?

C'était étrange. Un mois plus tôt, jamais il n'aurait imaginé se poser une telle question. Ce rendez-vous n'en était pas vraiment un. Pas du tout, même. Tout juste une sortie amicale pour se changer les idées. Pourtant, il avait le sentiment de se lancer dans l'inconnu. Bien sûr, il avait déjà invité une femme au restaurant. Souvent, même. Mais jamais il n'avait intégré un enfant dans ses plans.

Il en était là de ses pensées lorsque Bonnie apparut à la porte.

— Jacob ? On vient d'avoir un appel du service ambulatoire au sujet de Lisa Brennan, une patiente diabétique de trente-trois ans qui devait passer une échographie à vingt semaines. L'échographiste a détecté une anomalie sur le cliché, et il voudrait ton avis.

— J'y vais tout de suite.

Il sortit du bureau et lui emboîta le pas dans le couloir.

— Au fait, tu fais quelque chose ce soir ?

Devant son air surpris, il sentit son cœur battre plus vite.

— Je veux dire, toi et Freya. J'envisageais de vous emmener toutes les deux voir ce film dont elle parlait hier. Qu'en penses-tu ?

Bonnie hocha la tête, un mince sourire sur les lèvres.

— Freya sera ravie. C'est une excellente idée.

— Parfait. Dans ce cas, je réserve les places. Nous pourrions aussi dîner au restaurant avant la séance ?

Elle acquiesça d'un hochement de tête imperceptible, et ils se séparèrent au seuil d'un bureau.

Il poursuivit son chemin, en proie à une émotion bizarre.

Il ne s'était pas senti aussi nerveux devant une fille depuis le lycée. Et dire qu'il n'avait même pas osé lui dire qu'il avait déjà acheté les tickets ! Sans doute l'aurait-elle mal pris…

Lorsqu'il atteignit le bout du couloir, il se retourna.

Bonnie n'avait pas bougé de place, elle le regardait en souriant.

L'espace d'une seconde, il eut de nouveau seize ans. Il faillit donner un coup de poing dans le vide et crier de joie.

Nerveuse comme une adolescente, Bonnie examinait les vêtements étalés sur son lit sans pouvoir se décider.

Rien ne semblait lui aller…

— Mets ton pull de Noël, maman ! s'écria Freya en se précipitant dans la pièce. Comme ça, on sera habillées pareil.

Le pull en question était un tricot noir avec un sapin de Noël décoré de paillettes.

— Pourquoi pas ? Après tout, on est en décembre.

Elle enfila le vêtement et se sentit aussitôt plus à l'aise.

Tout le problème était là : elle s'inquiétait de sa tenue comme pour un rendez-vous amoureux, alors qu'il ne s'agissait de rien de tel. Jacob voulait simplement leur faire plaisir, par gentillesse.

Oui, mais il l'avait aussi embrassée, l'autre soir. Un baiser bref, mais intense, émouvant. Et tout à l'heure, lorsqu'il lui avait proposé cette soirée, elle aurait vraiment cru qu'il l'invitait à sortir avec lui. D'ailleurs, la délicieuse sensation de chaleur qu'elle avait éprouvée ne l'avait pas quittée du reste de la journée.

— Allez, maman, dépêche-toi !

Elle vérifia rapidement son apparence dans le miroir et s'appliqua un peu de rouge à lèvres. Voilà, elle était prête.

Jacob, qui les attendait en bas de l'escalier, la gratifia d'un regard charmé. Elle lui y répondit, embrasée d'un feu intérieur.

Freya, cependant, babillait gaiement.

— J'ai trop hâte de voir ce film ! A l'école, plusieurs copines m'ont dit qu'il était génial. Tu sais quoi ? La princesse danse sur la mer, et le prince, lui, il vit sous l'eau.

— Tu es sûr de tenir le coup toute une soirée ? demanda Bonnie.

Jacob hocha la tête en souriant.

— Je crois, oui. De toute façon, j'ai intérêt à me mettre à la page. D'ici quelques jours, tous, petits et grands, auront vu ce film. J'ai réservé une table dans un restaurant italien, ajouta-t-il en ouvrant la porte. J'ai pensé que ça vous plairait à toutes les deux. Les spaghettis bolognaise, c'est ton plat préféré, n'est-ce pas, Freya ?

Bonnie s'installa dans la voiture, agréablement surprise. Elle avait imaginé que Jacob les amènerait au fast-food le plus proche. Encore une fois, il dépassait ses attentes.

Le restaurant et le cinéma se situaient à une dizaine de minutes de route. Excitée comme une puce, Freya toucha à peine à son assiette et jacassa tout au long du repas. Jacob lui posa des questions sur son école et ses amis, puis il demanda à Bonnie si elle se plaisait à Cambridge.

— Je me plais beaucoup à la maternité royale. J'ai la chance d'avoir de bons collègues. Je me suis même fait quelques amies — Isabel, Hope et Jessica, pour ne citer qu'elles. Elles m'ont invitée à sortir, mais j'ai du mal à me libérer. En Ecosse, je pourrais confier Freya à mes parents, mais ici, c'est différent.

Jacob hésita, la fourchette figée en l'air.

— Je peux la garder, si tu veux.

— Oh non, Jacob ! Je ne peux pas t'imposer une chose pareille.

— Pourquoi ? Où est le problème, si je ne suis pas de garde ? Je peux toujours regarder un film avec elle.

Tout en secouant la tête, Bonnie coula un regard de biais vers Freya, qui semblait ne prêter aucune attention à leur conversation.

— Ton offre est très généreuse, mais je ne veux pas abuser de ta gentillesse. Et puis, Lynn peut toujours me dépanner en cas de besoin, quand bien même je préférerais ne pas avoir recours à elle, dit-elle en posant le bras sur les épaules de la fillette. Freya commence tout juste à s'habituer à sa nouvelle vie, je ne tiens pas à perturber son emploi du temps.

Jacob hocha pensivement la tête et haussa les épaules.

— Comme tu voudras. Mais sache que mon offre tient toujours.

— C'est bientôt l'heure du film ? s'écria Freya.

Bonnie consulta sa montre et passa une serviette sur le visage de la fillette.

— Oui, on y va. Tu es prête ?

— Oui ! Allons voir la princesse !

Les abords du cinéma débordaient d'une foule d'enfants surexcités qui faisaient régner un vacarme insupportable.

— Je ne sais pas si j'arriverai à tenir tout une soirée dans ce bruit, grommela Jacob.

Elle éclata de rire.

— Crois-moi, dès que le film commence, ils se taisent tous comme par magie.

Après avoir retiré leurs tickets, ils allèrent acheter du pop-corn et s'installer dans la salle. Freya changea de place trois fois : d'abord assise près de Bonnie, elle décida de se mettre à côté de Jacob, puis entre les deux. Le film démarra quelques instants plus tard.

Dans la pénombre, Bonnie songea soudain que Freya n'était jamais allée au cinéma avec son père. Robert avait sans cesse eu une excuse pour se défiler.

Un élan de regret lui serra le cœur.

Elle aurait dû choisir mieux. Robert avait toujours été absent pour sa fille. Et c'était Jacob, un célibataire sans aucune expérience des enfants, qui se démenait pour faire plaisir à Freya. Quelle ironie !

Dès le début du film, Freya s'était penchée en avant sur son siège pour mieux profiter de l'histoire.

Bonnie tendit la main derrière la fillette et toucha le bras de Jacob. Il se tourna vers elle avec étonnement.

— Merci, chuchota-t-elle.

Il lui sourit et serra sa main dans la sienne en lui caressant la paume avec son pouce. Ils demeurèrent ainsi pendant toute la durée du film.

7.

Ravie, Freya contemplait le sapin tout illuminé, les bougies et les guirlandes.

— C'est super beau ! Pas vrai, maman ?

Bonnie hocha la tête.

Ainsi décoré, le salon avait quelque chose de magique. Pourvu que Jacob apprécie... Apparemment, il n'était pas du genre à fêter Noël. Pour preuve, décembre était déjà bien avancé, et il n'avait montré aucune velléité de décorer la maison. Peut-être s'en désintéressait-il parce qu'il vivait seul ? Il lui avait déjà dit qu'il ne prenait pas de congé ce jour-là.

Quoi qu'il en soit, elle avait toujours eu l'habitude de sortir les décorations dès les premiers jours de décembre, et il lui paraissait impensable de s'en passer cette année. Elle tenait absolument à donner un beau Noël à sa fille. Selon toute vraisemblance, elles n'auraient pas trouvé d'autre logement d'ici là, et elles passeraient les fêtes chez Jacob, puisque Robert n'avait même pas profité de la saison pour reprendre contact avec la petite. A vrai dire, elle n'en était pas surprise, mais elle était inquiète de ce que Freya pouvait en penser. Comment allait-elle grandir en sachant que son père ne l'aimait pas ?

Pour l'heure, heureusement, celle-ci était trop accaparée par sa nouvelle vie pour se soucier de son père, et c'était aussi pour couper court à toute velléité de nostalgie que Bonnie tenait à ce que ce Noël soit réussi. Donc, ni une ni deux, elle avait échafaudé un plan. Ce samedi, Jacob était de garde et ne reviendrait que tard le soir. Dès le matin, elle était allée au centre commercial faire le plein de décorations. Elle avait dépensé une petite fortune. Elle avait même craqué pour un vrai sapin. Auparavant, elle s'était toujours contentée d'un arbre en plastique, mais, dans le salon de Jacob, ça aurait fait riquiqui. Le magasin assurait la livraison, et l'employé était passé dans l'après-midi pour l'aider à l'installer.

Freya avait trépigné de joie lorsqu'elle avait branché les guirlandes pour vérifier qu'elles fonctionnaient bien. A 4 heures de l'après-midi, il commençait déjà à faire sombre, et elle baissa les stores pour éviter que Jacob ne voie l'arbre de la rue. Elle tenait à ce que la surprise soit totale.

Une grosse guirlande rouge et vert était enroulée autour de la rampe d'escalier. Une autre, munie de petites lumières multicolores, ornait le manteau de la cheminée. Un feu était allumé dans le foyer, et elle avait éteint les lumières principales, plongeant la pièce dans un clair-obscur chaleureux.

Freya battit des mains.

— Ça va être le plus beau des Noëls !

Bonnie sourit. La joie de Freya lui faisait chaud au cœur. Chaque fois qu'elle voyait sa fille aussi heureuse, elle ne doutait plus du bien-fondé de son choix de venir vivre à Cambridge.

Ensemble, elles finirent d'installer une crèche en bois sur la petite table du salon. Tout avait l'air parfait, il ne manquait plus que Jacob, quand elles entendirent un grondement de moteur et le claquement d'une portière.

Freya risqua un coup d'œil entre les lames du store.

— C'est lui, maman ! Il arrive !

Radieuse, Bonnie alla se poster sur le seuil de la pièce pour l'accueillir.

Il apparut quelques secondes plus tard, laissa tomber sa sacoche dans le couloir d'entrée et accrocha sa veste à une patère.

— Salut, Jacob.

— Salut, toi, fit-il en lui rendant son sourire.

— Jacob, on a une surprise pour toi ! cria Freya en courant vers lui.

Il sursauta légèrement à la vue de la rampe d'escalier et fronça les sourcils.

Un frisson désagréable parcourut Bonnie.

Jacob n'avait pas l'air content. Pas du tout. Tout à coup, elle eut le sentiment d'avoir commis une grosse bêtise.

Elle en eut la confirmation lorsqu'il passa devant elle et Freya sans même les regarder, s'arrêta au milieu du salon et pivota, l'air consterné.

Elle le dévisagea sans comprendre. On aurait dit qu'il faisait face à une vision de cauchemar. Mais que pouvait-il trouver de cauchemardesque dans un sapin de Noël ?

Il s'approcha de la cheminée et arracha la jolie guirlande.

— C'est quoi, tout ça ?

Il se tourna vers elle, plus accusateur que jamais.

— C'est une blague ? Et il y en a partout ? Qui vous a permis d'installer ces horreurs ? Qu'est-ce qui vous fait penser que vous pouvez décorer ma maison sans mon autorisation ?

Il regarda fixement la guirlande avant de la laisser tomber par terre. Puis elle le vit tirer rageusement sur une branche du sapin. Une jolie boule de Noël tomba et se brisa sur le plancher. Dans un élan de fureur, il secoua l'arbre et le fit basculer par terre.

Elle ouvrit des yeux ronds.

C'était fou ! Jamais elle ne l'avait vu dans un tel état. Il était comme possédé, soulevé par une colère qui le faisait trembler de tout son corps. Penché au-dessus de l'arbre renversé, il arrachait violemment les décorations et les éparpillait autour de lui avec des gestes saccadés.

— Je déteste, déteste ça. Je dois déjà le supporter partout, mais chez moi… Jamais, tu entends ?

Freya le contemplait bouche bée, effrayée.

Bonnie enveloppa la petite fille de son bras et la serra contre elle.

— Mais qu'est-ce qu'il te prend, Jacob ? Tu es fou, ma parole ! Nous pensions te faire plaisir…

Mais il semblait ne pas l'entendre. Il contemplait les guirlandes clignotantes en secouant la tête d'un air éperdu. Sortant de sa torpeur, il alla débrancher les illuminations, ce qui plongea le salon dans l'obscurité.

— Comment as-tu osé faire une chose pareille ? Tu sais pourtant très bien que je ne fête pas Noël. Je te l'ai déjà dit.

Il avait parlé avec une telle acrimonie qu'elle recula involontairement. Elle songea à toutes ces heures de préparation, à la joie qu'elle et Freya se faisaient de lui offrir une surprise, et un voile rouge se mit à danser devant ses yeux.

Tout ça pour ça ?

Elle s'écarta de Freya et fit un pas vers lui, furieuse.

— Ça va, j'ai compris. Ça suffit, Jacob ! D'accord, tu n'aimes pas Noël. Désolée de ne pas avoir su lire dans tes pensées. Et excuse-nous, moi et ma fille, d'avoir voulu te faire plaisir. Rassure-toi, cette erreur ne se reproduira pas.

Elle se retourna au bruit d'un sanglot et s'agenouilla devant Freya pour l'envelopper dans ses bras.

Ce salaud faisait pleurer sa fille ! Elle aurait pu le tuer. Elle aurait voulu l'étrangler à mains nues. On n'avait pas idée de se comporter ainsi !

Un frémissement parcourut Jacob. Muet de stupéfaction, il dévisageait la fillette comme s'il prenait tout à coup la mesure de son attitude et de l'effet qu'elle avait eu sur Freya. Il parut hésiter, mais, devant le regard noir qu'elle lui lança, il pivota sur ses talons et repartit dans le couloir d'entrée. La porte claqua derrière lui.

Bonnie demeura immobile, le sang lui martelant les tympans.

Les épaules secouées de tremblements, Freya sanglotait, le visage contre son cou.

Jamais elle n'avait été aussi furieuse. Pas même lorsqu'elle avait surpris son imbécile d'ex au lit avec Tricia. Et tout ça, pour des décorations de Noël ? C'était tellement incroyable, incompréhensible…

Elle se fichait bien du fait qu'elle se trouvait chez Jacob ou qu'il ait été aimable et hospitalier jusqu'à cette incartade. Il avait fait pleurer sa fille, et elle allait le lui faire payer très cher.

— Allez, il est largement temps de rentrer chez vous.

Jacob leva la tête de sa bière, et le barman désigna de la tête l'horloge.

— Arrêtez de vous biler. Ce n'est certainement pas aussi grave que ça.

Jacob secoua la tête et vida son verre, puis il jeta un coup d'œil vers la fenêtre sombre.

La neige s'était mise à tomber, et il n'avait pas sa veste. Dans sa précipitation, il était sorti sans rien sur le dos.

Avec un soupir, il se leva, salua le tenancier d'un signe de tête et quitta le pub.

Dehors, le froid lui fit l'effet d'une gifle. En bras de chemise et pantalon de ville, il frissonnait. Dire que tout à l'heure, lorsqu'il était parti, il avait marché comme un fou, sans se rendre compte du temps qu'il faisait !

En fait, le problème était là : il ne s'était rendu compte de rien, n'avait pensé à rien. Il avait suffi d'un coup d'œil à toutes ces décorations pour qu'une marée de souvenirs indésirables déferle en lui. A l'extérieur, il arrivait à faire abstraction de toute cette mascarade festive : il pouvait toujours se concentrer sur son travail. Chez lui, en revanche, il n'avait aucune échappatoire.

Mais comment Bonnie aurait-elle pu s'en douter ? Elle avait agi avec les meilleures intentions du monde. Et lui, il s'était comporté comme… comme un fou. Un vrai fou. Il avait fait pleurer Freya. Au souvenir de son petit visage défait et ravagé par les larmes, la honte l'étouffait. Le pire dans cette histoire, c'était qu'il n'aurait pas autant regretté son geste s'il avait offensé seulement Bonnie. C'était une gamine de cinq ans qui lui donnait des leçons de savoir-vivre.

Comment en était-il arrivé là ? Etait-ce vraiment lui, ce pauvre type qui venait de passer trois heures dans un pub à écluser des bières ?

Soudain, il ne ressentit plus le froid. Il était immergé dans ses souvenirs, oublieux de tout.

Sa mère n'aurait pas toléré un tel comportement. Elle avait été la douceur même. En cas de conflit, elle trouvait toujours le moyen d'arrondir les angles. Tout le contraire de son père, buté, cassant, péremptoire. A la réflexion, ils se complétaient bien, tous les deux. Si sa mère avait vécu, son père aurait certainement mieux accepté sa décision d'étudier la médecine. Il avait toujours espéré voir son fils perpétuer la tradition familiale et devenir militaire. Sa mère, elle, aurait été fière de lui, de ce qu'il était devenu. Mais elle aurait aussi attendu de lui qu'il ait pour les autres le respect qu'il avait eu pour elle.

Autour de lui, la lumière orange de l'éclairage public se réverbérait sur la neige. Noël était partout : dans les décorations de rue, dans les étalages, sur les affiches des spectacles de fin d'année… Au même instant, des fêtards sortirent d'un pub en riant bruyamment.

Il enfonça la tête dans ses épaules.

Depuis quand n'était-il pas sorti s'amuser un samedi soir ? Il ne s'en souvenait même plus.

A quoi devait-il s'attendre en rentrant chez lui ? Et si elles étaient parties ?

A cette pensée, il se sentit soudain nauséeux. Il n'avait pourtant rien mangé de la soirée. D'ailleurs, la simple idée de nourriture lui donnait des haut-le-cœur.

Pourvu qu'elles ne soient pas parties ! Il ne supporterait pas de revenir dans une maison vide. Il redoutait beaucoup moins de retrouver Bonnie et de s'entendre dire ses quatre vérités. Au contraire, c'était ce qu'il méritait. Avec un peu de chance, elle le laisserait s'expliquer.

La neige s'épaississait. Ses pieds gelés lui faisaient mal, et il s'efforça d'accélérer le pas. Enfin, il arriva dans sa rue. De loin, il aperçut sa maison. Le store du salon était baissé.

La gorge sèche, il dut se retenir de courir. Son esprit se mit à tourner à cent à l'heure. Si elles étaient parties, que ferait-il ? Mille excuses, mille explications se bousculaient dans sa tête, mais Bonnie serait-elle disposée à l'écouter ?

Il monta les marches, s'arrêta sur le perron pour sortir ses clés et chancela de soulagement.

La porte n'était pas fermée à clé. Si Bonnie était partie, elle n'aurait pas laissé la maison ouverte.

Le cœur battant, il entra, épousseta la neige de ses épaules et de ses cheveux, puis ôta ses chaussures d'un coup de talon.

Il n'y avait aucun bruit dans la maison. La lumière était éteinte dans la cuisine et dans le salon.

Il parcourut silencieusement le couloir et s'aperçut avec un coup au cœur que toutes les décorations avaient été enlevées : le sapin, la crèche, les guirlandes, tout avait disparu. Jamais les murs blancs n'avaient semblé aussi nus et austères.

Seule une petite lampe était allumée dans un coin du salon. Bonnie était assise sur le canapé. Elle ne se retourna pas lorsqu'il entra. La mâchoire serrée, elle regardait fixement devant elle le foyer éteint, un verre vide à la main.

Il se tint un instant immobile, prêt au pire, mais elle demeurait silencieuse, comme si elle n'avait pas remarqué sa présence.

— Bonnie…

Sa voix eut du mal à franchir sa gorge nouée. Il inspira profondément et alla s'asseoir à côté d'elle.

— Laisse-moi t'expliquer.

— Tu as intérêt, lâcha-t-elle d'un ton tranchant.

Il resta un instant silencieux, ne sachant pas par où commencer.

— Je suis désolé d'avoir fait de la peine à Freya. Je n'ai jamais voulu une chose pareille.

— Et pourtant, tu l'as fait. Mais je te garantis que c'était la première et la dernière fois. Ma fille est tout ce qui compte pour moi. Tu m'as bien comprise ?

Il hocha la tête sans rien dire, puis se renversa en arrière sur le canapé et ferma les yeux.

Elles n'étaient pas parties, tout n'était pas perdu.

Il humecta ses lèvres sèches.

— Je ne t'ai jamais parlé de mon passé.

Bonnie caressait le pied de son verre comme si ce geste lui permettait de maîtriser ses nerfs.

— Non, en effet.

Simplement vêtue d'un jean et d'un pull de laine douce, elle était ravissante. Il aurait voulu la toucher, chercher un peu de réconfort dans ses bras. Certaines paroles étaient si difficiles à prononcer !

— J'ai perdu ma mère à l'âge de dix ans.

Voilà. C'était dit.

Il entendit Bonnie pousser une exclamation étouffée.

— Ma mère était le pilier de notre famille, poursuivit-il. Je suis fils unique et j'ai peu connu mon père. Il était militaire de carrière, souvent absent. Lorsque maman est morte, c'était comme si une partie de moi-même était partie avec elle.

— Mon pauvre Jacob, ça a dû être terrible ! Comment as-tu fait face ?

— J'étais perdu. Ma mère et moi étions très proches. Avec mon père, en revanche, nos rapports avaient toujours été tendus. Avec le recul, je crois qu'il ne savait pas s'y prendre avec les enfants, conclut-il en levant les yeux vers Bonnie.

A coup sûr, elle devait penser « tel père, tel fils ». Or il aurait voulu qu'elle ait de lui l'opinion inverse.

— Mon père m'a expédié en internat. J'y ai passé les pires années de ma vie. L'enseignement était excellent, mais la cassure a été trop brutale. Quasiment du jour au lendemain, j'avais perdu ma mère et tous mes repères.

— Pourquoi ton père a-t-il fait ce choix ?

Il soupira.

— Je n'avais pas de tuteur, plus de grands-parents. Mon père était affecté à l'étranger et ne pouvait pas m'emmener. De toute façon, il m'a dit plus tard qu'il avait toujours eu l'intention de m'envoyer en internat.

— Crois-tu que ta mère l'aurait accepté ?

— Je n'en sais rien.

Il se renversa contre le dossier du canapé et secoua la tête avec un soupir.

— Il y a tant de choses que j'aurais voulu lui demander. Tant de conversations dont j'aurais voulu me souvenir. La plupart sont restées gravées là, dit-il en se tapotant le front du doigt. Mais parfois, j'ai l'impression que je les ai inventées.

— De quoi ta mère est-elle morte, Jacob ?

Il hésita avant de prendre une profonde inspiration.

— D'un cancer. Un lymphome non hodgkinien qui l'a emportée en quelques semaines.

Bonnie se mordit la lèvre, émue.

— Es-tu allé à ses funérailles ?

— Oui. Je me rappelle qu'il faisait un froid de canard et qu'il pleuvait des cordes. Nous ne sommes pas restés plus de cinq minutes.

Un éclair traversa le regard de Bonnie.

— A quelle période de l'année ta mère est-elle décédée ?

Les yeux de Jacob se brouillèrent. Malgré tous ses efforts pour les contenir, des larmes coulèrent. Voilà qu'il pleurait, lui, un homme… Décidément, il touchait le fond.

Il se passa les mains sur les joues avec impatience et inspira profondément.

— Elle est morte trois jours avant Noël. Après l'enterrement, je suis revenu dans la maison que nous avions décorée ensemble.

— Oh ! Jacob…

Bouleversée, Bonnie leva la main pour lui essuyer ses larmes.

— Je ne peux même pas imaginer à quel point ça a dû être dur pour toi.

A présent qu'il avait commencé à s'épancher, il ne pouvait plus s'arrêter. Il avait confiance en Bonnie. Il la connaissait peu, mais suffisamment pour savoir qu'elle n'avait rien d'une écervelée superficielle. Au contraire, c'était une femme de cœur, généreuse et forte. Une femme comme il n'en avait jamais rencontré. Après des années de silence, il avait enfin trouvé la bonne personne pour l'écouter.

— Mon père n'a plus jamais été le même après cela. Je ne l'ai plus jamais vu sourire. Nous sommes devenus étrangers l'un à l'autre. A présent, je me pose beaucoup de questions. J'ignore s'il agissait comme cela parce qu'il ne savait pas comment digérer les choses ou parce qu'il avait du chagrin. Parfois, je me dis que ma mère avait révélé une facette de sa personnalité, et que, lorsqu'elle n'a plus été là, il est redevenu ce qu'il était avant de l'avoir connue. Quoi qu'il en soit, à l'âge de dix ans, tout a basculé pour moi.

— Tu n'avais vraiment personne pour s'occuper de toi ? Personne vers qui te tourner ?

Il secoua la tête.

— Non, personne. Tu comprendras pourquoi je déteste Noël. J'essaie de ne pas être amer, mais il m'est impossible d'y voir une occasion de joie. J'ai de bons souvenirs de Noël avec ma mère, mais cela remonte à si loin… Parfois, je me demande si je n'ai pas rêvé ces moments.

— Oh ! Jacob…

Bonnie posa la main sur la sienne et la caressa doucement.

Etait-ce la douceur de ce contact ? la chaleur de sa main ? Ou tout simplement, le soulagement d'avoir enfin trouvé quelqu'un à qui se confier, à trente-sept ans ? Il se sentit délesté d'un poids immense, submergé par une euphorie inconnue. Ces quatorze derniers mois avaient été si difficiles, entre la fatigue du traitement et l'angoisse du verdict. Dieu merci, dans quelques semaines, il allait être fixé : il saurait enfin s'il était en rémission ou s'il était perdu, comme sa mère avant lui. Bonnie et Freya lui avaient fait un bien fou.

Sans elles, il aurait passé cette période à se morfondre dans les idées noires.

Bonnie pressa de nouveau ses doigts dans les siens.

— Comprends que Freya n'a rien à voir là-dedans. Elle ne doit pas souffrir de ce que tu as vécu.

Jacob retira sa main et se cacha le visage.

— Je sais. J'ai tellement honte. Tout ce que je peux dire, c'est que je n'étais pas dans mon état normal. Lorsque j'ai vu toutes ces décorations en entrant, ça m'a rappelé des souvenirs que j'aurais préféré oublier.

Il se frotta les yeux avec un soupir.

— J'ai pété les plombs, j'en suis parfaitement conscient. Je suis désolé.

Il fit face à Bonnie et s'aperçut soudain qu'elle était non pas jolie, mais belle. Avec ses cheveux roux sombre, ses yeux d'un bleu intense et son teint d'albâtre, c'était une femme splendide, la plus belle qu'il ait jamais vue, même à la lumière ingrate de la petite lampe.

— Que dois-je faire pour me faire pardonner ? Je ne veux pas qu'elle me déteste ou qu'elle ait peur de moi.

— Ce n'est pas à moi de te le dire, Jacob, fit-elle avec un doux sourire. C'est toi qui dois le savoir. Tu es l'adulte. Elle n'est qu'une petite fille. Tu devrais prendre le temps de réfléchir à tout ça.

Il acquiesça sans rien dire. Il ne pouvait pas détacher son regard du beau visage de Bonnie. Il aurait voulu caresser sa peau nacrée, parcourir ses taches de rousseur du bout du doigt.

— Qu'est-il arrivé à ton père ?

Il eut un léger soupir.

— Il est mort il y a deux ans d'un infarctus. Il a même eu droit aux honneurs militaires. Il aurait été très fier, ajouta-t-il avec un haussement de sourcils désabusé.

Bonnie se reversa du vin.

— Que dirais-tu de boire un verre avec moi et de bavarder de tout et de rien ?

Il hocha la tête et prit la bouteille dont il examina l'étiquette.

— Eh ! C'était la plus chère de ma cave !

— Je sais, dit-elle en relevant le menton avec un regard de défi. J'ai même vérifié sa cote sur Internet avant de l'ouvrir ! J'avais l'intention de terminer la bouteille avant ton retour. Estime-toi heureux qu'il t'en reste un peu.

Il se servit à son tour et contempla son verre.

— Je suis heureux que tu ne sois pas partie, dit-il enfin.

Elle lui posa la main sur l'épaule en souriant.

— Pourtant, ce n'est pas l'envie qui m'en a manqué, crois-moi. Même si je n'avais aucun point de chute. Je m'en fichais. Et pourtant…

Elle s'interrompit en secouant la tête, comme si elle avait du mal à se comprendre elle-même.

— Je n'ai pas pu. Pas comme ça.

Un long silence tomba.

A présent que l'émotion était dissipée, il se sentait épuisé. Il avait très chaud, conséquence sans doute des bières ingérées et de sa marche dans le froid. Les paupières alourdies, il la dévisagea avec intensité.

Ses yeux bleu sombre le fascinaient. Elle n'avait pas besoin de parler. Il se sentait uni à elle par une connexion tellement puissante qu'il avait l'impression de deviner ses pensées.

— Tout le monde n'est pas obligé de partir, murmura-t-il.

Elle inspira profondément et posa son verre par terre, puis elle se tourna vers lui, une jambe repliée sous elle, et enroula les bras autour de son cou.

— C'est vrai, dit-elle.

Il sentit sa gorge se nouer douloureusement.

Ces choses qu'il avait dites à Bonnie, il ne les avait racontées à personne d'autre. Jamais il n'avait éprouvé un tel courant de sympathie avec quelqu'un. Il aurait voulu que cette complicité dure toujours.

— Pourtant, tu n'es pas restée avec ton mari. Tu l'as quitté.

— Oui, mais j'avais des circonstances atténuantes. Tu les connais, d'ailleurs.

Il tendit la main et lui caressa les cheveux.

— Pas vraiment, justement. Parle-moi du père de Freya.

Bonnie regarda fixement le plancher.

— Au début, Robert était mon petit ami. Nous sommes sortis ensemble pendant environ un an avant que je ne tombe enceinte... par accident. Je sais, dit-elle en levant les mains, Inutile de rire. Une sage-femme qui tombe enceinte sans l'avoir voulu, ça ne s'invente pas. Pourtant, avec le recul, je ne regrette rien : Freya a été un merveilleux cadeau. Quoi qu'il en soit, Robert venait d'une famille très conservatrice, et nous n'avons pas eu d'autre choix que de nous marier, même si je savais que Robert n'était pas fait pour le mariage.

— Malgré tout, tu l'as épousé.

Elle hocha la tête en enroulant distraitement une mèche de cheveux autour de son doigt.

— Je crois que j'étais surtout amoureuse de l'amour. Mais, au fond de moi-même, je ne me voyais pas vieillir à ses côtés.

— Et puis ?

Bonnie haussa les épaules.

— Et puis, j'ai été prise par mon métier et par mon rôle de mère. Mon couple est passé au second plan. Robert, lui, est devenu petit à petit distant, distrait... Je me doutais bien qu'il y avait anguille sous roche, et ça m'énervait. Un jour, en arrivant plus tôt du travail, j'ai trouvé une autre voiture devant la maison. Je suis entrée tout doucement. Freya était en bas, en train de jouer. Robert était à l'étage, au lit avec l'une de mes meilleures amies.

Elle s'enfonça sur le canapé en secouant la tête.

— Je te passe les détails. J'étais folle de rage. Le fait que Freya soit présente, qu'il s'agisse d'une amie...

— Qu'est-ce que tu as fait ?

Elle leva les yeux au ciel.

— Ma soi-disant copine s'est retrouvée toute nue dans le jardin. J'ai balancé les vêtements de Robert par la fenêtre — elle a pu s'habiller avec. Après, j'ai rassemblé quelques affaires et je suis retournée chez mes parents avec Freya. J'ai demandé le divorce dans la foulée.

— Et comment te sentais-tu ?

Bonnie hésita un court instant avant de répondre.

— J'étais plus humiliée qu'autre chose. Nous nous étions éloignés, Robert et moi. Nous aurions fini par divorcer, de toute façon. Mais je ne m'attendais pas à ce que ça finisse comme cela. Pour autant, je n'ai pas eu le cœur brisé, ajouta-t-elle avec un sourire triste. J'ai même été soulagée. Mais nous vivions dans une petite ville où tout le monde était au courant de ce qu'il m'était arrivé. Au bout d'un moment, j'en ai eu assez des regards, des ragots. J'ai préféré partir.

— Et tu es venue à Cambridge.

— J'étais obligée de déménager : je devais me préserver et préserver ma fille. Nous avions besoin d'un changement, d'une nouvelle vie.

Jacob lui caressa la joue avec le pouce.

Il ne s'était pas trompé à son sujet. C'était une femme de tête, volontaire et lucide. Il avait tant à apprendre d'elle.

— Merci, murmura-t-il.

Bonnie fronça les sourcils, interloquée.

— De quoi ?

— Merci d'être restée.

Elle s'humecta les lèvres.

Ce mouvement ténu, inconscient, fut comme le signal qu'il attendait. Sans hésitation, il se pencha vers elle et prit ses lèvres. Une odeur capiteuse de grand vin taquina ses sens, son pull en laine lui chatouillait agréablement la peau. Sa chemise était encore mouillée de neige fondue, mais Bonnie ne sembla pas en être gênée. De même, elle ne fit aucune remarque lorsqu'il faillit renverser son verre en passant un bras autour d'elle.

Ses cheveux… Il avait voulu les toucher dès la première fois qu'il l'avait vue. Il plongea les doigts avec délectation dans leur douceur soyeuse, attrapa une longue mèche qu'il enroula autour de la main, puis il lui saisit la nuque pour mieux l'embrasser…

Mais alors, elle s'écarta.

Pendant une seconde d'angoisse, il pensa qu'elle allait se dérober, mais non. Elle lui prit son verre et le posa sur la petite table, puis elle le poussa contre le dossier du canapé et l'enjamba en nouant les bras autour de son cou.

— Voilà qui est mieux, dit-elle en souriant.

En guise de réponse, il l'attira contre lui, savourant le moelleux de sa poitrine, et glissa les mains sous son pull, sur sa peau : il ne pouvait se lasser d'elle, de sa douceur satinée, de son parfum.

Du bout des doigts, elle lui effleura le cou et la mâchoire avant de lui empoigner les cheveux pour l'embrasser avec fureur. Leur baiser s'approfondit et s'épanouit en une caresse sensuelle et sauvage.

Il la voulait nue contre lui, tout de suite !

Il s'écarta pour se débarrasser de sa chemise, puis il lui enleva son pull.

Les seins ronds et fermes de Bonnie étaient prisonniers d'un soutien-gorge de dentelle écru. La respiration saccadée, elle se jucha sur lui et pesa de tout son poids sur la partie la plus sensible de son corps. Il fit courir ses doigts sur ses épaules, sa poitrine, son ventre, jusqu'au bouton de son jean. Il adorait ses courbes voluptueuses. Il n'était plus lui-même. Son corps semblait obéir à une volonté propre.

« Arrête ! lui criait son cerveau. Arrête tout de suite ! » Il ne devait pas céder. Jamais il ne s'était attaché comme ça à une femme. Plus il connaissait Bonnie, plus elle lui plaisait. Il l'admirait pour sa force, sa résilience, son humour. Pour sa conscience professionnelle, aussi, et pour son empathie avec les patients. Il n'avait jamais rencontré une femme comme elle. Elle était sensationnelle…

Et lui, il était en passe de commettre la plus grande bêtise de sa vie. Bonnie sortait tout juste d'une relation ratée, elle n'avait pas besoin d'enchaîner avec une autre.

A cette pensée, ses mains se figèrent sur son dos.

Bonnie et Freya méritaient d'être heureuses. Qu'avait-il à leur proposer ? Un avenir en pointillé ? Même dans le meilleur des cas, ce cancer ne disparaîtrait jamais vraiment de sa vie. Il était sûr de l'avoir dans ses gènes. Or Bonnie voudrait d'autres enfants. Des enfants à qui il risquait de transmettre sa maladie. Non, il ne se permettrait pas de faire une chose pareille ni d'imposer ses soucis à Bonnie et à Freya.

Elle s'écarta légèrement, les sourcils froncés.

— Jacob ? Quelque chose ne va pas ?

— Maman ?

Ils se figèrent au son de la petite voix.

Bonnie bondit aussitôt du canapé et enfila son pull.

Il regarda sa chemise froissée qui traînait par terre.

— Veux-tu que je monte avec toi ?

Elle secoua vite la tête en se dirigeant vers l'escalier.

— Non, non, je vais me débrouiller. Laisse-moi m'occuper d'elle.

Comme elle quittait la pièce en courant, il ne put s'empêcher de laisser ses yeux errer une dernière fois sur sa silhouette aux formes délicieusement épanouies. Puis il l'entendit monter les marches pieds nus.

— Eh bien, ma chérie, qu'est-ce qu'il t'arrive ?

Les voix s'éloignèrent, et le silence retomba dans la maison.

Il se prit le visage dans les mains et secoua la tête.

Il aurait voulu expliquer à Bonnie pourquoi il avait interrompu leur baiser, mais comment le faire sans évoquer son cancer ? Ce soir, il avait déjà dévoilé beaucoup de lui-même, mais il ne se sentait pas prêt à le franchir ce pas. Pour rien au monde il ne voudrait qu'elle le traite avec pitié. A l'hôpital, il n'avait révélé sa maladie à deux collègues que parce que le traitement l'obligeait à réduire son temps de présence. S'il avait pu se dispenser d'en parler, il l'aurait fait.

Il se renversa sur le dossier du canapé en soupirant.

Il promena un regard autour de lui, sur les murs blancs et nus. Stériles.

Il grimaça en revoyant leur expression atterrée lorsqu'il s'était défoulé sur les décorations.

Comme il avait été stupide ! Et minable. Et ingrat : Bonnie n'avait pas tort, le salon était nettement plus joli avec les décorations. A présent, il l'admettait volontiers. Il pouvait s'estimer heureux qu'elle lui ait accordé une occasion de s'expliquer. Beaucoup n'auraient pas eu cette patience.

Il se leva, ramassa sa chemise et alla la déposer dans la laverie. Sur une pile de linge à repasser, il prit un T-shirt qu'il enfila. Un objet étrange dépassait de la porte du placard. Il l'ouvrit et faillit recevoir en pleine face une branche de sapin.

Il sourit de soulagement tandis qu'une boule de Noël glissait par terre et roulait à ses pieds.

Ainsi, c'était là qu'elle avait rangé l'arbre, avec le reste des décorations !

Ce soir, il s'était comporté comme un imbécile, mais il était encore temps d'y remédier. Et il savait exactement ce qu'il lui restait à faire.

8.

Bonnie frotta ses yeux lourds de sommeil.

Heureusement, Freya semblait beaucoup moins affectée. Elle ne s'était réveillée qu'une fois pour aller aux toilettes et s'était rendormie après un câlin.

Elle-même ne pouvait pas en dire autant, elle avait passé une nuit horrible à ruminer les événements de la veille. Incapable de fermer l'œil, elle n'avait cessé de se tourner dans son lit, en proie à un tourbillon de pensées.

Elle s'était bien doutée que le comportement de Jacob devait avoir une cause grave. C'était d'ailleurs pour cela qu'elle lui avait accordé une petite chance. A présent, elle le comprenait, sans pour autant l'excuser. Elle savait qu'il était désolé, elle l'avait vu sur son visage. Et lorsqu'il lui avait parlé de sa mère, elle n'avait pas pu s'empêcher de pleurer.

Une pensée soudaine lui serra le cœur.

Si elle venait à disparaître prématurément, Freya reviendrait chez Robert. Autant dire qu'elle serait laissée à elle-même comme Jacob l'avait été.

Jacob…

La simple évocation de son nom la faisait frissonner.

Dans quoi s'embarquait-elle ? N'était-elle pas en passe de commettre une nouvelle erreur ? La veille, Jacob s'était confié à elle, mais il restait tellement de zones d'ombre chez cet homme… Au bout d'un mois de cohabitation, elle continuait à se poser beaucoup de questions à son sujet. Pour une raison qu'elle ignorait, elle sentait qu'il se dérobait, et ce n'était pas de la paranoïa de sa part. Or, après des années passées à côté d'un menteur invétéré, elle tenait absolument à ne pas s'engager à l'aveuglette dans une relation. Elle avait trop souffert, et Freya aussi. Il était hors de question qu'elle renouvelle l'aventure.

La petite voix de Freya interrompit ses pensées.

— J'ai faim ! On descend bientôt déjeuner, maman ?

Bonnie sourit et la prit dans ses bras pour un câlin.

Elle pouvait s'estimer heureuse d'avoir une fille aussi accommodante. Quoi qu'il arrive, Freya commençait toujours la journée du bon pied.

— On y va. Qu'est-ce que tu veux manger, ce matin ?

— Du pain grillé avec de la confiture.

— Je vais te préparer ça, mais avant allons nous débarbouiller un peu, veux-tu ?

Après un passage à la salle de bains, elle se baissa pour prendre Freya dans ses bras et descendre l'escalier. Ce faisant, elle découvrit quelque chose de bizarre.

Une guirlande rouge et vert était enroulée autour de la rambarde, exactement comme la veille !

Un sourire naquit au coin de ses lèvres.

Alors qu'elle arrivait en bas, une délicieuse odeur de bacon grillé flottait dans l'air. Dans le salon, les ampoules colorées du sapin l'attirèrent comme un aimant.

— Regarde, Freya, murmura-t-elle.

Les lumières clignotaient sur le sapin chargé de boules scintillantes, la crèche était de retour sur la petite table, la guirlande vert et rouge ornait de nouveau le manteau de cheminée.

Comment Jacob s'y était-il pris pour tout rafistoler, elle n'en avait aucune idée, et au fond, quelle importance ? L'essentiel, c'était qu'il l'avait fait.

— Maman, le sapin est revenu, dit Freya, tout sourires. Tu crois que Jacob le trouve joli, maintenant ?

Bonnie hocha la tête lentement.

— Apparemment, oui.

Lorsqu'elle entra dans la cuisine avec Freya, Jacob posait la théière sur la table du petit déjeuner.

— Oh ! vous êtes déjà debout ! Très bien.

Il regarda Freya avec appréhension.

— Assieds-toi, j'ai préparé le petit déjeuner.

Tandis que Bonnie l'installait sur une chaise, Freya plissa le nez devant l'assiette de bacon.

— J'en veux pas.

— Je m'en doutais un peu, répondit Jacob en souriant.

Sur ces mots, il avança devant elle un présentoir à toasts et un pot de confiture.

Freya s'empara d'une tranche de pain.

— Tu peux me la beurrer, maman ?

Son regard se posa de nouveau sur Jacob.

— C'est super que le sapin soit revenu. J'aime beaucoup les lumières.

Après une brève hésitation, Jacob tira une chaise pour s'asseoir.

— Moi aussi. Vous avez eu une très bonne idée, ta mère et toi. Excuse-moi pour hier. Je ne pensais pas retrouver la maison décorée en arrivant, et j'ai été surpris.

Ne sachant pas comment Freya allait réagir, Bonnie retint son souffle.

Mais la petite fille se contenta de hausser les épaules.

— C'est pas grave. Je peux regarder la télé ce matin ?

Et voilà : incident classé. Tout est simple, pour une gamine de cinq ans. Jacob s'était excusé, il avait réinstallé les décorations, c'était tout ce qui comptait pour elle.

Le petit déjeuner se déroula dans une ambiance bon enfant. Jacob semblait davantage à son aise ce matin. Manifestement, leur discussion de la veille lui avait fait du bien.

C'était bizarre, de le voir bavarder comme si de rien n'était avec Freya. Du temps de son mariage, le petit déjeuner avait toujours été un moment entre elle et sa fille, sans Robert ou si peu. Rien de tel avec Jacob…

Un sentiment étrange s'insinua en elle.

Jacob allait mieux ce matin, mais elle, pouvait-elle en dire autant ? La veille, si Freya n'était pas intervenue, la soirée se serait conclue par beaucoup plus qu'un baiser. Ce qui se passait entre elle et Jacob semblait si naturel et si passionné à la fois…

Depuis quelque temps, elle accumulait les changements : un nouveau travail dans une nouvelle ville pour une nouvelle vie… Oui, mais jusqu'où était-elle prête à aller ?

Jacob se sentait respirer de nouveau. Il n'aurait pas supporté d'être en froid avec Bonnie, surtout après ce baiser merveilleux de la veille. En même temps, il n'arrivait pas à se départir d'un sentiment d'amertume.

A présent, il savait exactement ce qu'il ratait. Pourtant, il ne regrettait rien. Il y avait si longtemps qu'il n'avait éprouvé de tels sentiments pour quelqu'un. Et, preuve qu'il avait bien changé, peu lui importait que ce quelqu'un soit la mère d'une petite fille. Quelques années plus tôt, il n'aurait pas été question pour lui de s'engager dans une telle relation, en quoi il aurait eu tort. A l'exception notable de la veille, il s'entendait bien avec Freya. D'ailleurs, il en était le premier étonné, et Bonnie aussi, probablement. Au travail, il avait bien remarqué qu'on le regardait différemment. Ces derniers temps, il se sentait insouciant, comme délivré d'un fardeau, et, ce matin, il avait carrément l'impression de flotter sur un nuage.

Seule l'attente des résultats tempérait son bonheur.

A supposer qu'ils soient bons, ce qu'il espérait, il ne pourrait pas s'estimer totalement à l'abri d'une rechute. Le cancer resterait là, tapi dans l'ombre, et il aurait toujours l'angoisse de transmettre cette maladie à sa descendance.

En dépit de son inquiétude, ces derniers jours lui avaient apporté une vraie bouffée d'oxygène. La veille, il avait beaucoup réfléchi tout en redécorant le salon. Il était temps de tirer un trait sur les idées noires. Sa mère aurait voulu qu'il profite de la vie et qu'il en fasse profiter les autres. Pour commencer, il devait arrêter d'associer Noël à la période la plus triste de sa vie.

Fort de cet état d'esprit, il tira de sa poche trois tickets qu'il tendit à Freya.

— Tiens, j'ai eu une idée de sortie. Je me demandais si toi et ta mère seriez intéressées.

Les billets étaient illustrés de dessins que la fillette examina.

— Lui, c'est Rudolph ? questionna-t-elle en pointant le doigt. On peut aller voir Rudolph ?

Jacob regarda Bonnie. Il avait bon espoir qu'elle dise oui, quand bien même, à présent qu'il y songeait, il aurait dû commencer par lui en parler à elle.

Elle se pencha et prit un ticket.

— C'est pour aujourd'hui ! Qu'en dis-tu, Freya ? Une visite au père Noël… Tu pourras même dire bonjour aux rennes.

Il hocha la tête.

— Alors, c'est d'accord ? Ça vous dit ?

Elle leva sa tasse et avala une gorgée.

— Tu as eu une très bonne idée. C'est gentil d'avoir pensé à nous.

Au regard qu'elle lui lança, il devina qu'elle songeait encore à ce qui s'était passé la veille. Elle devait se demander ce qui l'avait retenu d'aller plus loin. Même à présent, une tension sensuelle crépitait entre eux, plus forte que jamais. Il brûlait de l'embrasser de nouveau. Mais il devait songer à leur bonheur, il ne pouvait leur offrir aucun avenir.

Il inspira profondément.

— Je penserai toujours à vous, Bonnie.

Un silence tomba.

Pourquoi avait-il dit cela ? Pour mettre un terme à quelque chose qui n'avait même pas commencé ? A vrai dire, il avait la sensation de naviguer à vue dans la vie, en ce moment. Certes, il avait des sentiments pour Bonnie, mais lesquels ?

— Allez, Freya, dit-elle en se levant. La visite au père Noël est pour cet après-midi. Ce matin, c'est dessins animés à volonté.

— Super !

Freya se précipita vers le salon, suivie de sa mère.

Comme Bonnie s'éloignait, il ne put s'empêcher de jeter un œil au doux balancement de ses hanches.

Heureusement que Freya ne l'avait pas invité cette fois, il aurait du mal à se concentrer sur des dessins animés.

— Vous êtes prêtes ?

— Ouiiii !

Sitôt emmitouflée dans son manteau, Freya courut à la porte.

Dehors, il faisait un froid de canard aggravé par des rafales de neige fondue, mais, toute à son excitation, la fillette se fichait bien de la météo.

— Dis, est-ce que je pourrai grimper sur son dos ? Et son nez, il est vraiment rouge ?

Jacob, souriant, arbora une moue expectative.

Depuis ce matin, Freya avait sorti la mitraillette à questions. Elle n'arrêtait pas.

— C'est loin ? On y va en voiture ?

Bonnie secoua la tête.

— Non, à pied. Comme ça, on aura le temps d'admirer les décorations dans les rues.

— Et Fraser ? Il viendra aussi ?

— Qui est ce Fraser ? demanda Jacob.

Freya rejeta ses cheveux en arrière dans un geste étudié.

— C'est mon copain.

Bonnie réprima un rire.

— Bienvenue dans notre univers, Jacob ! Ou plutôt, dans l'univers des petites filles où les amis changent tous les jours. J'avoue avoir du mal à me tenir à la page.

Il croisa les bras sur sa poitrine d'un air sévère.

— Ton copain, c'est ça ? Eh bien, s'il vient, montre-le-moi. J'aimerais lui dire un mot, à ce Fraser.

Freya se mit à rire gaiement.

— Est-ce que tu pourras me prendre en photo avec le père Noël ?

— Oui, c'est prévu, dit Bonnie en lui ajustant son bonnet. Bon, es-tu prête, à la fin ?

La fillette trépigna de plus belle.

— Ça fait des heures que je suis prête, maman ! Allez, dépêchez-vous !

Dehors, alors qu'il tenait dans la sienne la petite main de Freya, Jacob se surprit à se dire qu'il avait l'air d'un parfait père de famille et qu'il se sentait étonnamment à l'aise dans ce rôle... Surtout avec Bonnie à ses côtés.

Dans son épais manteau de laine verte et coiffée d'un bonnet couleur crème d'où s'échappaient ses cheveux roux, elle était tout simplement ravissante.

Lorsqu'ils arrivèrent, le soir commençait déjà à tomber, bien qu'il soit seulement 3 heures de l'après-midi. Jacob hissa Freya dans ses bras.

— Voilà, le père Noël va bientôt nous recevoir. Encore un peu de patience.

Cinq minutes plus tard, le tour de Freya arrivait. Elle grimpa aussitôt sur les genoux du père Noël pour lui énumérer sa liste de cadeaux.

— Je voudrais une nouvelle poupée, une qui prend le biberon et qui fait pipi. J'adore changer les couches.

Derrière sa barbe blanche, l'homme eut un sourire amusé.

— Ça ne devrait pas poser de problème. Sinon, veux-tu autre chose ?

Bonnie se pencha vers Jacob.

— Dieu merci, on est au début du mois ! L'année dernière, je m'y suis prise le 24 décembre, et elle a trouvé le moyen de demander un jeu de société dont elle n'avait jamais parlé auparavant. Et bien sûr, il était 5 heures du soir.

— Oh là là... Qu'as-tu fait ?

— A ton avis ? J'ai remué ciel et terre pour trouver ce fichu jeu.

Freya, cependant, continuait de parler au père Noël.

— On aurait surtout besoin d'une nouvelle maison. On est arrivé d'Ecosse, tu vois, et maman et moi, on n'a toujours pas trouvé un endroit à nous. Heureusement, Jacob nous permet de vivre chez lui. Sa maison est super belle. Ce serait chouette si on pouvait en avoir une comme ça, nous aussi.

Le père Noël hocha la tête.

— Elle est si belle que cela, cette maison ?

— C'est la plus belle du monde, dit Freya avec un soupir.

Jacob éprouva un pincement au cœur.

Il adorait sa maison, mais ces compliments lui procuraient un sentiment étrange, et pas désagréable. Il tenait à ce que Freya et sa mère se sentent bien chez lui. Bonnie, toutefois, remua nerveusement, comme si elle était mal à l'aise.

— Mais elle pourrait être encore mieux, ajouta Freya.

— Ah bon ? Et comment ? demanda le père Noël.

— Il lui manque un chien.

Jacob éclata de rire.

— Quand elle a une idée derrière la tête, elle ne l'a pas ailleurs !

Bonnie hocha la tête en souriant.

— Je vais devoir lui acheter un chien en peluche. Il n'est pas question que j'en prenne un vrai. Avec mon emploi du temps, je ne pourrais pas m'en occuper convenablement.

— Je sais. Moi aussi, j'ai songé à en adopter un, mais j'aurais des scrupules à laisser cette pauvre bête toute seule pendant la journée, même avec quelqu'un pour la sortir en promenade.

Elle le regarda avec surprise.

— Tu as envisagé d'avoir un chien ?

— Bien sûr. Ils sont moins compliqués que les femmes. Ou même les petites filles !

Freya sauta par terre et tendit la main au père Noël.

— Tu as tout bien noté, hein ? De toute façon, je te tiens au courant s'il me manque des choses.

Derrière sa barbe, l'homme eut l'air interloqué, puis il serra la main de la fillette tout en souriant à Jacob et Bonnie.

— Elle est futée, cette petite. Joyeux Noël à vous tous.

Ils se dirigèrent vers l'enclos des rennes, près duquel un employé leur tendit un petit paquet de pain sec et montra à Freya comment nourrir les animaux. Elle poussa un petit cri lorsque l'un des rennes lui bava sur la main.

Sans réfléchir, Jacob avança la main vers le sac de Bonnie pour prendre une lingette qui dépassait du bord, puis il s'accroupit devant l'enfant pour lui essuyer la main.

— Jacob, pourquoi les rennes n'ont pas un nez rouge comme sur les dessins ?

Il sourit, amusé.

— Souviens-toi qu'on est loin de Noël. Ils ne volent pas encore. Alors ils n'ont pas encore besoin de nez rouge.

Après une courte réflexion, Freya hocha la tête.

— Ah bon, d'accord.

Au même instant, le portable de Jacob sonna. Il se releva et consulta l'identité de l'appelant, jeta un coup d'œil vers Bonnie et Freya puis s'écarta pour décrocher.

Bonnie glissa un regard vers Jacob.

Il devait avoir reçu un appel du travail, et il ne tenait pas à exposer le cas d'un patient devant elles. Pas de problème, elle comprenait très bien.

Elle serra la main de Freya dans la sienne.

— Allez, viens. Les lumières vont s'allumer d'une minute à l'autre. Allons nous trouver un bon emplacement.

Autour d'elles, la rue était pleine d'odeurs de châtaignes grillées, de chocolat et de vin chaud. Sur un stand, elle avisa des bouquets de gui.

Et si elle en achetait un ou deux ?

Jacob s'attardait au téléphone, le front plissé. Il avait l'air soucieux. Pourvu qu'il n'y ait pas de problème à la maternité…

Il croisa son regard et se détourna.

Elle se figea, saisie d'un pressentiment désagréable.

C'était stupide. Pourquoi s'inquiéter de la sorte ? De toute façon, Jacob et elle n'étaient qu'amis. Abstraction faite de ce baiser, qu'y avait-il entre eux ? Rien, en théorie.

Mais en son for intérieur, elle pensait tout le contraire.

Où mettait-elle les pieds ? A peine sortie d'un mariage désastreux, allait-elle se lancer dans une relation aussi aléatoire ? Si encore il ne s'agissait que d'elle, mais elle devait aussi protéger sa fille.

Jacob rangea son portable dans sa poche, pivota sur ses talons et les rejoignit. Puis, souriant, il s'empara de Freya, qui glapit lorsqu'il la hissa sur ses épaules.

— C'est là que tu verras le mieux, dit-il.

Bonnie sourit en retour, le ventre noué par un sentiment de malaise.

A voir Jacob, on aurait cru que ce coup de fil n'avait pas eu lieu, qu'il ne les avait jamais tenues à l'écart d'une conversation personnelle…

Un frisson glacé lui dévala soudain l'échine.

Jacob n'était pas d'astreinte aujourd'hui. Par conséquent, cet appel, quel qu'il soit, n'avait rien à voir avec le travail. S'il s'était éloigné, ce n'était pas pour respecter la confidentialité d'un patient. En d'autres termes, il lui dissimulait quelque chose.

Jacob interrompit le train de ses pensées en la prenant par les épaules. Ils s'approchèrent légèrement de l'estrade tandis que le père Noël s'apprêtait à lancer les illuminations. Placés comme ils l'étaient, ils ne perdraient pas une miette du spectacle.

Le père Noël se mit à chauffer le public. Derrière lui, des employés avaient fait monter sur scène les rennes, totalement impassibles face à la foule. Perchée sur les épaules de Jacob, Freya, enthousiaste, se mit à égrener le compte à rebours avec tout le monde.

— Dix, neuf, huit, sept, six…

Chaque fois qu'elle voyait Freya si contente, Bonnie se disait qu'elle avait fait les bons choix. Certes, sa décision de déménager n'avait pas été facile, émotionnellement parlant.

Entre le divorce et ce changement radical de vie, ces derniers mois avaient été éreintants. Cela dit, aurait-elle préféré rester dans une ville où Robert risquait de les snober ouvertement ? Ici, au moins, Freya était tellement occupée par sa nouvelle école et ses nouveaux amis qu'elle ne songeait pas trop à son père.

Malgré tout, l'indifférence de Robert lui faisait mal. Le problème n'était pas qu'elle se retrouve à faire office de mère et de père. En vérité, il en avait toujours plus ou moins été ainsi. Non, ce qui lui donnait du souci, c'étaient ces mots soigneusement pesés avec lesquels elle devait expliquer à Freya pourquoi son père ne venait pas lui rendre visite, pourquoi il n'appelait pas.

— Ça va ? demanda Jacob en lui serrant l'épaule.

Elle hocha la tête en souriant et chassa ses idées noires.

Elle n'allait quand même pas se mettre martel en tête pour un coup de fil. Jacob n'était pas Robert. Et de toute façon, à supposer qu'il le soit, quelle importance ? Ils étaient collègues, rien de plus.

Cependant, le compte à rebours s'était terminé, et une cascade de lumières rouges, vertes et dorées dégringola sur la rue. A mi-chemin, l'église s'illumina de guirlandes multicolores qui soulignaient le cadre des vitraux. Non loin, une crèche surgit dans l'obscurité. Sur les épaules de Jacob, Freya applaudissait à tout rompre et saluait l'apparition de chaque nouveau décor avec des cris de joie. Les lumières s'approchaient et finirent par atteindre un gigantesque sapin au centre de la place. Il s'éclaira progressivement, de branche en branche, d'abord en vert, en rouge, puis en doré. Pour finir, une énorme étoile argentée scintilla au sommet de l'arbre. Un tonnerre d'applaudissements éclata, et des orchestres de cuivres issus des écoles du quartier se mirent à jouer des airs de Noël que la foule entonna en chœur.

Un peu plus tard, lorsque Freya demanda à descendre, Bonnie tendit les bras pour la prendre, mais Jacob arrêta son geste.

— Je m'en charge. Nous avons un peu de marche à faire pour rentrer.

Après une brève hésitation, il se pencha et déposa un baiser sur ses lèvres.

C'était reparti ! Alors qu'elle pensait voir plus clair dans ses sentiments, voilà qu'il y jetait de nouveau le désordre.

Il prit la fillette dans ses bras et sourit.

— Allons nous mettre au chaud. J'en connais une qui ne fera pas de manières pour aller au lit.

Un bras autour de Bonnie, Jacob la guidait à travers la foule tandis que, nichée contre lui, Freya dodelinait de la tête.

Bonnie promena un regard autour d'eux.

Pour tout un chacun, ils avaient l'air d'une famille heureuse.

Cette pensée la terrifiait autant qu'elle l'attirait. Elle voulait que Freya soit aimée, qu'elle grandisse avec une présence masculine. Et, de son côté, elle ne se voyait pas vieillir seule. Certes, l'épisode de son mariage raté l'avait rendue méfiante, mais, pour autant, elle ne renonçait pas à l'espoir de rencontrer un homme capable de l'aimer et de la respecter, de la faire fondre au moindre regard, à la plus légère des caresses. Un homme comme Jacob Layton.

Mais pouvait-elle lui confier son cœur et celui de sa fille ?

9.

Jacob regardait fixement la lettre dans sa main.

Enfin, ça y était, il l'avait, ce rendez-vous. Les mois d'angoisse étaient en passe de se terminer. En bien ou en mal, c'était toute la question.

On lui avait d'abord proposé un rendez-vous dans quinze jours, mais il ne supportait plus d'attendre. Par bonheur, sur un simple coup de fil, un créneau s'était débloqué le lendemain pour ses examens. L'entretien avec le spécialiste aurait lieu le jour suivant.

Jamais il ne s'était autant félicité d'avoir des confrères obligeants. Malgré tout, il était malade d'inquiétude. Depuis quelques jours, il avait repris ses manières cassantes. Il s'impatientait contre le personnel, s'énervait pour un rien. Si ça continuait, Bonnie allait finir par le prendre pour un caractériel imbuvable. Si elle savait… C'était aussi à cause d'elle qu'il se sentait si mal.

Il aurait voulu être heureux avec elle et Freya. Se lever le matin, se coucher le soir en pensant à la femme qu'il aimait, débuter la journée avec son sourire, entrer dans une pièce et percevoir sa présence avant même de l'avoir vue, sentir son parfum l'envelopper comme une caresse… Or ce bonheur allait lui passer sous le nez, quelle que soit l'issue des tests. Comment pourrait-il en être autrement ?

Jusqu'à maintenant, il s'était toujours senti incapable de lui avouer sa maladie. Non qu'il n'ait pas confiance en elle, au contraire. Pour preuve, il lui avait parlé de sa mère. Mais de là à lui révéler son cancer… Non, il ne se sentait pas prêt.

Il n'était pas suffisamment sûr de leur relation. Surtout, il ne voulait pas être un fardeau pour elle et sa fille. Si les résultats étaient mauvais, il pouvait encore se retirer de leur vie sans qu'elles en soient affectées. Il cesserait d'inventer des prétextes pour les retenir chez lui et de trouver à redire aux annonces immobilières qu'elle consultait. Il pourrait même l'aider dans ses recherches d'appartement. Il préférait encore ça à une relation fondée sur la pitié.

Par ailleurs, il ne pouvait décemment pas lui faire subir un revers sentimental alors qu'elle sortait tout juste d'un mariage raté. Et puis, à supposer qu'il la mette au courant, serait-elle d'accord pour aller plus loin avec lui ?

Cette question était légitime. Elle voudrait certainement d'autres enfants, et pourrait-elle satisfaire ce désir avec un homme atteint d'une maladie héréditaire ?

— Jacob ?

Il sursauta et fourra le papier dans sa poche.

— Oui ?

Bonnie se tenait sur le seuil du bureau, les sourcils froncés.

— Sean vient d'appeler. Il voudrait savoir si tu peux le remplacer demain au bloc.

Il hésita. Il n'avait jamais refusé ce genre de service, mais cette fois-ci, c'était différent. S'il ratait son rendez-vous de demain, il lui faudrait attendre encore quinze jours pour ses examens : impensable. Ils étaient quatre obstétriciens à la maternité. Sean s'était sûrement adressé d'abord à lui par habitude.

Il inspira profondément.

— Non, désolé. Demain, j'ai des obligations. Il faut qu'il demande à quelqu'un d'autre.

Bonnie hésita, puis s'avança légèrement.

— Jacob ?

Il secoua la tête et se dépêcha de passer devant elle avant que son parfum subtil n'envahisse ses sens.

— Dis-lui de s'adresser à Isabel. Je suis sûr qu'elle ne dira pas non.

Il s'éloigna en allongeant le pas, incapable de supporter le regard interloqué de Bonnie.

Pendant quelques jours, il allait devoir marcher sur des œufs avec elle. Le mieux serait de l'éviter. Il trouverait un prétexte pour travailler tard ce soir et ne pas risquer de la croiser le lendemain. Ses tests étaient prévus pour l'après-midi. Ensuite, il lui faudrait attendre encore vingt-quatre heures avant les résultats.

Il consulta sa montre et se rappela qu'il devait retrouver Dean Edwards au sujet d'un bébé tout juste admis en soins intensifs.

Il soupira.

Encore quarante-huit heures avant d'être fixé sur son sort ! Quarante-huit longues heures avant de savoir si sa vie allait reprendre son cours normal ou si elle risquait de s'achever.

10.

Quelque chose ne tournait pas rond, Bonnie le sentait. Jacob l'évitait, et il évitait aussi Freya. La veille, par exemple, elles étaient déjà couchées lorsqu'il était rentré du travail. Le lendemain au petit déjeuner, elle aurait voulu tirer les choses au clair, mais il lui avait fait entendre qu'il n'était pas d'humeur à discuter.

C'était à n'y rien comprendre. Après l'avoir embrassée passionnément quelques jours plus tôt, il semblait à présent ne plus supporter sa présence ni celle de sa fille chez lui. Sauf que, entre-temps, elle s'était attachée à lui. C'était pour cela que son comportement l'affectait autant.

A coup sûr, il lui cachait quelque chose. Certes, l'autre soir, il lui avait parlé de sa famille, de son enfance, mais il ne lui avait manifestement pas tout dit. Le pire dans cette histoire, c'était qu'elle n'était pas autorisée à lui demander des comptes. En principe, ils n'étaient rien l'un pour l'autre — des collègues tout au plus. Elle n'avait pas le droit de s'enquérir de ce qu'il ruminait. Il lui restait seulement l'impression amère d'être prise pour une imbécile.

Comment était-elle censée réagir ?

Le fait qu'elle vive chez lui n'arrangeait pas les choses. Si elle n'avait pas partagé le même toit que lui ces dernières semaines, elle aurait été capable de prendre du recul, mais cette cohabitation rendait la situation encore plus compliquée. Et malheureusement, à quelques jours de Noël, les annonces immobilières ne se bousculaient pas. Aujourd'hui, elle n'avait trouvé que sept appartements dans ses prix : tous des cages à lapins sans âme, deux situés dans des tours et trois dans des quartiers malfamés. Et ces critiques ne venaient même pas de Jacob, mais des autres sages-femmes. L'un des appartements avait l'air dans le même état que la chambre du motel où elles avaient atterri à leur arrivée. Le seul logement qui sortait du lot était un petit T1 qui présentait l'avantage d'être à proximité de l'école de Freya. Elle en griffonna les références et se promit d'appeler l'agent immobilier plus tard dans la journée.

En surfant sur le site, elle tomba sur la description d'un magnifique meublé de deux pièces dont la location coûtait une fortune.

Elle aurait adoré vivre dans un vieil appartement comme celui-ci, avec un plancher à larges lattes et une grande fenêtre à encorbellement garnie de jolis rideaux qu'elle aurait bien vus chez Jacob…

D'un geste impatient, elle cliqua sur « Supprimer ».

Même ses recherches d'appartement la ramenaient à Jacob ! Preuve qu'il devenait temps de couper les liens !

Ses songeries furent interrompues par l'arrivée de Karen, une collègue sage-femme.

— Bonnie, tu pourrais nous filer un coup de main ? On va recevoir une patiente présentant une grossesse gémellaire à trente-deux semaines. D'après les urgentistes, les bébés pourraient être en état de détresse.

D'un clic, elle referma la fenêtre de navigation et se leva.

— Pas de problème. Dans quelle salle sera-t-elle admise ?

— En salle 3, je crois : c'est la plus grande. Bon, j'y vais. Je m'occupe de biper l'obstétricien de garde.

Elle sentit son ventre se nouer.

L'un des médecins était malade, sa collègue avait donc toutes les chances de tomber sur Jacob.

Elle terminait juste de préparer la salle lorsque Karen et l'ambulancier amenèrent la patiente en fauteuil roulant.

— Bonnie, voici Eleanor Brooks. Elle attend des jumeaux et en est à trente-deux semaines. Elle ne se sent pas bien depuis quelques jours et s'est évanouie dans la rue il y a une demi-heure.

Bonnie souleva le drap tandis que l'ambulancier faisait glisser la jeune femme dans le lit.

— Bonjour, Eleanor. Je suis Bonnie, la sage-femme en chef. Laissez-moi vous aider à ôter votre veste afin que je puisse vous examiner.

Eleanor hocha faiblement la tête et fit glisser sa veste d'un léger mouvement d'épaules avant de s'enfoncer dans les oreillers. Tout en prenant sa tension, Bonnie s'alarma de sa pâleur.

— Eleanor, avez-vous un proche que je peux joindre ?

— Mon portable est dans mon sac, dit celle-ci en le désignant d'un mouvement de la tête. Mon mari s'appelle John, il travaille sur une plate-forme pétrolière en Ecosse. En revanche, ma mère vit à Cambridge.

D'un signe de la tête, Bonnie autorisa Karen à chercher le portable d'Eleanor.

— Votre mari vit à Aberdeen ?

Elle calcula mentalement le temps qu'il faudrait à John pour rejoindre la terre par hélicoptère puis pour venir à Cambridge…

Le tensiomètre bipa, la ramenant au présent, et elle fronça les sourcils à la lecture du résultat.

A 16/11, la tension d'Eleanor était élevée, trop élevée.

— Eleanor, à quand remonte votre dernier rendez-vous prénatal ?

— J'en avais un la semaine dernière, mais la sage-femme était malade, et cette semaine c'est moi qui me sentais trop mal pour y aller.

Karen avait fini de relever les contacts nécessaires.

— Je vais joindre vos proches, avertir l'obstétricien et constituer votre dossier.

Bonnie acquiesça d'un signe de la tête.

— Eleanor, comment vous sentez-vous depuis une semaine ?

— Mal. Très mal.

— Avez-vous téléphoné à votre sage-femme pour lui demander des conseils ?

— Non, je ne voulais pas la déranger. J'espérais que ça irait mieux le lendemain. Tout le monde a la grippe en ce moment. Je pensais l'avoir attrapée.

Les yeux mi-clos, la patiente avait l'air épuisée.

Avisant ses jambes gonflées, Bonnie pressa l'index sur une de ses chevilles : le doigt laissa en creux une empreinte sur la peau.

Eleanor bougea et appuya sur son côté droit avec une grimace de douleur.

— Vous avez mal au côté ?

Elle opina, pantelante.

Par bonheur, le paroxysme passa rapidement, et elle se détendit un peu.

Cette douleur n'évoquait pas celles de l'accouchement… Que pouvait-elle avoir ?

— Je suis très, très fatiguée, mais c'est normal quand on attend des jumeaux. Et puis, je me sens tellement vaseuse. J'ai mal à la tête depuis quelques jours et j'ai vomi hier, deux fois. Ça ne m'était jamais arrivé. Et d'habitude, je vais tout le temps aux toilettes, mais là, je n'arrive plus à faire pipi.

Le doute n'était plus permis, Eleanor présentait plusieurs signes de pré-éclampsie. Il fallait agir, et vite.

Bonnie posa la main sur le bras de la jeune femme.

— Eleanor, même si vous avez du mal à uriner, pourriez-vous faire un petit effort ? Il me faudrait un échantillon. Je vais aussi demander une infirmière pour une prise de sang, ajouta-t-elle après une courte hésitation.

Avec un soupir, Eleanor glissa les jambes hors du lit tandis que Bonnie allait chercher un bassinet. Etant donné l'état de sa patiente, elle craignait de la laisser seule aux toilettes ne serait-ce qu'un court instant.

Karen revint alors que Bonnie aidait Eleanor à se recoucher. Elles branchèrent les moniteurs fœtaux et mesurèrent de nouveau sa tension, conscientes de la gravité de la situation.

— Peux-tu m'attendre un moment ? demanda Bonnie.

Karen acquiesça d'un hochement de tête.

Bonnie analysa l'échantillon d'Eleanor à l'aide d'une bandelette réactive. En à peine deux minutes, ses craintes furent confirmées. Elle adressa le reste du flacon au laboratoire et se lava les mains.

Sean se trouvait à la réception avec Jacob. A la vue de celui-ci, elle s'efforça de maîtriser son émotion.

Inutile de s'emballer. Ils étaient collègues et travaillaient au même endroit. Même si Jacob cherchait à l'éviter, il était bien forcé de la croiser à un moment ou à un autre.

Sean se tourna vers elle.

— Tu peux nous résumer le cas ?

Elle hocha la tête, consciente que Jacob ne la regardait pas.

— Eleanor Brooks a trente-quatre ans, elle est enceinte de jumeaux, à trente-deux semaines d'aménorrhée. Je ne connais pas son dossier, mais je suppose que sa grossesse s'est bien déroulée jusqu'à récemment. Elle a fait un malaise dans la rue tout à l'heure. Elle présente une douleur abdominale aiguë dans le quart supérieur droit, un œdème avec godet au niveau des chevilles, et sa tension est à 16/11. Son pouls est régulier, à 87 bpm. Je viens d'analyser ses urines, elles contiennent des protéines. Par ailleurs, elle souffre de maux de tête persistants depuis quelques jours, a vomi deux fois hier et est très fatiguée.

Jacob fronça les sourcils.

— Elle n'a pas eu de suivi médical ?

— Si, mais son dernier rendez-vous remonte à trois semaines. La semaine dernière, la sage-femme était malade, et cette semaine c'est elle qui se sentait trop mal pour se déplacer. Elle n'a pas téléphoné à l'équipe médicale parce qu'elle pensait avoir attrapé un virus.

Jacob hocha la tête d'un air soucieux.

— Voilà qui ressemble beaucoup à un syndrome HELLP. Je viens avec toi, Sean. Si jamais cette dame accouche, nous ne serons pas trop de deux.

— C'est mon avis aussi, répondit Sean, qui tendit des formulaires à Bonnie. Peux-tu vite les remplir pour la prise en charge d'Eleanor ?

— Pas de problème.

Elle s'occupa des documents tandis que Sean et Jacob allaient examiner la patiente. Cinq minutes plus tard, la secrétaire apportait le dossier médical et l'infirmière arrivait dans la foulée pour effectuer la prise de sang. Peu après, Sean et Jacob sortirent de la salle en parlant à voix basse.

— Bonnie, contacte l'anesthésiste, dit Jacob. N'oublie pas d'administrer à Eleanor un inhibiteur de l'ECA pour contrôler sa tension et reste auprès d'elle.

Elle hocha la tête.

Enfin, il daignait la regarder ! Mais d'un regard vide, comme s'il n'y avait et n'y aurait jamais rien entre eux…

Assez. Ce n'était pas le moment de se laisser distraire par des problèmes sentimentaux. N'empêche, dès que l'état d'Eleanor serait stabilisé, elle appellerait cette agence de location.

L'infirmière sortit de la salle avec les prélèvements.

— Je les emporte tout de suite au labo, on vous transmettra les résultats par téléphone.

— OK, merci, dit Sean avant de se tourner vers Jacob. Si je vois l'anesthésiste maintenant, es-tu libre pour m'assister au bloc ?

La réponse de Jacob se fit attendre.

Etonnée de ce silence, Bonnie leva la tête.

En situation professionnelle, il réagissait toujours du tac au tac. Or, là, il regardait sa montre et tergiversait. Qu'est-ce qu'il lui arrivait ?

— Il faut d'abord que je passe un coup de fil pour remettre quelque chose à plus tard.

Sean avait l'air tout aussi surpris que Bonnie.

— Pas de problème. Je peux toujours m'adresser à Isabel. Elle est affectée à un autre planning d'interventions, mais, pour une urgence, elle pourra sûrement se libérer.

L'autre planning d'intervention : celui que Jacob avait justement refusé la veille, prétextant une obligation sans préciser laquelle. Pourquoi était-il aussi évasif ?

Bonnie sentit son ventre se nouer.

Soudain, elle avait l'impression d'avoir affaire à Robert, toujours à l'embobiner, à lui mentir sur ses activités, son emploi du temps. Chaque fois qu'il lui racontait ses bobards, son regard fuyait le sien, exactement comme Jacob à présent. Savait-il à quel point certaines associations étaient douloureuses ? Certes, il n'était pas Robert, mais il lui cachait quand même quelque chose. De là à penser que lui non plus n'était pas fiable, il n'y avait qu'un pas qu'elle était vraiment tentée de franchir.

Quel était cet impératif qui l'obsédait à ce point, bon sang ? Et pourquoi refusait-il d'en parler ?

— Non, non, ça ira, dit enfin Jacob en agitant la main. Donne-moi cinq minutes, le temps de passer mon coup de fil. Il ne faut pas retarder davantage la prise en charge d'Eleanor.

Sean hocha la tête, comme soulagé de ne pas avoir à joindre Isabel.

Apparemment, Jessica avait vu juste sur ces deux-là.

— Je reste par ici, dit encore Jacob. Appelez-moi, si vous avez besoin de quoi que ce soit.

Bonnie retourna dans la salle pour aider Karen à installer l'intraveineuse et administrer le traitement antihypertenseur, puis elle régla le tensiomètre automatique pour qu'il s'enclenche toutes les dix minutes.

Eleanor gardait les yeux fermés. De temps à autre, sa main se portait vers son côté droit, signe que son foie était atteint.

Dans le couloir, Jacob s'impatientait. Il faisait les cent pas et harcelait le labo pour obtenir les résultats des prélèvements sanguins. Jamais elle ne l'avait vu aussi nerveux. Elle savait qu'Eleanor était pour lui une priorité absolue, mais il n'avait manifestement pas renoncé à ses autres engagements.

Laura, l'anesthésiste, arriva enfin et procéda à un examen rapide. Fort heureusement, malgré la gravité de son état,

Eleanor ne présentait pas d'antécédents susceptibles de retarder une intervention chirurgicale. Laura avait eu le temps de se préparer et de se laver les mains lorsque le téléphone sonna.

Jacob bondit sur l'appareil et écouta avec attention avant de raccrocher, le visage grave.

— Les prélèvements confirment la thrombocytopénie et le dysfonctionnement hépatique.

Associés aux autres signes cliniques, ces troubles laissaient craindre une rupture hépatique, une hémorragie persistante ou un œdème cérébral.

— OK, on y va, dit Laura. Je vous retrouve au bloc lorsque vous aurez parlé avec Eleanor.

La situation évolua dès lors très rapidement. La mère d'Eleanor venait d'arriver. Son mari, averti, se trouvait déjà dans l'hélicoptère qui le ramenait vers la terre ferme, il serait là dans quelques heures.

L'état d'Eleanor empirait. La voyant sombrer dans une semi-conscience, Jacob s'empressa de lui exposer la situation et d'obtenir son consentement pour l'opération, puis, accompagné de Sean, il fila se préparer pour l'intervention. Une fois la patiente emmenée au bloc, Bonnie retourna en salle de travail.

Trois longues heures s'étaient écoulées lorsque Sean réapparut, les cheveux en bataille et les yeux fatigués.

— Où est Jacob ? demanda-t-elle.

Il haussa les épaules.

— Dès qu'Eleanor et les bébés ont été hors de danger, il a filé je ne sais où.

Contrariée, elle se mordilla la lèvre.

— Donc, ces bébés ?

— Ce sont des filles. L'une pèse un kilo cinq, l'autre, un kilo quatre : pas si mal pour des jumelles. Elles sont toutes les deux en unité de soins néonataux. L'une a eu besoin d'une assistance respiratoire, mais l'autre allait bien.

— Et Eleanor ?

Il soupira.

— A peine arrivée au bloc, elle s'est mise à saigner. Il a fallu lui transfuser six unités de sang et des plaquettes. On l'a récupérée juste à temps.

— Et maintenant, elle est tirée d'affaire ?

— Elle est stabilisée, en grande partie grâce à Jacob. Comme elle n'est toujours pas à l'abri d'une défaillance d'organe, elle a été transférée en soins intensifs.

— La pauvre, soupira Bonnie. J'espère vraiment qu'elle va s'en sortir. Tu me tiendras au courant de son état ?

Sean haussa les sourcils.

— Tu ne demandes pas ça à Jacob ?

Elle se sentit rougir.

— Qu'est-ce que tu veux dire ?

Il posa les avant-bras sur le bureau de la réception et se pencha vers elle avec un sourire malicieux.

— Vous vous êtes disputés ? Pendant quelques semaines, tout le monde pensait que tu l'avais métamorphosé en prince charmant, mais je dois dire que, ces derniers jours, il est redevenu crapaud.

Elle agita un doigt menaçant en feignant la sévérité.

— Si je m'aperçois que tu répands des ragots sur mon compte, je t'interdis l'accès à notre salle de repos. J'ai ma petite idée sur l'identité du voleur qui chipe tous nos gâteaux.

Sean se redressa avec un air d'horreur surjoué.

— Non, pitié ! Ne t'inquiète pas, Bonnie, je ne dirai rien.

Au même instant, une sage-femme sortit dans le couloir et lui jeta un regard curieux qui la fit rougir de plus belle.

Cette fois-ci, ça suffisait. Elle allait le passer, ce coup de fil à l'agence immobilière.

— On va où, maman ?

Bonnie prit une profonde inspiration.

— On part habiter ailleurs, chérie. Jacob a eu la gentillesse de nous héberger, mais tu sais bien qu'il s'agissait d'une solution temporaire. Il a toujours été convenu qu'il nous permettait de rester jusqu'à ce que nous trouvions quelque chose.

— Mais j'aime bien sa maison !

Elle s'agenouilla devant Freya.

— Je sais, ma puce. Mais on ne peut pas loger chez les gens indéfiniment. Au bout d'un moment, il faut partir chez nous.

Elle lui caressa le visage et ramena une mèche derrière son oreille, puis elle se leva pour allumer son ordinateur portable.

— Tiens, regarde, dit-elle en affichant sur l'écran les photos de l'annonce. Tout ira bien, tu verras. En plus, l'appartement est près de ton école, donc tu pourras voir tes copains quand tu voudras.

Les yeux fixés sur l'écran, Freya hocha la tête.

— On aura un sapin comme chez Jacob ?

Bonnie sentit son cœur se serrer.

Elle non plus, elle n'avait pas envie de partir, mais la raison devait l'emporter sur les sentiments. Elle ne pouvait pas s'attacher davantage à un homme qui lui cachait des pans entiers de sa vie. Il l'avait embrassée, mais jamais il ne lui avait fait la moindre promesse. Il ne leur avait même pas proposé de rester pendant les fêtes de fin d'année. Certes, il ne leur avait pas non plus dit de partir. Au contraire, il n'avait cessé de trouver des prétextes pour retarder leur déménagement. Mais ce n'était pas pareil. Elle ne savait plus à quoi s'en tenir. Tenait-il à elle, oui ou non ? Elle ne supportait plus cette incertitude.

Chez Jacob, la discrétion confinait au mystère. Dans l'intérêt de sa fille comme dans le sien, elle ne devait pas se lier davantage à un homme aussi secret. Elles s'étaient d'ores et déjà trop attachées à lui, et la réaction de Freya la confirmait dans sa détermination. Il était temps qu'elles s'en aillent.

Des larmes perlèrent à ses paupières.

— On se procurera un autre arbre, rien qu'à nous, et je te promets qu'il sera aussi beau que celui de Jacob.

Au diable l'avarice ! Tout était bon pour que Freya ne soit pas trop perturbée par les changements de ces derniers temps.

Elle s'était déjà procuré la poupée hors de prix que sa fille avait demandée pour Noël. Elle pouvait bien aller jusqu'à lui offrir un beau sapin.

Soudain, une clé tourna dans la serrure de la porte d'entrée, et des bruits de pas résonnèrent dans le hall.

Jacob !

Lui qui avait passé ces derniers jours à les éviter ostensiblement, pourquoi rentrait-il si tôt ? Elle avait pensé s'en tirer avec un mot de remerciement, mais, apparemment, elle ne pourrait couper à une explication en face à face.

Il entra dans le salon, et son regard tomba immédiatement sur l'écran de l'ordinateur.

— Bonnie ? Qu'est-ce qu'il se passe ?

Le cœur de Bonnie se mit à battre à tout rompre.

— Jacob… Je ne m'attendais pas à te voir si tôt. C'est juste que…

Elle s'interrompit et agita la main d'un geste vague.

— Eh bien, je ne voudrais pas abuser de ton hospitalité. J'ai enfin trouvé un appartement.

Elle se contraignit à croiser son regard.

— Je crois qu'il est temps d'avancer, pour Freya et pour moi.

Jacob ne dit rien. La bouche entrouverte, il avait l'air de tomber des nues. Il paraissait blessé, aussi.

La petite voix de Freya déchira le silence.

— Tu vas me manquer, Jacob. C'était gentil de nous inviter chez toi.

Il s'agenouilla près d'elle.

— Tu vas me manquer aussi, petite Freya, articula-t-il avec peine. Toi, et aussi ta maman.

Il gardait les yeux baissés. De nouveau, il n'osait pas la regarder. Pourtant, c'était le moment ou jamais de lui dire quelque chose — qu'il éprouvait pour elle des sentiments aussi forts que les siens, qu'il avait envie de l'embrasser comme l'autre soir, qu'il voulait qu'elles restent, toutes les deux, qu'il espérait donner une chance à cette relation si relation il y avait…

Elle retint son souffle, attendant quelque chose, n'importe quoi.

Mais rien. Jacob n'arrivait toujours pas à la regarder en face.

— Freya, va enfiler ta veste et tes chaussures. On part faire les magasins.

La fillette s'éclipsa sans dire un mot.

Jacob releva la tête.

— Pourquoi partez-vous ? Pourquoi *maintenant* ?

Quelque chose dans sa façon de dire cela la mit hors d'elle. Elle recula d'un pas, saisie d'un soudain accès de colère.

— Nous ne pouvons pas rester davantage. Freya s'attache beaucoup trop à toi… Et moi aussi.

Elle agita la tête avec brusquerie et inspira profondément avant de poursuivre.

— C'était une mauvaise idée. Ça partait d'un bon sentiment, et tu nous as bien aidées, mais… Je ne comprends pas ce qu'il se passe entre nous, Jacob. J'ai enfin trouvé un appartement en ville. Nous ne te dérangerons plus.

— Ah bon ? Où ? C'est un de ceux que tu m'as montrés ?

Bonnie secoua la tête.

— Non, un autre. Il est petit mais près de l'école de Freya. Il nous dépannera quelques mois, le temps que j'en trouve un plus grand.

Elle s'humecta les lèvres, en proie à un malaise insupportable. Elle avait l'impression qu'une main d'acier lui broyait le cœur.

Jacob leva les yeux vers elle. Une étincelle indéchiffrable jaillit dans son regard pour disparaître aussitôt. Il baissa de nouveau la tête.

— Qu'est-ce qu'il se passe, Jacob ? Quelque chose te tracasse, mais tu refuses de l'avouer. Je vois bien que tu m'évites. Tu ne veux vraiment pas qu'on en discute ?

Il secoua la tête.

— Ce n'est rien.

— *Arrête, veux-tu !* Ne dis pas que ce n'est rien, ce n'est pas vrai. Allez, dis-moi ce qu'il t'arrive, à la fin !

Elle criait, à présent. Mais, le visage fermé, Jacob était plus que jamais retranché derrière son silence.

Hors d'elle, elle se mordit la lèvre inférieure.

— Je pensais qu'on pouvait se faire confiance. Je t'ai parlé de moi, de ma vie. Et toi, tu m'as tout raconté de la tienne... Enfin, je le croyais.

Elle jeta un coup d'œil vers la porte où Freya pouvait apparaître d'un instant à l'autre.

— Je connais la chanson, dit-elle, les yeux baissés. Avec toi, je pensais pouvoir faire confiance à mon jugement. Manifestement, j'ai eu tort.

Un silence inconfortable s'étira pendant quelques secondes. Elle leva la tête et croisa le regard de Jacob.

— J'espère que tu seras heureuse, dit-il enfin d'une voix neutre.

Et ce fut tout.

Elle accusa le coup.

Quelque chose était mort en elle. Encore une fois, elle s'était trompée dans les grandes largeurs sur un homme. Il n'y avait jamais rien eu entre eux. Quelle idiote d'avoir espéré le contraire ! L'humiliation l'étouffait. Jamais elle ne s'était sentie aussi stupide, pas même lorsqu'elle avait surpris Robert en flagrant délit d'adultère. Entre Robert et elle, les sentiments qui avaient pu exister avaient disparu depuis longtemps. Rien de tel dans le cas de Jacob. Elle souffrait, d'une souffrance atroce, insupportable.

Freya apparut dans l'encadrement de la porte, habillée pour sortir.

Bonnie alla lui prendre la main.

— Au revoir, Jacob.

Malgré elle, sa voix tremblait.

Elle se redressa, leva le menton et sortit, incapable de rester une minute de plus dans cette maison.

11.

Jacob desserra le col de sa chemise. Il avait l'impression d'étouffer dans cette salle d'attente. A bout de nerfs, il respira profondément et étira les doigts pour se calmer.

Qu'on en finisse, vite !

Pour ne rien arranger, il n'avait pas dormi de la nuit. La faute, bien sûr, à ce rendez-vous, mais aussi à tout ce qu'il s'était passé la veille. Sans Bonnie et Freya, la maison lui semblait tellement vide !

Il remua sur son siège et consulta sa montre pour la énième fois.

Jamais il n'avait autant détesté se retrouver dans le rôle du patient. Quelle ironie dans ce mot, « patient ». La qualité qui lui manquait le plus, c'était justement la patience…

Il sursauta et se redressa sur sa chaise lorsque la porte du médecin s'ouvrit.

Fausse alerte, ce n'était pas encore son tour. A côté de lui, une femme se leva précipitamment et disparut dans le bureau.

Il retomba sur son siège en soupirant.

Cette dame avait l'air morte d'angoisse comme lui.

C'était bizarre de se retrouver de l'autre côté de la barrière. Jamais il n'aurait pu travailler en oncologie. Devoir annoncer le pire jour après jour à ses patients, très peu pour lui. C'était d'ailleurs pour cela qu'il s'était orienté vers l'obstétrique : pour être du côté de la vie, du bonheur. Certes, des drames arrivaient aussi dans sa spécialité, mais ce n'était rien en regard de ce qu'il se passait en oncologie. Combien de personnes réchappaient du cancer ?

De nouveau, son ventre se noua violemment.

Il ferma les yeux et prit de longues inspirations régulières pour se calmer.

Il devait raison garder, ne pas imaginer sans cesse le pire... Facile à dire. Pendant plus d'un an, il avait dû mettre sa vie entre parenthèses, s'interdire tout projet, toute vie sentimentale. La douleur, les malaises avaient été son lot quotidien. Comment garder le moral, dans ces conditions ?

Et c'était sans parler des événements de la veille. Après toutes ces semaines en compagnie de Bonnie et de Freya, ce retour brutal à la solitude lui était intolérable. D'un autre côté, aurait-il pu décemment leur imposer ses problèmes ? Il aurait voulu la retenir, la supplier de ne pas le quitter, mais les mots étaient restés bloqués dans sa gorge. Quel avenir pouvait-il lui offrir ? Sans le savoir, Bonnie l'avait coincé dans une situation impossible, sans échappatoire satisfaisante. Sans parler de Freya... Il ne pouvait pas laisser cette petite s'attacher à lui alors qu'il risquait de mourir. Il était bien placé pour savoir ce que c'était pour un enfant que de perdre un parent. Imposer cette souffrance à Freya ? Jamais !

Pourtant, lorsqu'il s'était retrouvé seul dans sa grande maison, le choc avait été rude. Avant de connaître Bonnie, sa solitude ne lui avait jamais pesé, pas plus qu'il n'avait fait attention au silence. Maintenant, ce n'était plus le cas. La nuit dernière, le moindre bruit semblait résonner dans les pièces vides. Au petit déjeuner, il s'était senti minable en sortant un verre et des couverts pour une personne. Lorsqu'il avait trouvé dans l'évier la tasse en plastique de Freya, ses mains avaient tremblé, et, l'espace d'un instant, il avait eu peur de craquer.

Le plus dur, c'était que cette souffrance se faisait l'écho d'une autre plus ancienne. Bonnie le quittait de même que sa mère l'avait quitté. Bien sûr, la situation n'était pas comparable, mais il se sentait tout aussi vulnérable, à vif, désemparé.

Il consulta sa montre, pour s'apercevoir qu'à peine cinq petites minutes s'étaient écoulées.

Il ne supportait plus d'attendre. Cette incertitude le tuait à petit feu. En bien ou en mal, il voulait être fixé une fois pour toutes. Même si le verdict était mauvais, il pourrait réagir, mais ne pas savoir, c'était ce qu'il y avait de pire.

Enfin, la porte s'ouvrit, et la dame sortit du bureau, blême et abasourdie. Avait-elle reçu de bonnes ou de mauvaises nouvelles ?

— Monsieur Jacob Layton ?

Il bondit.

— Entrez donc, je vous prie.

L'espace d'une seconde, il eut l'impression d'avoir les pieds cloués au sol. Puis, mû par le désir d'en finir, il pénétra à grandes enjambées dans le bureau et s'assit avant même d'y être convié.

Le médecin prit place en face de lui et le salua d'un bref hochement de tête.

— Bien. Voyons un peu ces résultats.

Bonnie était sur les nerfs.

La veille, dans son nouvel appartement, elle avait attendu désespérément un appel de Jacob qui lui aurait dit qu'il regrettait, qu'il l'aimait, n'importe quoi. Mais rien. Le téléphone était resté muet, et elle avait passé le reste de la nuit à pleurer dans son oreiller. Pathétique !

Pourtant, si difficile qu'elle soit, sa décision avait été la bonne. Manifestement, Jacob ne désirait pas s'engager davantage avec elle. D'ailleurs, aujourd'hui, elle ne l'avait pas vu. Sans doute essayait-il encore de l'éviter.

Tant mieux. Autant que possible, elle voulait l'oublier.

De toute façon, sa journée était particulièrement chargée. Les naissances se succédaient à un rythme effréné, à tel point qu'une plaisanterie courut dans le service au sujet d'une panne électrique survenue neuf mois plus tôt. L'ensemble du personnel était sur le pied de guerre, ils avaient même dû faire appel à des soignants en renfort.

Alors qu'elle entrait dans la laverie pour y déposer du linge sale, le bruit d'une conversation lui parvint de la salle de traitement juste en face. Elle reconnut les voix d'Isabel et de Hope, qui devaient être occupées à préparer la médication d'une patiente. Alors qu'elle se dirigeait vers l'évier pour se laver les mains, une question d'Isabel attira son attention.

— Jacob a des problèmes ?

— Est-ce que je sais ? répondit Hope. En ce moment, je n'arrive pas à discuter avec lui. Il a repris ses manières d'ours mal léché. C'est dommage. Pendant un temps, le Jacob d'avant était revenu.

— Tu crois que c'est encore à cause de son cancer ?

— J'espère que non, répliqua Hope. Surtout après tout ce qu'il a enduré ces derniers mois.

— Justement, il ne devait pas subir d'autres tests pour savoir si son traitement avait été efficace ?

Les mains sous l'eau, Bonnie crut que ses poumons se vidaient. Comme pétrifiée, elle sentit une sueur froide lui couler dans le dos.

« Son cancer » ? Avait-elle bien entendu ? Jacob, *son* Jacob avait un cancer… Et il ne lui avait rien dit ! Seigneur, tout cela était-il réel ? Elle n'avait pourtant aucune raison de remettre en cause ce qu'elle venait d'entendre. Isabel et Hope étaient des amies de Jacob. Elles le connaissaient depuis plus longtemps qu'elle et parlaient *a priori* en connaissance de cause. Il devait les avoir mises dans la confidence.

Mais quand même, il n'avait pas perdu ses cheveux, n'avait pas maigri. Etait-ce possible ? Etait-il vraiment malade ?

La tête lui tournait, son cœur battait à tout rompre.

Sans réfléchir, elle se dirigea vers la salle de traitement.

— Jacob a un cancer ? balbutia-t-elle d'une voix fêlée.

Isabel et Hope se retournèrent de concert avant d'échanger un regard catastrophé.

— Excuse-nous, Bonnie, dit Isabel en s'approchant. On ne se doutait pas que tu étais là. Nous aurions mieux fait de nous taire.

Bonnie sentit ses jambes se dérober sous elle et dut s'appuyer contre le bureau.

Elle secoua faiblement la tête.

— Non, non… Vous vous faites du souci pour lui.

— Comprends-nous, Bonnie, dit à son tour Hope. Tout ceci a commencé bien avant ton arrivée dans le service. Nous avons promis à Jacob de ne rien dire. Personne n'est au courant à part nous. Il ne tient surtout pas à ébruiter ses soucis de santé.

Bonnie hocha machinalement la tête.

— Et donc, vous dites qu'il suit un traitement ?

— Oui. Contre un lymphome. Il doit recevoir des résultats ces jours-ci.

Saisie d'un pressentiment, elle sentit son sang se glacer.

— Un lymphome non hodgkinien ?

— Oui. Il t'en a parlé ?

Sous le choc, elle se mit à trembler.

Un lymphome non hodgkinien… Le même cancer qui avait emporté sa mère. Seigneur, ce n'était pas vrai. Pauvre Jacob. Tout se mettait en place, à présent. Elle comprenait enfin pourquoi il avait été si évasif. Pourtant, malgré tout ce qu'ils avaient vécu ensemble, il avait choisi de ne pas lui parler de ses problèmes.

Hope lui toucha le bras.

— Bonnie, ça va ? Tu fais une de ces têtes !

— Bonnie, intervint Isabel. Je vois bien que ça ne va pas. J'ignore ce qu'il se passe entre vous deux, mais tout ce que je peux te dire, c'est que tu fais du bien à Jacob. Jusqu'à ces derniers jours, je ne l'avais pas vu aussi heureux. Si tu peux l'aider, fais-le.

Des larmes jaillirent des yeux de Bonnie.

— Mais il ne m'a jamais rien dit ! Enfin, si, il m'a raconté certaines choses, mais il ne m'a jamais parlé de sa maladie…

Pendant qu'Isabel et Hope échangeaient un regard préoccupé, elle prit une profonde inspiration pour se calmer.

— Mais je crois savoir pourquoi, ajouta-t-elle.

Elle pivota sur ses talons et quitta la pièce.

Le service pouvait se passer d'elle cinq minutes. Là, son urgence, c'était Jacob. Il fallait qu'elle le voie tout de suite pour mettre les choses au point. Depuis deux jours, elle n'avait fait que penser à elle. Jamais elle n'avait songé qu'il pouvait avoir un problème sérieux. Certes, elle lui avait demandé ce qui n'allait pas, mais avec acrimonie, en le poussant dans ses retranchements. Et elle s'étonnait qu'il ne lui ait rien dit ! Elle aussi avait sa part de torts. A force de rester obnubilée par les erreurs de son passé, elle avait négligé l'avenir, oublié combien la vie est précieuse et courte. Les nouvelles qu'elle venait d'entendre le lui rappelaient.

Elle passa sans s'arrêter devant le poste des sages-femmes et alla ouvrir la porte de Jacob sans même frapper.

Il était bien là, assis à son bureau. Peut-être se trompait-elle, mais il lui sembla plus pâle et fatigué qu'à l'accoutumée. Il avait des cernes sous les yeux.

Debout devant lui, elle sentit l'adrénaline bouillonner dans ses veines.

Il ne méritait pas l'opinion désastreuse qu'elle s'était faite de lui. Au long des dernières semaines, il leur avait été d'une aide précieuse, à elle et à Freya. Sans lui, la petite se serait adaptée beaucoup moins facilement à sa nouvelle vie. Et pourtant, il l'avait repoussée. Il avait refusé la main qu'elle lui tendait. Pourquoi ne lui avait-il rien dit ? Cela lui aurait évité de se monter la tête inutilement et d'imaginer le pire.

Il se leva d'un bond.

— On a une urgence ? Tu as besoin de moi pour un patient ?

Elle sentit ses yeux se mouiller de larmes.

C'était tout lui, ça. Toujours à se dévouer pour les patients. Mais elle ? Avait-il songé à elle ?

Elle referma doucement la porte derrière elle.

Surtout, ne pas pleurer. Ne pas pleurer ! Mais son cœur se serrait à lui faire mal. Jacob avait un cancer. Le même que celui dont sa mère était morte. A présent, elle connaissait toute l'histoire ou presque. Apparemment, il avait suivi un traitement. Avait-il été efficace ?

— Non, je ne viens pas au sujet d'un patient, Jacob.

Il la dévisagea avec surprise.

— Ah bon ? Dans ce cas, de quoi s'agit-il ?

— De toi. De nous. Pourquoi ne m'as-tu pas dit que tu avais un lymphome ?

Jacob ouvrit la bouche, mais aucun son n'en sortit. Il s'effondra sur son siège comme si toute force l'avait quitté.

— Qui t'a raconté ça ?

Elle tira une chaise et s'assit en face de lui.

— Ça n'a pas d'importance. Ce qui m'intéresse, c'est pourquoi toi, tu ne m'as rien dit.

Silencieux, abattu, il secoua la tête pendant quelques secondes.

— Réfléchis un peu, Bonnie, dit-il enfin. Nous nous connaissions à peine. Je ne m'attendais pas à… à rencontrer quelqu'un qui…

— Qui quoi ?

Il croisa son regard, prit une inspiration.

— Quelqu'un qui me donne de nouveau envie d'aimer. De fonder une famille.

Elle le dévisagea fixement, débordée par une émotion qui lui serrait la gorge et l'empêchait de respirer.

— Je suis désolée, Jacob. Désolée. Je n'ai jamais songé une seconde que tu pouvais avoir des problèmes personnels. J'avais peur de répéter mes erreurs, de me tromper sur ton compte…

Elle s'interrompit et secoua la tête, puis releva le regard malgré les larmes qu'elle sentait rouler sur ses joues.

— Alors que, au fond, je savais très bien quel genre d'homme tu es. L'idée ne m'a tout bonnement pas effleurée que tu pouvais être malade.

Jacob se leva. Contournant son bureau, il s'accroupit devant elle et enveloppa sa main de la sienne.

— Il fallait que j'attende, Bonnie. Je n'avais pas le choix. Comment voulais-tu que je vous impose, à toi et à Freya, ce que j'ai vécu étant enfant ? Tu me connaissais à peine. En toute franchise, aurais-tu accepté ?

— Mais oui, fit-elle en lui caressant la joue. Je suis là pour toi. Moi et Freya, nous sommes là pour toi. Je veux vivre avec toi, que tu sois malade ou pas.

Il tendit la main pour essuyer ses larmes.

— Non. Je ne me vois pas infliger de tels soucis à des personnes que j'aime.

Elle s'illumina d'un sourire irrépressible.

— Tu nous aimes vraiment ?

— Oui, vraiment.

Une joie délectable se répandit en elle, semant sur sa peau une pluie de picotements chauds.

Elle ne s'était pas trompée ! Cette attirance réciproque n'était pas une pure invention de sa part !

Toutefois, malgré son soulagement, elle n'arrivait toujours pas à comprendre pourquoi il n'avait pas voulu lui confier ses soucis.

— Alors, pourquoi ne m'as-tu rien dit ? Tu m'avais pourtant parlé de ta mère, alors pourquoi pas de toi ?

Jacob lui passa une main dans les cheveux avec tendresse et secoua de nouveau la tête.

— Ce n'était pas possible. Je ne pouvais décemment pas te faire une déclaration d'amour pour ensuite t'annoncer que je risquais de mourir dans un avenir plus ou moins proche. Quel genre d'homme ferait une chose pareille ?

Elle hocha la tête.

Il avait raison. Pourtant, cette explication ne la satisfaisait qu'à moitié.

— Quand même, tu aurais dû t'expliquer. Je pensais que tu nous snobais. Crois-tu vraiment que j'avais envie de partir et de t'abandonner avec tes problèmes ? Je t'aime, ajouta-t-elle en lui caressant la joue. Peu importent les difficultés, je veux les partager à tes côtés.

— Sans doute. Mais je ne veux pas de ça pour Freya, répondit-il calmement. Ni pour toi, d'ailleurs. J'ai vu ma mère se vider littéralement de sa vie, Bonnie. Et tu voudrais que ta fille connaisse la même expérience ? Vous avez suffisamment souffert, toutes les deux.

Il retira sa main, mais elle se pencha vers lui, à quelques centimètres de son visage.

— Une telle décision ne se prend pas tout seul, Jacob. Moi aussi, j'ai voix au chapitre.

Comme il ouvrait la bouche pour répliquer, elle leva la main.

— Tu m'as dit que tu m'aimais et que tu aimais Freya. Je n'en demande pas plus. Hier, je suis partie parce que je pensais m'être trompée sur ton compte. Mes déconvenues avec Robert m'ont rendue très méfiante, et je le regrette.

A contrecœur, Jacob s'écarta.

— Tu me demandes l'impossible. J'ai un lymphome. Ma mère avait un lymphome. Manifestement, ce truc doit être dans mes gènes. Sachant cela, es-tu toujours sûre de vouloir t'engager avec moi ? Je ne peux pas t'offrir ce que tu souhaites, Bonnie. Pas avec tous ces risques.

— Mais de quoi parles-tu ?

— D'enfants, pardi ! Tu voudras d'autres enfants, et moi, si je leur transmets cette maladie, je ne pourrai plus jamais me regarder dans une glace.

— Tu pourrais au moins me consulter avant de te livrer à de telles conclusions !

Comme Bonnie se levait d'un air furieux, il se mit debout lui aussi.

— Réfléchis, Bonnie. Tu es une excellente mère. Tu adores les enfants, et je sais bien que tu veux donner des frères ou des sœurs à Freya. Ne prétends pas le contraire. Et justement, je ne peux pas t'offrir ce rêve.

Elle battit des paupières, les yeux remplis de larmes.

— C'est toi que je veux, Jacob ! Je veux vivre avec toi et Freya. Former une famille à nous trois. C'est si difficile que ça à envisager ?

Elle se pencha vers lui et posa la paume sur sa joue.

— Tu devais passer des tests, je crois. Dis-moi ce qu'il en est. Bons ou mauvais, je veux connaître les résultats. Je suis là pour toi, Jacob, mais pour ça, tu dois m'accorder ta confiance.

Elle le fixait de ses grands yeux bleus.

Ces yeux… C'était la première chose qu'il avait remarquée chez elle. Dans son regard sombre, une braise couvait avec une intensité qui lui coupa le souffle. Il aimait Bonnie comme jamais il n'avait aimé une femme. Elle était tout pour lui : celle qui avait accepté de lier son avenir au sien, sans même chercher à savoir s'il était ou non tiré d'affaire. Elle serait à ses côtés pour le meilleur et pour le pire, il en était à présent convaincu. Pour la première fois depuis longtemps, il s'autorisa à rêver à l'avenir.

Une vie avec Bonnie et Freya, sans la menace du cancer. Une vie remplie d'espoir, d'amour.

Il couvrit sa main de la sienne.

— Les résultats sont bons, Bonnie. Mon lymphome est en rémission, du moins pour l'instant. Bien sûr, je vais devoir subir des tests tous les six mois pendant cinq ans, car d'ici là je ne suis pas à l'abri d'une rechute. Mais j'envisage quand même l'avenir beaucoup plus sereinement.

Avec une exclamation de joie, elle jeta les bras autour de son cou et le serra fort contre elle.

— Mais c'est merveilleux, Jacob !

Il la considéra en souriant.

— N'est-ce pas ?

Il se sentait léger, euphorique. Ce diagnostic favorable était une chose, mais ce qui lui donnait vraiment des ailes, c'était le sentiment de pouvoir enfin compter sur quelqu'un, de ne plus avoir à affronter l'avenir tout seul.

Souriant jusqu'aux oreilles, Bonnie l'embrassa avec effusion.

— C'est même mieux que merveilleux.

Elle sauta sur lui et noua les jambes autour de sa taille. Dans son élan, elle le fit basculer contre le mur.

— Débarrasse-toi de moi si tu peux, maintenant, docteur Layton !

Il se mit à rire, d'un rire franc et gai, comme ça ne lui était pas arrivé depuis il ne savait plus quand.

Voilà. C'était de cela qu'il avait besoin : de légèreté, de joie de vivre. Bonnie, c'était son oxygène.

Tout en souriant, il s'efforça de feindre la gravité.

— Mademoiselle Reid, voyons, je vous en prie ! Tout ceci devient très gênant…

Elle pencha la tête de côté avec un sourire malicieux.

— Peut-être, mais tu n'as pas le choix, dit-elle en promenant un doigt le long de sa joue. Freya et moi allons faire en sorte que tu vives le plus beau des Noëls. Qu'en dis-tu ?

— J'en dis que je vais t'embrasser.

Ce qu'il fit, encore et encore.

Épilogue

Un an plus tard

— Ça y est, maman, t'es prête ?

Ravissante dans sa robe vert émeraude qui lui arrivait à mi-mollet, Freya ne tenait pas en place.

Bonnie lissa un pli sur sa robe de mariée et prit son bouquet, un assortiment de fleurs blanches et rouges aux couleurs de Noël.

— Fin prête. On y va, ma chérie.

Main dans la main, elles sortirent de la chambre d'hôtel et se dirigèrent vers l'escalier en bas duquel les attendait Jacob, entouré de leurs collègues et amis de l'hôpital.

Elle se retint de descendre les marches en courant pour rejoindre l'homme qui allait compléter sa vie en la partageant.

Elle n'avait rien ressenti de tel lorsqu'elle avait épousé Robert. Certes, son premier mariage avait été une réussite sur le plan de l'organisation, mais elle ne se souvenait pas d'avoir éprouvé une telle émotion.

Elle arriva en bas des marches sous une salve d'applaudissements, et Jacob se pencha vers elle pour lui dérober un baiser.

— Tu es splendide, murmura-t-il.

— Dis donc, tu n'as pas le droit de m'embrasser avant la cérémonie, répliqua-t-elle en affectant un air de reproche.

— Je sais, mais c'est ta faute : tu m'as appris à profiter de l'instant présent.

Elle lui sourit avec amour.

Comme ils s'étaient tous les deux mis d'accord pour se marier dans la plus pure tradition écossaise, il portait un kilt, et lui aussi était splendide !

D'un hochement de tête, l'officiant les invita à se rendre dans la salle où le mariage devait avoir lieu.

La cérémonie fut simple et joyeuse. Après que Jacob et elle eurent échangé leurs vœux et sacrifié aux formalités d'usage, ils se retournèrent sous les applaudissements vers l'assistance qui réclamait un baiser. Comme elle levait le visage vers celui de Jacob, celui-ci haussa les mains pour demander l'attention.

— Attendez, ce n'est pas tout ! cria-t-il en souriant.

Elle le regarda, surprise.

— Que veux-tu dire ?

Il s'écarta pour s'adresser au reste de leurs invités.

— Avant de commencer, j'ai une grande nouvelle à vous annoncer. Bonnie et moi avons des projets dont nous n'avons encore parlé à personne. Mais le secret que je vais vous confier, même ma femme ne le connaît pas.

L'étonnement de Bonnie se mua en appréhension lorsqu'elle le vit sortir une enveloppe de sous sa veste.

— Ce matin, nous avons enfin reçu la réponse que nous attendions, elle et moi.

Il s'interrompit pour lui adresser un sourire qui la fit frissonner jusqu'au plus profond de son être.

— Je n'ai pas encore eu l'occasion d'en parler à Bonnie. Tradition oblige, je n'ai pas voulu voir la mariée avant la cérémonie. Quoi qu'il en soit, poursuivit-il en haussant la lettre, c'est officiel depuis ce matin : Bonnie et moi allons adopter un enfant !

Il se pencha pour prendre Freya dans ses bras.

— Nous t'avions dit que tu allais bientôt avoir un petit frère ou une petite sœur. Tu t'en souviens ?

La fillette hocha la tête avec gravité.

— Eh bien, dit-il encore, tu vas devenir une grande sœur dans le courant de l'année prochaine.

Bonnie se jeta dans ses bras avec un cri de joie.

— Jacob, c'est formidable !

Plusieurs serveurs arrivèrent avec des plateaux garnis de coupes de champagne vite distribués entre les convives. Jacob lui tendit une flûte et leva la sienne.

— A la tienne, mon amour. Les raisons à célébrer ne manquent pas : un mariage et une adoption dans la même journée. Qui dit mieux ?

— Tu oublies Noël, remarqua-t-elle en souriant.

— C'est juste. Cette promesse d'adoption est le plus beau des cadeaux.

Ils trinquèrent et avalèrent une gorgée, puis elle passa le bras autour de Jacob et de Freya pour les serrer contre elle.

— Tu vas me faire pleurer, fit-elle en riant. Que demander de plus ?

Jacob la transperça de ses yeux vert émeraude.

— Un baiser, par exemple ?

Et, joignant le geste à la parole, il se pencha pour l'embrasser.

— Joyeux Noël, madame Layton.

ROBIN GIANNA

La surprise d'une sage-femme

Traduction française de
CAROLINE JUNG

BLANCHE

HARLEQUIN

Titre original :
HER CHRISTMAS BABY BUMP

Ce roman a déjà été publié en 2016.

1.

Hope Sanders poussa doucement la porte et entra dans la salle d'accouchement.

— Kate ? Re-bonjour, c'est moi ! Je viens voir où vous en êtes.

Sa patiente la regarda, l'air hagard. Elle était exténuée, incapable d'articuler un mot.

Hope lui adressa un sourire réconfortant, tout en priant pour que la pauvre femme accouche désormais le plus vite possible. Au bout de trente-six heures de travail, n'importe quelle femme sur le point d'accoucher était plus que prête, psychologiquement et émotionnellement, mais les bébés étaient parfois moins enclins à coopérer qu'on ne le voudrait.

Elle se lava les mains.

— Comment vous sentez-vous ? questionna-t-elle en enfilant ses gants. Les contractions sont-elles plus fortes ou plus fréquentes ?

— Je n'en ai pas l'impression… Je voudrais juste que mon bébé naisse. Pourquoi ne sort-il pas ? demanda la patiente, des sanglots dans la voix.

— C'est long, je sais. Mais le bébé progresse malgré tout, et nous pensons, le docteur et moi, que nous pourrons éviter une césarienne. Je vais vous examiner.

— Je suis désolée, dit Kate en reniflant. Je ne devrais pas vous parler sur ce ton. Qu'est-ce qui vous a donné envie d'être sage-femme et de vous faire maltraiter par des casse-pieds comme moi ?

Hope sourit intérieurement en pensant à toutes les mères qui réagissaient autrement moins bien que Kate pendant le travail. Sans comparaison.

— Premièrement, vous n'êtes pas une casse-pieds, et je sais de quoi je parle. Au contraire, je vous trouve très courageuse. Et vous avez beaucoup de sang-froid. Ensuite, j'aime bien aider les femmes pendant le travail et l'accouchement. Et surtout les voir tenir pour la première fois leur bébé dans les bras. Rien n'est plus beau. C'est pour cela que je suis devenue sage-femme.

En prononçant ces paroles, elle sentit l'émotion la submerger.

Aurait-elle un jour la chance d'avoir un bébé à elle ? C'était son rêve depuis le début. A l'époque de ses études de sage-femme, elle s'était dit qu'elle avait le temps, qu'elle s'occuperait en priorité de sa carrière avant de se caser et de fonder une famille. Mais elle était alors loin d'imaginer qu'elle serait encore célibataire à trente-quatre ans.

— Vous avez fait le bon choix, répondit le mari de Kate. Vous rendez ces longues heures de travail un peu moins dures à supporter. Merci pour votre aide.

— Merci à vous. Ce que vous dites me touche beaucoup.

Elle se redressa avec un large sourire, satisfaite par les résultats de l'examen gynécologique qu'elle venait d'effectuer.

— J'ai une bonne nouvelle à vous annoncer, dit-elle d'une voix enthousiaste. Le col est à dix centimètres. Vous y êtes ! Le bébé a décidé que le moment de sortir était venu.

Kate lui adressa un regard las, comme si elle n'avait pas entendu, mais son mari se leva d'un bond de sa chaise et s'approcha du lit. Le pauvre homme avait des cernes gris sous les yeux et les cheveux ébouriffés, mais son sourire illuminait pratiquement toute la salle.

— Le bébé arrive ? Maintenant ?

— Oui, maintenant. Je vais poser les capteurs du moniteur sur le ventre de Kate, pour surveiller son rythme cardiaque pendant la naissance. Il va falloir que vous poussiez, Kate. Dès que vous sentirez la prochaine contraction, poussez de toutes vos forces. Je sais que vous les percevez moins à cause de l'épidurale, mais prévenez-moi quand vous sentez quelque chose.

— Là... Il y en a une qui arrive, dit Kate en se redressant.

Son expression avait changé, son regard était plus alerte.

— Alors, poussez ! Voilà, c'est bien. Encore !

Hope l'encouragea tout en surveillant la progression du bébé, dont le rythme cardiaque était normal. Avec un peu de chance, après un travail aussi long, la délivrance serait rapide et simple.

Kate émit un long gémissement tout en s'agrippant au bras de son mari.

— Respire, ma chérie, respire bien, dit ce dernier.

— Oui, respirez bien entre les contractions. Puis, quand vous poussez, rentrez le menton, retenez votre souffle et poussez le plus possible.

Au bout de quelques contractions, la tête du bébé apparut.

Kate poussait régulièrement, Hope continuait à l'encourager calmement, consciente que son attitude avait une grande influence sur la mère en train de traverser cette épreuve magnifique mais éprouvante.

— On y est presque, Kate, dit-elle en souriant. C'est parfait, continuez comme ça. Voilà, je tiens sa tête. Poussez encore ! Oui, c'est bien ! Ça y est, Kate ! Il est là !

Elle passa les mains autour des épaules du nouveau-né et, le cœur serré, l'accompagna pour son arrivée dans ce monde si nouveau pour lui.

Elle avait exécuté ces gestes des centaines de fois, mais, chaque fois, le miracle de la naissance la bouleversait.

— Voilà, s'exclama-t-elle, le cœur empli de joie. C'est une petite fille. Félicitations !

Après avoir coupé le cordon ombilical et enveloppé le nouveau-né dans une serviette chaude, elle le déposa sur la poitrine de sa maman et laissa ses parents faire sa connaissance.

La jeune mère prit la petite fille dans ses bras, l'air émerveillé. Le père avait les larmes aux yeux. Il se pencha pour embrasser sa femme.

Hope sentit sa gorge se serrer sous le coup de l'émotion.

Si elle avait un enfant, il n'y aurait pas de père en larmes à sa naissance. Ni pendant son enfance…

Malheureusement, il fallut qu'elle interrompe cette scène touchante pour procéder aux soins du bébé et de la mère. C'était une étape à laquelle on ne pouvait pas se soustraire.

Elle prit une profonde inspiration.

— Je suis désolée, mais je dois l'emmener pour la laver et la réchauffer. Il ne faut pas qu'elle prenne froid. Mais je vous la ramène très vite !

Elle confia la petite fille à son assistante et laissa celle-ci placer le bébé dans un bain chaud, lui faire sa toilette, l'habiller et lui enfiler un petit bonnet pendant qu'elle-même allait s'occuper de la délivrance du placenta.

Une fois que tout fut en ordre, elle reprit le bébé dans ses bras et le contempla un instant.

La petite fille la regardait de ses yeux bleu-gris, les sourcils froncés, l'air sérieux, comme si elle lui demandait en silence où elle avait atterri et ce qu'elle faisait là.

Hope ne put s'empêcher de s'imaginer avec l'enfant qu'elle aurait un jour, et un frisson lui parcourut l'échine.

Elle était près du but, désormais. Serait-elle la mère qu'elle avait toujours rêvé d'être ? Quand son bébé la regarderait avec ces mêmes yeux interrogateurs : « Qui suis-je ? Qu'est-ce que je fais là ? », serait-elle capable de lui répondre ?

Oui. Elle lui dirait : « Tu es là parce que je t'aime. »

Elle détourna le regard du petit visage déjà si expressif et s'approcha du lit de Kate.

— Voilà votre petite fille, dit-elle en la déposant dans les bras de son père. Encore toutes mes félicitations.

Tandis que Kate et son mari scrutaient le nouveau-né avec émerveillement, elle se sentit soudain assaillie par un doute.

Et si elle commettait la plus grosse erreur de sa vie en souhaitant avoir un bébé toute seule ?

Elle chassa cette pensée troublante de son esprit.

Elle avait toujours voulu être mère. Elle adorait les bébés. Et les enfants. Malheureusement, le temps passait, menaçant son rêve de ne jamais se réaliser. En dépit de ses antécédents médicaux, en dépit de ce que son ex-petit ami lui avait dit, il n'y avait aucune raison qu'elle ne puisse pas être mère, comme elle le désirait depuis toujours.

Aucune.

— Elle est si belle ! s'extasiait le mari de Kate. Elle te ressemble, je trouve.

Kate se mit à rire.

— Est-ce que je suis aussi rouge et aussi bouffie ? Sans doute, tu as raison.

Elle caressa doucement la joue du bébé en lui murmurant des mots doux puis releva la tête et échangea avec son mari un long regard aimant et complice.

Hope éprouva de nouveau un pincement au cœur.

Que lui arrivait-il ? Pourquoi cette tristesse soudaine à l'idée de ne pas avoir d'homme dans sa vie, alors qu'elle n'en avait jamais vraiment voulu ? Pourquoi se mettait-elle tout à coup à douter alors qu'elle avait été confiante et déterminée jusqu'à présent ?

— Lui avez-vous déjà trouvé un prénom ? demanda-t-elle, en se concentrant de nouveau sur sa tâche, dans l'espoir que l'activité dissipe ces pensées incongrues.

— Neuf mois ne nous ont pas suffi pour nous décider, dit Kate en souriant. Nous hésitons encore entre Emily et Rachel.

— Tiens, ma chérie, prends-la, dit son mari en lui tendant la petite fille.

Il se pencha vers elle et la regarda intensément.

— Je dirais qu'elle a plutôt une tête à s'appeler…

— Rachel ! s'exclamèrent-ils de concert, avant d'éclater de rire.

— C'est parfait, dit Hope en souriant pour dissimuler l'émotion qui l'étreignait de nouveau.

Pourquoi était-elle ébranlée comme s'il s'agissait de son premier accouchement ? Lui aurait-on déjà injecté des hormones sans le lui dire ? Mieux vaudrait peut-être qu'elle ait toujours un paquet de mouchoirs dans sa poche, au cas où. Si ça continuait, elle allait passer les neuf prochains mois à sangloter à chaque accouchement heureux !

— Tout va bien, dit-elle en retirant ses gants. Alors, je vous laisse. Je reviendrai vous voir dans un moment.

En se dirigeant vers son bureau pour rédiger le rapport d'accouchement, elle jeta un coup d'œil sur sa montre, soulagée de constater que son service touchait à sa fin.

Pour une fois, elle ne passerait pas son vendredi soir à dîner avec des amis. Elle allait assister à la soirée de gala organisée par l'un des médecins les plus séduisants de la maternité royale de Cambridge.

Aaron Cartwright était insolemment beau. De plus, il redonnait à des tas d'enfants l'espoir de mener une vie normale, par le biais de la fondation qu'il avait créée pour promouvoir l'adoption à Cambridge et dans la région. Sans compter qu'il avait eu la générosité d'inviter des sages-femmes et des gynécologues obstétriciens à venir parler de leurs patients qui avaient été concernés par l'adoption, à des personnes susceptibles de faire des dons à la fondation.

Cela faisait longtemps qu'elle avait repéré Aaron Cartwright. Trois ans plus tôt, elle avait marqué un temps d'arrêt en le voyant pour la première fois traverser un couloir de l'hôpital. Certes, sa réputation de play-boy n'était plus à faire, mais qu'importe ! Ce n'est pas parce qu'elle ne cherchait pas à se caser qu'elle n'avait pas le droit de regarder les hommes, surtout un homme aussi canon !

Ce soir, elle aurait l'honneur d'approcher le beau docteur, devant lequel la moitié des femmes de l'hôpital se pâmaient. Elle aurait aussi le plaisir de déguster du champagne et des petits-fours avant de se trémousser sur la piste de danse.

Le lendemain, sa nouvelle vie commencerait.

En attendant, quoi de mieux qu'une telle soirée pour se détendre et retrouver le cours normal de ses pensées ?

— Vous allez finir par être en retard si vous ne vous dépêchez pas un peu !

Aaron Cartwright leva les yeux de la brochure sur la toute dernière technique de fécondation in vitro qu'il venait de sortir d'un tiroir.

Sue Calloway le regardait, les lèvres pincées. Elle lui tendait des cintres sur lesquels étaient accrochés un smoking, une chemise, un nœud papillon et une large ceinture.

— Je ne savais pas que la gestion de ma garde-robe faisait partie de vos prérogatives de responsable administrative ?

— Cela fait partie de mes prérogatives au même titre que tout le reste, et vous le savez très bien, rétorqua-t-elle. Allez, habillez-vous ! Sans quoi, tout le monde va se demander où vous êtes passé.

— Pensez-vous ! Qui peut bien songer à moi en ce moment ? Ils sont tous trop occupés à goûter les petits-fours et à se servir des coupes de champagne. Je ne suis même pas sûr qu'ils me remarqueront quand je vais arriver…

Il lui décocha un grand sourire.

— Mais ne vous en faites pas, j'ai presque terminé. Je dois encore parler un moment avec John et Angela Walters. Ils sont assez anxieux, et je veux qu'ils aient le maximum d'informations avant de rentrer chez eux.

— Quand la FIV est-elle programmée ?

— Mardi. J'y retourne, sauf si vous avez encore des reproches à me faire. Ce qui risquerait de me faire arriver encore plus en retard.

— Alors, filez !… dit Sue avec un sourire. Cela dit, je ne compte pas faire le portemanteau toute la soirée !

Il avait de la chance qu'une femme comme Sue gère son bureau et son planning comme un sergent instructeur.

Dans la salle de consultation, l'homme et la femme qui l'attendaient semblaient toujours aussi inquiets. Il n'était pas parvenu à dissiper leurs angoisses, mais, grâce aux progrès dans le traitement de l'infertilité et avec un peu de chance, la procédure qu'il leur proposait leur apporterait ce qu'ils désiraient si ardemment.

Il s'assit et afficha son sourire le plus rassurant tout en leur tendant la brochure décrivant la technique de fécondation in vitro qu'il leur recommandait.

— Je sais que ce que vous traversez est difficile. Mais maintenant que nous savons précisément ce qu'il en est, les chances que vous conceviez un enfant sont réelles.

— Combien de fois avez-vous réalisé une FIV avec micro-injection intracytoplasmique, docteur Cartwright ? demanda John Walters.

— Je ne les compte plus. Le taux de succès de cette procédure est de quatre-vingt-dix pour cent. Et sans vouloir me vanter, il est bien supérieur en ce qui me concerne. Comme je vous l'ai déjà dit, je suis un grand défenseur de cette méthode. Dans une situation comme la vôtre, elle est de loin préférable à la fécondation in vitro traditionnelle.

John Walters le regarda, les lèvres serrées.

L'infertilité est une épreuve à surmonter pour tout le monde, mais les hommes ont en général plus de mal que les femmes à supporter le problème. Comme si l'infertilité portait atteinte à leur virilité et les rendait moins hommes. Par ailleurs, certains hommes font des enfants et les abandonnent. D'autres donnent leur sperme, mais ils ne connaissent pas leurs enfants qui, eux, demeurent toute leur vie dans l'ignorance de l'identité de leur père.

— Vous avez dit que vous n'implanteriez que deux ovocytes, mais ne serait-il pas plus prudent d'en implanter davantage ? demanda Angela Walters en serrant la main de son mari. N'aurions-nous pas plus de chances de succès ? De toute façon, si cela devait conduire à une grossesse multiple, nous en serions très heureux.

— Je n'en doute pas. Mais une grossesse multiple augmente aussi les risques de complications, de malformation congénitale et de naissance prématurée. Sans compter qu'il est bien moins facile qu'on ne se l'imagine d'élever des triplés ou des quadruplés.

Il était bien placé pour le savoir. Ça n'avait pas été simple pour sa propre mère. Et encore moins pour chacun des enfants qu'elle avait eus.

— Je sais, mais j'ai le sentiment que c'est notre dernière chance. Alors pourquoi pas des jumeaux ou des triplés, puisque nous sommes prêts à en assumer les conséquences, quelle qu'elles soient ?

Les émotions tapies en lui le prirent par surprise.

Tout ça, c'était du passé. Alors pourquoi ce passé resurgissait-il sans prévenir et ébranlait-il son sang-froid dans les moments les plus inopportuns comme celui-ci ? Il avait l'impression d'être un arbre poussant le long d'un barbelé : l'arbre pousse quoi qu'il arrive, et le barbelé se retrouve à l'intérieur du tronc. Il est invisible, mais ses pointes sont toujours là, acérées et douloureuses.

Il prit une profonde inspiration et s'efforça de stabiliser sa voix. Il avait besoin qu'elle soit ferme et pleine d'autorité, sans paraître dictatoriale. Aider ses patients à prendre des décisions responsables en dépit de leur irrépressible désir d'enfant, cela faisait partie de son métier.

— Je sais que c'est une décision difficile à prendre pour l'un comme pour l'autre. Comme je vous l'ai dit tout à l'heure, vous pourriez vous adresser à un autre spécialiste ayant un point de vue différent du mien sur la question. Je le comprendrais tout à fait. Vous n'auriez pas à repartir à zéro, je vous recommanderais alors des confrères dans ce même hôpital, à qui je transmettrais directement votre dossier. Et vous pourriez vous lancer dans une FIV ICSI de plusieurs ovocytes sans tarder.

— Non, répondit Angela. Tout le monde dit que vous êtes le meilleur spécialiste en ICSI, docteur. C'est juste que… J'ai tellement peur que, en implantant seulement deux ovocytes, les chances de réussite ne soient plus faibles !

— Je ne vais pas affirmer le contraire, mais si c'est le cas, vous pourrez faire une autre tentative. Le but est que vous ayez un bébé qui naisse à terme et en pleine forme. Eventuellement deux, mais pas davantage.

Elle tourna la tête vers son mari qui acquiesça.

— Vous avez raison, dit-elle en adressant à Aaron un sourire timide. Si vous m'opérez la semaine prochaine, quand tombera le terme de la grossesse ? Je veux que tout soit prêt quand il arrivera.

— Début août. C'est le mois de votre anniversaire, n'est-ce pas, Angela ? dit-il avec un sourire qu'il voulait réconfortant. Mais tout n'est-il pas déjà prêt depuis longtemps ?

— Oui, depuis trop longtemps, répondit Angela, les larmes aux yeux.

Il lui tendit une boîte de mouchoirs en papier.

La souffrance, la déprime, le chagrin et le sentiment d'échec que ressentent les couples en situation d'infertilité sont souvent profonds. C'était son devoir d'aider Angela et John à avoir l'enfant qu'ils désiraient tant. Il avait l'impression que l'ICSI fonctionnerait pour eux et qu'il ne serait pas nécessaire de les encourager à envisager l'adoption, comme il l'avait déjà fait pour des couples n'étant pas parvenus à avoir un enfant après avoir essayé par tous les moyens.

L'adoption. Le mot lui rappela qu'il était attendu au gala qu'il avait organisé en faveur de cette cause et qu'il devait faire un discours. Il avait prévu d'illustrer ses propos avec des diapositives. Les gens adoraient voir les photos d'enfants heureux dans leur nouvelle famille, et ils se montraient toujours plus généreux dans leurs dons après l'avoir entendu parler.

Il résista à la tentation de vérifier l'heure à sa montre.

Comme il l'avait dit à Sue, il ne bâclait jamais une consultation. Ses patients en détresse devaient disposer de tout le temps nécessaire pour réfléchir et poser les questions qui les taraudaient. Ce temps, il le leur accordait sans compter, et il répondait toujours avec la plus grande honnêteté, même si ses réponses n'étaient pas forcément celles que les patients avaient envie d'entendre sur le moment.

— Merci beaucoup, docteur, dit John en lui tendant la main, arborant désormais le même sourire convaincu que sa femme. On se voit la semaine prochaine…

— Pour le grand jour, ajouta Angela en se levant à son tour.

— Oui, je vous attends mardi matin à 8 h 30, confirma Aaron en les précédant pour ouvrir la porte du bureau.

Dès que le couple fut sorti, Sue réapparut dans le couloir.

— Dépêchez-vous ! dit-elle de sa voix autoritaire. Vous avez beau prétendre que vos éminents hôtes ne s'étonnent pas de vous voir arriver le dernier à un gala que vous avez vous-même organisé, vous savez bien qu'il faut aussi du temps pour recueillir les dons. Tout expert que vous êtes, vous avez besoin de cet argent.

— C'est une critique ou un compliment ? demanda-t-il en riant. En tout cas, merci pour votre présence et votre soutien précieux. Au fait, avez-vous changé d'avis ? Vous venez ?

— Non merci, c'est bien trop chic pour moi. Je n'ai pas les moyens d'assister à un gala à 300 livres l'entrée, 600 si j'emmène Paul.

— Ne jouez pas la pauvre responsable administrative exploitée et sous-payée avec moi ! D'ailleurs, vous savez bien que je vous invite tous les deux !

Sue lui sourit.

— Comment faites-vous pour me connaître aussi bien au bout de trois petites années ?

— Peut-être parce que c'est exactement ce que je vous entends répéter tous les jours ? Allez mettre une robe et chercher votre mari. Je suis sûr que vous passerez une bonne soirée. Vous avez géré toute l'organisation de main de maître. C'est grâce à vous si nous allons nous régaler et nous amuser.

— Merci pour l'invitation, dit-elle en lui tapotant le bras. C'est bien que vous ayez invité aussi les sages-femmes et les gynécologues à parler d'adoption. Mais, vous savez,

Paul n'aime pas beaucoup de genre de mondanités, et moi, je n'aime pas sortir sans lui. Allez, dépêchez-vous. Je suis sûre que le gala sera un triomphe, comme l'an dernier. Vous allez trouver des tas de nouveaux donateurs.

— Comme vous voulez. Mais ne venez pas râler quand vous verrez les photos dans le journal et que vous n'y serez pas.

— Comme si les photographes m'attendaient ! C'est le beau docteur américain qu'ils veulent prendre en photo. Surtout s'il a une jolie femme à son bras.

— En ce cas, ils vont être déçus. Avec tous les gens à qui je dois parler ce soir, je ne risque pas de me laisser distraire par une femme, si jolie soit-elle.

— Pauvres femmes ! Avec vous, les histoires ne durent jamais bien longtemps. Je suis curieuse de savoir quand vous allez enfin vous laisser apprivoiser. Mais changez-vous vite, vous êtes déjà bien en retard.

— Oui, maman, répondit-il en prenant les cintres.

La façon dont Sue le maternait le faisait rire. Cela lui rappelait la façon dont sa mère adoptive s'était occupée de lui. Avec bienveillance et patience.

Par chance, la circulation était plus fluide que d'habitude. Il se rendit à l'hôtel en moins de temps que prévu. Il prit une légère inspiration sur le seuil.

La salle de réception avait été très élégamment aménagée pour l'occasion. Les tables étaient décorées de petites luges emplies de boules de Noël dorées et argentées agrémentées de rameaux de sapin ou de houx pailletés. Des poinsettias et des sapins scintillants attiraient le regard dans différents endroits de la salle. Un orchestre d'une quinzaine de musiciens jouait en sourdine.

Décidément, Sue s'était surpassée !

Les assistants, les hommes en smoking et les femmes en robe du soir, bavardaient avec animation en dégustant des amuse-bouches. Ils avaient l'air de s'amuser. L'ambiance était festive et chaleureuse. On n'était qu'en novembre, c'était un peu tôt pour une fête de Noël, mais le mois de décembre était déjà suffisamment chargé pour tout le monde.

Il était fier de constater que, en trois ans, son gala était devenu l'une des soirées les plus courues par la fine fleur de Cambridge et des environs. C'était le moyen de lever les fonds tellement nécessaires à la cause qui lui tenait à cœur.

En voyant un homme porter à sa bouche une petite brochette colorée, il sentit son estomac gargouiller. Décidé à vérifier la qualité des mets proposés à ses hôtes, il se dirigea vers le buffet et emplit une assiette.

Il jeta sur la salle un regard circulaire tout en portant une crevette à sa bouche et faillit s'étrangler.

Près de l'entrée se tenait une jeune femme blonde qu'il avait déjà vue dans l'enceinte de l'hôpital. Contrairement aux fois où il l'avait croisée dans les couloirs, ses cheveux étaient relevés en un chignon souple. Quelques mèches caressaient ses joues et la courbe de son cou. Son corps mince et élancé était mis en valeur par une élégante robe longue bleu pâle qui soulignait des courbes parfaites.

Lui qui la trouvait déjà si jolie dans la blouse informe de l'hôpital ! Ce soir, elle était éblouissante !

Chaque fois qu'il l'apercevait à l'hôpital, il ne pouvait s'empêcher de la suivre des yeux. Il ne savait rien d'elle sinon qu'elle était sage-femme. Et comme son métier ne l'amenait pas à fréquenter le service de la maternité, il n'avait jamais eu l'occasion de faire sa connaissance.

Cette soirée allait peut-être changer la donne. Il allait pouvoir lui dire à quel point il se réjouissait que quelques-unes des sages-femmes qu'il avait invitées soient venues. Il avait envie d'entendre son point de vue particulier sur l'adoption. Et, accessoirement, de voir si elle portait une alliance…

Après avoir dégusté quelques amuse-bouches, il se dirigea vers la scène située de l'autre côté de celle de l'orchestre, où un pupitre était disposé devant un écran rétractable.

Quand il demanda l'attention de l'assistance, un tonnerre d'applaudissements l'accueillit.

Il fit son discours sous l'œil attentif et ému d'un public conquis par les images qui avaient été prises au cours de l'autre événement que la fondation organisait à Noël et qui montraient des parents adoptifs et des enfants adoptés affichant un bonheur palpable.

Les hochements de tête et les sourires du public le réjouirent. C'était le signe que certains invités feraient, en plus de l'acquisition de leur billet d'entrée au gala, des dons à la fondation Tom et Caroline Cartwright, du nom de ses parents adoptifs.

Une fois le discours achevé, l'orchestre se remit à jouer, et une partie des convives se dirigèrent vers la piste de danse. Il en profita pour passer entre les tables, serrer les mains et répondre aux questions.

Alors qu'il était allé chercher un verre d'eau, il but une gorgée en scrutant la salle, espérant apercevoir la belle sage-femme.

— C'est une magnifique soirée, Aaron !

Il se retourna.

Sean Anderson tenait une assiette garnie de bouchées au homard. Le gynécologue obstétricien originaire d'Australie ne travaillait à la maternité royale de Cambridge que depuis un mois, mais il avait fait ses preuves, et sa réputation le précédait.

— Merci. Je suis content que ça vous plaise. Mais le mérite revient surtout à ma responsable administrative qui a passé des mois à tout organiser.

— En tout cas, c'est très réussi. Et même si ce n'est pas vous qui avez fait le menu ni envoyé les invitations, je sais que vous êtes le cerveau de cette belle aventure. Alors, félicitations !

— Merci. J'espère que vous allez prendre la parole, vos confrères et vous, pour parler de vos patients. C'est toujours intéressant d'entendre parler des patientes qui ont trouvé une famille d'adoption pour l'enfant qu'elles ne désiraient pas, ou des couples qui ont eux-mêmes adopté.

— Hmm, répondit Sean Anderson d'un air distrait.

Aaron se retourna pour voir ce qui attirait l'attention de son interlocuteur et aperçut Isabel Delamere, une autre obstétricienne australienne.

Sean et elle se fixèrent pendant quelques secondes, puis la jeune femme prit une autre direction.

Que se passait-il entre ces deux-là ? Sean ne travaillait à la maternité royale que depuis peu. Avait-il déjà une histoire avec la belle Isabel ? Ou un désaccord professionnel ?

Mais ce fut au tour d'Aaron d'être distrait, lorsqu'il vit la belle sage-femme blonde quitter la piste de danse pour se diriger vers le bar.

— Hope ! s'écria Sean en la voyant.

La jeune femme les rejoignit, souriante.

— Bravo pour les jumeaux de cet après-midi, dit le gynécologue.

— Merci. C'est toujours un soulagement de les savoir en bonne santé.

Ainsi, elle s'appelait Hope.

C'était la première fois qu'il se trouvait si près d'elle physiquement. Elle avait des yeux d'un bleu profond dans lesquels il eut spontanément envie de plonger. Sa peau était lumineuse, et ses lèvres roses et pleines lui donnèrent sur-le-champ envie de l'embrasser.

— Nous n'avons pas été présentés, dit-il en tendant la main. Je suis Aaron Cartwright.

Sean le regarda, l'air étonné.

— Désolé, Aaron, je croyais que vous vous connaissiez. Mais c'est vrai que vous n'avez sans doute jamais eu l'occasion de travailler ensemble. Hope, voici le Dr Aaron Cartwright, gynécologue obstétricien, grand spécialiste de l'assistance médicale à la procréation. Aaron, je vous présente Hope Sanders, qui est sage-femme à la maternité royale. Une sage-femme très compétente.

— Nous n'avons pas été présentés, mais je vous connais, docteur. Nombreuses sont les patientes que j'ai eues et qui ont pu avoir un bébé grâce à vous.

Elle lui tendit la main sans cesser de sourire, illuminant la salle de réception tout entière.

— C'est une belle soirée pour une belle cause, reprit-elle. Merci de m'avoir invitée. J'ai déjà parlé à quelques donateurs de votre fondation.

— Merci, c'est gentil. Je suis content que vous ayez pu venir. Est-ce que…

— Aaron, je vous laisse, l'interrompit Sean. Encore bravo pour la soirée.

Il lui tapota l'épaule avant de s'éloigner en direction d'Isabel.

Qu'y avait-il entre eux ? se répéta Aaron.

Peu importe, ça ne le concernait pas, d'autant qu'il avait plus intéressant à faire en cet instant précis que de s'interroger sur les relations de ses deux collègues.

Comme de reprendre sa conversation avec cette femme magnifique.

— Il me semble que Sean et moi vous avons empêchée d'arriver jusqu'au bar. Puis-je aller vous chercher quelque chose à boire ?

— Je veux bien un verre d'eau. Danser m'a donné soif. Le groupe qui joue est fabuleux. Comme tout le reste du gala. D'ailleurs, je suis un peu surprise. La soirée n'engloutit-elle pas une grosse partie des dons que vous recevez ?

— Si, vous avez raison. Mais j'ai été bénévole dans une fondation de ce genre aux Etats-Unis, où j'ai appris beaucoup de choses. Notamment qu'une soirée au tarif d'entrée prohibitif attire un public susceptible de faire des dons très importants. Ils ont l'impression d'être des gens spéciaux, invités dans une soirée spéciale, ils s'amusent et signent de gros chèques.

— C'est nul, dit Hope sans ambages.

— Disons que c'est humain. Pensez plutôt que tout le monde est gagnant dans l'affaire. Les gens passent du bon temps, et la fondation reçoit des fonds qui lui permettent d'aider des familles dans le besoin.

— Vous avez raison, dit-elle avec une moue adorable. Moi-même, j'avoue que je passe une excellente soirée. Merci encore pour l'invitation.

— Tout le plaisir est pour moi, dit-il en s'efforçant de détourner le regard de cette bouche qui faisait naître en lui des idées incongrues.

— Que diriez-vous d'une coupe de champagne pour accompagner votre verre d'eau ? Pour fêter cette soirée qui se déroule sans anicroche.

— Ne tentez pas le diable ! Souvent, quand on dit qu'il n'y a pas de problème, une catastrophe est en train de se tramer.

Il sourit. Tenter le diable ? C'est vrai qu'il était tenté.

— Vous croyez ?

— Docteur Cartwright, quelle soirée merveilleuse !

Il reconnut le couple qui avait fait le don le plus important l'année précédente.

— Bonsoir ! Merci d'être venus !

— Nous ne manquerions cette soirée pour rien au monde ! dit la femme.

— Oui, nous avions un très bon souvenir de la soirée de l'an dernier. Votre fondation fait tellement de belles choses ! Nous avons parlé avec Hope, qui accomplit un travail à la fois difficile et merveilleux, elle aussi.

— Nous sommes très impressionnés par ce que vous faites l'un et l'autre, reprit la femme. Mais nous vous laissons. Nous allons goûter les desserts, qui sont tous aussi magnifiques et appétissants les uns que les autres.

Le couple s'éloigna.

— Je ne sais pas ce que vous leur avez dit, mais ils sont conquis ! dit Aaron en se tournant vers Hope. Vous êtes sûre de ne pas avoir manqué votre vocation ? Vous feriez merveille dans le marketing ou la vente.

— Ce n'est pas si compliqué de vendre des choses auxquelles on croit ! Je ne suis pas sûre que je saurais vendre des chaussettes qui grattent ou du dentifrice au goût immonde.

Sa beauté, son humour, sa vivacité la rendaient décidément irrésistible. Il glissa les mains dans ses poches pour ne pas être tenté de replacer une mèche de cheveux échappée de son chignon.

— Je pense qu'une coupe de champagne nous ferait passer le goût immonde du dentifrice. Mais je ne veux pas insister si vous n'avez pas envie de boire. Peut-être préférez-vous m'accorder une danse ?

— N'avez-vous pas remarqué que les musiciens ont arrêté de jouer ?

Comme par enchantement, l'orchestre entama un nouveau morceau.

— Tiens ? C'est étrange, j'entends de la musique. Pas vous ?

Il lui tendit la main, ravi que la musique soit lente et la piste bondée.

— C'est la musique que je préfère pour danser. Ce qui, chez moi, consiste essentiellement à me balancer d'un pied sur l'autre. Je dois avouer que la danse n'est pas mon plus grand talent.

— Et quel est votre plus grand talent ?

Elle le fixait de ses yeux bleus, attendant une réponse.

— Hmm… C'est une question difficile. Je suis compétent dans mon métier, mais je ne pense pas qu'il s'agisse à proprement parler d'un talent. Je sais taper dans un ballon de foot, mais…

— Je suis désolée de vous avoir posé cette question, dit Hope dans un souffle qui lui donna envie de glisser la main dans le creux de son dos.

— Désolée ? Mais pourquoi ?

— J'ai bien peur que votre talent ne consiste en une activité que mes oreilles innocentes ne peuvent pas entendre.

— Vos « oreilles innocentes » ? s'étonna-t-il, amusé. Ne vous inquiétez pas, je suis un gentleman, vos oreilles ne craignent rien.

Il adorait ce mélange de douceur et d'audace.

Ils dansèrent en silence pendant quelques longues minutes, leurs corps se balançant à l'unisson, au point qu'ils semblaient ne faire qu'un. Il ferma les yeux, enivré par les effluves de son parfum et le contact de ses seins sur son torse. Sa main était blottie dans la sienne, comme s'ils se connaissaient depuis beaucoup plus longtemps que dix minutes plus tôt.

Il avait fréquenté un certain nombre de femmes dans sa vie, mais quelque chose dans la courbe de son oreille si proche, dans le velouté de sa peau — il ne parvenait pas à identifier clairement quoi — rendait Hope Sanders différente des autres. Avait-il déjà ressenti une connexion aussi immédiate et aussi forte avec une autre femme ?

La musique cessa, et leurs corps se détachèrent à regret. Mais Hope le fixait toujours, les lèvres entrouvertes, les joues légèrement rosies.

Il lui fallut faire un effort surhumain pour se rappeler qu'il se trouvait dans un lieu public, au milieu d'une bonne centaine de personnes qui le connaissaient. Sinon, il l'aurait serrée de nouveau dans ses bras et embrassée jusqu'à en perdre haleine.

— Vous ne me l'avez toujours pas dit, murmura-t-elle, s'efforçant manifestement de redonner un semblant de normalité à leur échange.

— Quoi donc ? demanda-t-il, encore sous le choc de cette puissante alchimie.

— Votre plus grand talent.

2.

Hope sentit son cœur bondir dans sa poitrine sous le sourire qui faisait craquer toutes les infirmières et les sages-femmes de l'hôpital.

Qu'est-ce qu'il lui avait pris de reposer cette question à Aaron Cartwright ? Elle n'était pas une vierge effarouchée, mais elle n'avait rien non plus d'une séductrice. Pourtant, elle venait de prononcer des mots pour le moins ambigus.

Elle avait secrètement espéré rencontrer le Dr Cartwright au cours de cette soirée, mais elle ne se serait pas doutée que le grand ponte de l'assistance médicale à la procréation l'inviterait à danser un slow. Jamais elle n'aurait pu imaginer que cela arriverait ! Pourtant, ils étaient là, main dans la main, si proches l'un de l'autre qu'ils auraient pu s'embrasser presque sans tourner la tête.

Son smoking le rendait encore plus sexy si c'était possible. Elle sentait sa main ferme la plaquer contre son corps délicieusement viril qui dégageait une chaleur incroyable. Sa voix était grave et profonde, et chacun des mots qu'il prononçait lui coupait la respiration et semblait la déposséder de toute rationalité. Sinon, comment expliquer son entêtement à lui demander — comme si la réponse lui tenait vraiment à cœur — de lui révéler son plus grand talent ?

Elle déglutit, consciente de l'embarras qui s'emparait d'elle en même temps que la chaleur qui l'embrasait. Elle chercha quelque chose à dire — n'importe quoi, pourvu que cela fasse oublier à Aaron la question grotesque qu'elle venait de poser.

Mais il la devança.

— Le bachot.

Elle le regarda sans comprendre.

— Pardon ?

Un petit gloussement mi-gêné, mi-soulagé s'échappa de la gorge d'Aaron.

— Je fais du bachot. Ce n'est peut-être pas mon plus grand talent, mais je me débrouille plutôt bien.

Par chance, il avait décidé de ne pas prolonger ses insinuations douteuses !

— Il n'y a pas que les habitants de Cambridge et les touristes qui aiment se laisser porter par le courant d'une rivière. C'est une activité que nous pratiquons chez nous aussi depuis des siècles.

— Chez vous ? C'est-à-dire ?

Les ragots de l'hôpital lui avaient rapporté qu'il était originaire de Californie, mais elle n'en savait guère davantage.

— Le nord de la Californie. Une région de vignobles.

— J'imagine que, étant californien, vous devez aussi être fan de surf ?

Il sourit, et les petites rides autour de ses yeux s'accentuèrent.

— Je n'irais pas jusque-là. Comme beaucoup de jeunes, je surfais, mais je n'ai pas persévéré. En tout cas, c'est adorable de vous entendre parler de la Californie avec votre accent anglais.

— Mon accent ? Quel accent ? C'est vous qui avez un accent !

Ce qui contribuait aussi à son charme. Mais elle ne risquait pas de le lui avouer et de se plonger une fois encore dans une situation embarrassante.

— Si vous le dites…, répondit-il en se penchant vers elle.

Elle sentit les battements de son cœur accélérer, consciente de la proximité de son visage, de son parfum, de son souffle.

— Vous faites donc de la barque ? Sur des canaux creusés au milieu des vignes ? plaisanta-t-elle.

— En fait, nous naviguons sur du jus de raisin, répondit-il sur le même ton.

Comment allait-elle réagir la prochaine fois qu'elle l'apercevrait dans les couloirs de l'hôpital ? Comme toutes les autres femmes, elle se pâmerait, et il faudrait des sels pour la réanimer.

— J'ai fait mes études de médecine à Denver, dans le Colorado. C'est là que j'ai appris à naviguer en bachot, sur le Cherry Creek. J'ai même fait de la compétition. C'est ce qui m'a convaincu de venir travailler à Cambridge.

— Est-ce si difficile de mener une barque à fond plat ?

— C'est vous qui me posez cette question, alors que vous vivez à Cambridge ? s'étonna Aaron. Vous n'avez jamais essayé ? Cela demande une certaine pratique. C'est un excellent exercice.

— En fait, non, je n'ai jamais navigué moi-même. Chaque fois, c'est quelqu'un d'autre qui manœuvre le bachot. J'ai un peu honte, étant née et ayant grandi ici.

— Vous avez raison, c'est honteux et tout à fait inacceptable.

Il glissa la main le long de son bras et l'entraîna vers la porte.

— J'imagine que vous avez déposé votre manteau au vestiaire ?

— Oui, mais…

— Vous êtes venue en voiture ?

— Non. Enfin, si. C'est une collègue qui m'a emmenée…

— Bien, la coupa-t-il en approchant du vestiaire. Passez-moi votre ticket.

Elle fouilla dans sa pochette et en retira le ticket du vestiaire tout en se demandant, primo, ce qu'il avait en tête et deuxio, pourquoi elle lui obéissait les yeux fermés, sans même connaître la réponse à cette question.

— La soirée n'est pas terminée, déclara-t-elle. Etes-vous en train de me jeter dehors parce que, à cause de ma méconnaissance de la navigation en bachot, je suis la honte de la ville de Cambridge et la maternité royale ?

Aaron lui décocha un sourire dévastateur.

— C'est un problème que nous devons résoudre le plus rapidement possible. Je vous emmène sur la rivière Cam pour un petit cours.

— Vous plaisantez ? Vous ne pouvez pas partir si tôt. De plus, il fait un froid de canard. Comment peut-on avoir envie de faire de la barque en novembre ?

— Je peux partir quand je veux. J'ai fait mon discours, les invités passent un bon moment. Et puis, il ne fait pas si froid.

Avait-il perdu la raison ? Il était hors de question qu'elle aille se promener en bachot au milieu de la nuit avec Aaron Cartwright, en dépit du frisson d'excitation qu'elle ressentait à cette idée.

— Je porte une robe de soirée, et vous un smoking. Je ne peux pas aller faire de la barque le soir dans cette tenue !

— Je n'en suis pas si sûr, rétorqua Aaron avec un sourire entendu. Nous allons trouver un pub près de la rivière, et nous prendrons notre décision là-bas.

L'humour pétillant au fond de ses yeux et la chaleur de sa main sur la sienne lui ôtèrent toute velléité de protester.

Hope n'en revenait pas : elle était en train de sillonner la ville avec Aaron Cartwright à bord de sa voiture de sport !

Ils avaient beau parler de l'hôpital et de leur travail, même une conversation aussi neutre ne faisait pas redescendre son rythme cardiaque à un niveau normal. Probablement parce qu'Aaron Cartwright sentait incroyablement bon, qu'il était beau comme un dieu et que, à en juger par ses coups d'œil fréquents, il semblait lui témoigner un réel intérêt.

Ce serait mentir que de prétendre que l'intérêt n'était pas réciproque. Cela dit, d'après ce qu'elle avait entendu raconter, Aaron Cartwright était un homme à femmes, avec qui les histoires ne duraient pas plus de quelques mois dans le meilleur des cas…

En revanche, puisqu'ils étaient tous les deux célibataires, cette excursion pour le moins saugrenue n'était pas un problème en soi. De toute façon, elle ne cherchait pas une relation sérieuse. Ça ne lui avait pas réussi par le passé. Son seul projet était de mettre enfin au monde l'enfant dont elle avait tant rêvé. Pourquoi ne pas simplement profiter de la soirée telle qu'elle se présentait ?

Aaron gara sa voiture et vint lui ouvrir la portière.

Elle posa le pied par terre, sentit le vent lui glacer les chevilles et sortit de la voiture en resserrant son manteau.

— Vous aviez peut-être raison, il fait plus froid que je ne le pensais, admit-il en avançant vers la promenade qui longeait la rivière.

Les lampadaires caressaient les pavés d'une lumière douce. D'un côté, l'entrée des pubs encore ouverts était éclairée, de l'autre, les bachots étaient alignés le long de la berge.

— Que diriez-vous d'un petit verre de cognac pour nous réchauffer ? Nous verrons ensuite si cette idée d'aller faire du bachot était vraiment aberrante.

— Sans vouloir vous vexer, j'ai déjà la réponse à cette question, dit-elle. Mais j'admets que c'est une très belle soirée… Et que j'ai rarement l'occasion de venir ici le soir.

Si Aaron n'avait pas eu cette idée insensée, elle ne serait pas en train de marcher le long de la rivière au bras de cet homme beau comme un dieu.

— Trop de travail ?

Elle hocha la tête.

— Et j'habite à la périphérie de Cambridge. Je ne viens pas souvent en ville.

— Vous m'avez dit que vous aviez grandi ici ?

— Oui, j'ai toujours vécu ici, sauf lors de mon dernier stage de sage-femme, que j'ai effectué à Londres.

Il la regardait d'un air étonné.

— Ça doit vous paraître bizarre, à vous qui avez grandi en Californie, qui avez fait vos études à Denver et qui êtes venu travailler sur un autre continent.

— C'est vrai que j'ai beaucoup bougé. Pour être honnête, ça m'étonne presque d'être resté ici aussi longtemps et de ne pas encore avoir fait mes cartons. Mais je ne trouve pas bizarre que vous n'ayez pas envie de partir. Question de nature. Certains ont la bougeotte, d'autres vivent toute leur vie au même endroit. Je ne sais pas quand je vais de nouveau avoir envie de m'envoler vers d'autres cieux.

Elle sourit en visualisant son propre avenir.

Comment pouvait-on vivre sans jamais se poser quelque part ? Cambridge était une partie d'elle-même, dont elle n'imaginait pas se séparer un jour. Elle ne désirait rien plus que de rester dans cette ville qu'elle aimait, d'y exercer le métier qui la passionnait et d'y fonder une famille.

Ils s'arrêtèrent devant un pub, mais, en dépit du froid, elle n'eut pas envie d'entrer. Elle préférait rester dehors et continuer de marcher au bras de ce bel homme. Cela ne se reproduirait pas de sitôt.

— Je crois que j'ai envie de me balader encore un peu. Connaissez-vous le pont, là-bas ? Il est spectaculaire.

Elle tourna la tête vers lui et constata avec étonnement qu'il la fixait.

— La ville tout entière est belle. Je suis impressionné par son architecture.

Ils reprirent leur marche en direction du vieux pont gothique. La voyant frissonner, Aaron lui enveloppa les épaules de son bras.

— Je suis content que vous ayez accepté de venir avec moi. J'adore cet endroit. Ce soir plus encore que d'habitude.

— En fait, je redoutais seulement l'idée de faire de la barque en robe longue et d'avoir froid.

Etonnamment, elle n'avait plus froid du tout, à présent. Au contraire, son corps était brûlant sous son manteau.

Il rit et s'arrêta.

— J'ai bien fait d'insister, alors, dit-il d'une voix grave.

Puis il se pencha et posa ses lèvres sur les siennes.

L'espace d'un instant, elle eut le souffle coupé, puis une vague de désir s'empara d'elle. Un désir tel qu'elle n'en avait pas éprouvé depuis longtemps. Le baiser d'Aaron s'intensifia, la faisant vaciller sur ses jambes. Elle s'agrippa à son épaule pour ne pas tomber. Puis sa bouche avide se détacha de ses lèvres pour se poser derrière son oreille.

— C'est meilleur qu'un cognac, murmura-t-il. Meilleur que le champagne et que le plus grand millésime de toute la vallée de Napa.

— Vous les avez tous goûtés ? demanda-t-elle dans un souffle.

Il sourit contre sa joue.

— Je n'ai pas besoin de le faire pour savoir que j'ai raison. Cela dit, j'en ai goûté pas mal...

De quoi parlait-il ? De cépages ? de femmes ?

De femmes, sans doute, à en croire la rumeur. Toute femme normalement constituée ne succomberait-elle pas à son charme comme elle était elle-même en train de le faire ? Elle avait fait la connaissance de cet homme deux heures auparavant, et elle l'embrassait comme elle n'avait sans doute jamais embrassé personne !

Aaron l'embrassa de nouveau avec fougue. Lorsque leurs lèvres se détachèrent, elle s'efforça tant bien que mal de reprendre son souffle.

La lune était pleine et se reflétait dans ses cheveux bruns, soulignant sa mâchoire carrée et virile. Ses yeux luisaient comme de l'onyx, emplis de désir, dangereux. Elle sentit son ventre frissonner et chercha à articuler quelques mots, mais aucune pensée rationnelle ne parvenait à se former dans son cerveau.

— Je crois que tu avais raison, dit-il.

— Raison ? A quel propos ?

— A propos du bachot. Je crois que nous ferions mieux de rentrer au chaud. Je pourrais te montrer un autre de mes talents.

Elle pouffa de rire.

— Hmm... Je me demande bien de quel talent il peut s'agir, docteur Super Ego. Et je ne serais pas étonnée d'apprendre que vous aviez une idée derrière la tête depuis longtemps.

— Pas exactement. En fait, j'avais très envie de faire la connaissance de cette femme magnifique que je croise parfois à l'hôpital. Et j'espérais qu'elle serait célibataire…

Célibataire, elle l'était. Il avait dû le deviner à sa nervosité. Cela dit, dans son cas, célibataire ne signifiait pas libre. Aaron serait certainement surpris s'il en apprenait la raison.

— Mais je n'avais pas du tout anticipé l'incroyable alchimie qui existe entre nous. Suis-je le seul à avoir l'impression qu'une bombe a explosé dans mon cerveau quand nous nous sommes embrassés ?

Elle se sentit rougir.

Aaron la fixait de son regard incandescent et elle voulut répondre, mais aucun mot ne sortit de sa gorge. Ils étaient face à face, à la fois immobiles et galvanisés.

— Suis-je le seul, Hope ?

— Non, tu n'es pas le seul, répondit-elle enfin, excitée de l'entendre prononcer son prénom de cette voix rauque emplie de promesses.

Le baiser qui s'ensuivit fut doux et langoureux. Elle eut l'impression qu'il ne s'arrêterait jamais et en eut le tournis. Lorsque leurs bouches s'écartèrent l'une de l'autre, ils se regardèrent, haletants.

— J'habite tout près, dit-il en lui déposant un baiser léger sur la joue. J'ai envie de toi, ce qui ne t'aura pas échappé. Veux-tu venir chez moi pour voir jusqu'où cette incroyable alchimie peut nous mener ? Si tu préfères que nous nous en tenions à un verre de vin ou de cognac, ça me convient aussi.

Son cœur battait si fort dans sa poitrine qu'elle se demanda s'il ne l'entendait pas.

L'homme le plus sexy de la terre, celui qui la faisait fantasmer chaque fois qu'elle l'apercevait de loin à l'hôpital, avait envie d'*elle* ! Que faire ? Que répondre ? Avait-elle envie d'être la prochaine à faire partie de son tableau de chasse ?

Elle pensa à sa nouvelle vie sur le point de commencer. Une vie dans laquelle son corps allait se transformer, où ses nuits seraient bousculées et où elle assumerait des responsabilités nouvelles. Elle était fière de savoir ce qu'elle voulait et de tout faire pour que cela arrive. Quel mal y avait-il à passer une nuit qui s'annonçait torride avec Aaron Cartwright ? Ils ne travaillaient pas ensemble, de surcroît. Et une aventure d'un soir n'était pas une vraie histoire.

Elle scruta ses cheveux bruns, son demi-sourire, son regard sans équivoque, et, pour la première fois de sa vie, elle eut envie de se jeter la tête la première dans une aventure sans lendemain.

— Hmm… Je… Ce n'est pas une période où j'ai envie d'avoir une relation sérieuse.

Le sourire d'Aaron s'élargit.

— Pour ma part, il n'y a aucune période où j'ai envie d'avoir une relation sérieuse, rétorqua-t-il. Pas à long terme, en tout cas. Ma vie n'est pas assez stable pour ça. Mais j'aimerais beaucoup passer du temps avec toi, apprendre à te connaître, à connaître tes goûts.

Il prit son visage entre ses mains et, pendant qu'il le caressait doucement, elle frissonna à l'idée qu'il pose les mains sur d'autres parties de son corps.

— En fait, je voulais dire que je ne pourrai pas passer plus de temps avec toi que cette nuit.

Il la regarda, médusé.

— C'est bien la première fois qu'une femme me fiche dehors après une nuit !

— Je ne te fiche pas dehors, puisque nous allons chez toi, rétorqua-t-elle en riant. A vrai dire, ce sera une première pour moi aussi. Mais c'est tout ce que je peux te proposer…

Elle déglutit, surprise de ses propres mots. Mais Aaron la bâillonna d'un baiser tendre qui balaya aussitôt ses doutes : les sensations qu'elle éprouvait étaient si agréables, si justes, qu'elle savait qu'elle n'aurait aucun regret à passer la nuit avec lui. Une nuit de passion avec cet homme sexy et viril, avant que sa vie ne change radicalement.

Elle passa les bras autour de son cou.

Il la fixa de nouveau de ses yeux d'onyx.

— Tu ne me croiras peut-être pas, mais je ne suis pas le genre à avoir des aventures sans lendemain. Mais si c'est tout ce que tu peux me proposer, comment pourrais-je refuser ? Allons chez moi boire un dernier verre. Tu décideras là-bas ce que tu veux faire de ta nuit avant que je te ramène chez toi.

Il la prit par la taille et l'entraîna.

Elle était essoufflée, moins à cause de la marche que de l'excitation à l'idée de ce qu'elle était sur le point de faire.

Ils gravirent les quelques marches d'un immeuble de style victorien et s'arrêtèrent devant l'une des deux portes.

— C'est une maison mitoyenne ?

— Oui, c'est un duplex. De l'autre côté vit une vieille dame adorable. En fait, je suis locataire. Je bouge trop pour être propriétaire.

Elle entra et sentit les battements de son cœur accélérer encore.

Aaron referma la porte derrière elle, et leurs regards se croisèrent. Il l'attira à lui et l'embrassa. Cette fois, ce n'était plus un baiser doux et tendre, mais intense et passionné qui lui donna envie de sentir plus fort son corps contre le sien.

Il se mit à défaire les boutons de son manteau, comme par jeu.

— Tu te réchauffes ? dit-il, une lueur malicieuse dans le regard. Veux-tu un verre de vin ou un cognac ?

De toute évidence, il souhaitait lui laisser le temps de décider de la suite de sa soirée.

Elle s'étonna de la sincérité de sa voix, compte tenu de l'état d'excitation dans lequel il se trouvait lui aussi. Cela le lui rendit encore plus attirant.

Elle tendit la main et défit sans hésitation le nœud de sa cravate.

— En fait, chaque fois que je te croisais dans les couloirs de l'hôpital, j'avais envie de te connaître et de passer du temps avec toi. On vient de se rencontrer, mais j'ai l'impression qu'on se connaît déjà.

Elle avait prononcé ces paroles sans le moindre embarras. Elle voulait qu'il sache qu'elle se sentait bien ce soir à ses côtés. Et qu'elle se passerait d'un dernier verre. Tout ce qu'elle désirait, c'était que son fantasme se réalise.

— Pour être franc, toi aussi, tu as nourri mon imagination. D'autant que j'étais persuadé qu'une femme comme toi avait déjà quelqu'un dans sa vie. Je me réjouis de savoir que ce n'est pas le cas. Maintenant, je sais que tu te débarrasses des hommes dès que tu as obtenu d'eux ce que tu veux…

Elle sourit.

Ce n'était pas vraiment la vérité, mais il n'avait pas à connaître le détail de sa vie privée.

Il la prit par les épaules et la fit tourner. Elle sentit l'air frais lui caresser le dos tandis qu'il dégrafait les boutons de sa robe. La robe glissait à mesure que ses lèvres chaudes se posaient sur ses épaules, ses omoplates, sa taille, puis lorsqu'il posa les mains sur ses hanches, dans le creux de ses reins.

— Comme ta peau est douce, dit-il dans un souffle.

Elle aurait pu rester là une éternité, savourant le contact de ses mains et de ses lèvres, à ce détail près qu'elle ne voulait pas être la seule à se tenir debout à moitié nue dans cette entrée.

Elle se retourna et frissonna en voyant Aaron, accroupi, effleurer de sa bouche la dentelle de son slip. Il se mit à embrasser lentement le tissu avant de l'écarter pour lécher sa peau.

Elle eut envie de s'allonger et de le supplier de continuer à explorer son corps brûlant de cette façon, mais le peu de raison qu'il lui restait lui ordonna de l'attraper par les épaules pour qu'il se relève.

— Je suis la seule à être toute nue alors que tu es encore tout habillé. C'est injuste.

— Cette injustice ne me choquait pas. Mais si tu insistes…

Il se redressa. Elle avait beau mesurer 1,76 mètre, il la dépassait encore.

Il détacha les boutons de nacre de sa chemise, révélant la toison brune de son torse et son ventre plat et musclé.

Elle déglutit tandis qu'il se débarrassait de sa chemise.

Elle trouvait qu'Aaron Cartwright était beau à se pâmer en costume-cravate, en smoking et même en blouse, à l'hôpital, mais rien ne l'avait préparée à la beauté virile de son corps dévêtu.

Elle le regarda faire valser ses chaussures et sa ceinture de smoking. Puis il la prit de nouveau dans ses bras pour l'embrasser avec langueur. Ses doigts dégrafèrent son soutien-gorge avant de s'attarder sur le bout de ses seins.

— Voilà le talent dont tu parlais tout à l'heure…, gémit-elle.

— *Le* talent ? J'ai plus d'une corde à mon arc, mademoiselle. Et je vais toutes vous les dévoiler ce soir, dit-il en souriant contre ses lèvres.

Elle sourit à son tour.

Il avait raison. Jamais elle n'avait reçu de baisers et de caresses aussi enivrants.

— Cet ego démesuré en fait-il partie ?

— Non. Cet ego démesuré est une faiblesse, pas un talent. Alors, si tu m'aides à m'améliorer sur ce point, j'en serais ravi.

Elle cessa de sourire lorsqu'il glissa les doigts là où sa langue l'avait précédé, sous la dentelle du dernier vêtement qu'elle portait.

— Cela n'aidera pas si j'ai un orgasme dans la seconde, j'imagine, articula-t-elle d'une voix haletante.

— Non, mais ça me fera grand plaisir, dit-il avant de refermer sa bouche sur la sienne.

Le contact de son corps musclé, sa voix grave et l'habileté de ses doigts fouaillant la moiteur de son sexe l'enivrèrent. Au bout de quelques minutes, son corps frissonna tout entier et un gémissement monta de sa gorge.

Elle s'accrocha aux épaules d'Aaron et se laissa aller contre lui, à la fois embarrassée et satisfaite.

— Désolée, je n'avais pas l'intention de…

— Moi si, la coupa-t-il en la serrant dans ses bras.

— Ça ne va pas contribuer à rendre ton ego plus modeste.

— Je crois que mon cas est désespéré, de toute façon, dit-il en lui déposant des baisers au coin de la bouche. Viens, allons dans un endroit plus confortable.

Peu lui importait l'endroit où ils iraient à présent, tant qu'ils continuaient à se donner du plaisir l'un à l'autre. Elle pourrait tout aussi bien se contenter du sol de l'entrée.

Mais Aaron l'emmena dans ce qui devait être sa chambre, tira les couvertures d'un grand lit, la déposa sur les draps et la contempla, les yeux brûlants d'un désir encore inassouvi, et elle se remit à frémir.

C'était la première fois qu'un homme la regardait de cette façon.

— Tu es magnifique, Hope. Encore plus belle que je ne l'imaginais, dit-il en se débarrassant de son pantalon.

Elle admira à son tour son corps entièrement nu et excité.

— Pour ta part, je dois dire que tu corresponds plutôt bien à mes attentes. Mais il me semble que ça ne va pas faire désenfler ton ego…

Aaron s'allongea à ses côtés en riant, avant de redevenir sérieux, et elle sentit chaque centimètre carré de son corps s'émouvoir sous sa langue et ses doigts agiles. Elle s'efforça de donner autant qu'elle recevait, du moins autant que son état d'excitation le lui permettait.

Il enfila un préservatif avant d'entrer en elle, plus que prête à l'accueillir. Il plongea son regard dans le sien avec une intensité qu'elle ne se souvenait pas d'avoir jamais connue en faisant l'amour avec un autre homme. Leurs corps bougèrent à l'unisson, dans la même harmonie que sur la piste de danse.

Comment se faisait-il qu'elle n'ait encore jamais vécu un moment d'une telle force avec un homme ?

Tout en s'abandonnant au rythme d'Aaron, à la sensation de sa peau contre la sienne, à la chaleur de son regard et de sa voix, elle ne pouvait empêcher une partie d'elle-même de regretter déjà que ce moment d'extase ne se produise qu'une seule fois.

Mais une chose était sûre : une seule fois, c'était largement mieux que jamais.

3.

Sur le point de pousser la porte du service d'assistance médicale à la procréation, Aaron s'arrêta net en apercevant au loin dans le couloir une jeune femme élancée qui se dirigeait vers une des salles de travail.

Hope Sanders.

Son profil était celui d'une déesse. La vue de ses cheveux blonds attachés en une queue-de-cheval lui rappela la nuit où il avait défait son chignon et senti leur caresse sur son torse.

Figé sur place, il sentit son cœur s'emballer, hypnotisé par le sourire qu'elle adressa à une infirmière sur le seuil de la porte. Ce même sourire qui avait illuminé toute la salle de réception le soir du gala. Un sourire qui, de poli et intelligent, était devenu drôle et séduisant, avant d'exprimer la sensualité et le plaisir dans l'intimité de son lit.

Quand elle disparut dans la salle de travail, il sortit de sa torpeur, soulagé de ne pas avoir cédé à la tentation de la rejoindre.

L'attirance qu'il éprouvait pour elle à présent qu'ils avaient passé du temps ensemble n'avait rien à voir avec ce qu'il avait ressenti lorsqu'il lui était arrivé de l'apercevoir de loin dans les couloirs de l'hôpital. Maintenant, il savait à quel point elle était intelligente et charmante. A quel point sa peau était douce et sa bouche, délicieuse. A quel point leurs corps s'étaient entendus. Il n'avait cessé de penser à elle depuis qu'ils s'étaient séparés au petit matin. Ils avaient échangé sur le pas de la porte de Hope un autre baiser tendre et passionné, empli de promesses, jusqu'à ce qu'elle s'écarte de lui et qu'il comprenne, à l'expression dans son regard, que ce baiser était probablement le dernier.

Mais pour quelle raison, au juste ? Etait-ce le sort qui se moquait de lui en lui infligeant ce qu'il faisait subir aux femmes avec lesquelles il ne souhaitait pas poursuivre de relation ?

« C'était très agréable, mais il faut que j'y aille. »

A la différence près que Hope mettait un terme à leur histoire à l'issue de leur première nuit.

Pourquoi ne se contentait-il pas de penser à Hope comme à un bon souvenir et de passer à autre chose ? Ces sensations désagréables étaient-elles le signe qu'il était temps qu'il quitte Cambridge ? Il n'avait ni envie ni besoin de s'attacher, que ce soit à une femme ou à un lieu. Peut-être le temps était-il venu de penser à sa prochaine destination ?

Il entra dans la salle opératoire pour y retrouver John et Angela Walters, content de pouvoir se concentrer sur l'intervention.

— Bonjour ! lança-t-il. Le grand jour est arrivé. Comment vous sentez-vous ?

— Nous sommes plus que prêts, répondit John à travers le masque chirurgical. Depuis le temps que nous attendons ce moment !

Il tenait sa femme allongée par la main et semblait plus détendu que le vendredi précédent. Ils avaient sans doute lu les documents qu'il leur avait fournis, pris connaissance des risques mais aussi du taux élevé de réussite de l'intervention dans un cas comme le leur.

— En ce qui vous concerne, John, tout s'est bien passé ? Ça n'a pas été trop dur ? Le Dr Miller et moi détestons que nos patients soient mécontents. Cela nous empêche de dormir.

Un peu d'humour dans ce genre de situation aidait les gens à se détendre.

— Vous pouvez dormir sur vos deux oreilles, répondit John en riant. Je ne ferai pas ça tous les jours, mais j'ai déjà vécu pire.

— Vous ne devriez pas avoir à réitérer l'opération, même si nous devions procéder à une seconde ICSI. Les embryons fécondés seront congelés, au cas où.

— Je n'arrive toujours pas à me faire à l'idée que la congélation ne leur est pas néfaste, déclara Angela.

— C'est pourtant la réalité. A cette étape, ce ne sont encore que des cellules.

— Hmm, dit-elle sans conviction. Alors, vous n'allez implanter que deux ovocytes, docteur ? Même si nous sommes prêts à élever des triplés ou des quadruplés ?

Si seulement les futurs parents comprenaient l'enjeu et les conséquences des grossesses multiples…

« Tu sais, ta maman ne pouvait pas s'occuper d'autant d'enfants toute seule, Aaron. Je suis désolé qu'elle ait refusé de te voir alors que nous avons fait tout ce chemin pour venir, mais elle va tout faire pour aller mieux, et bientôt elle pourra sortir de l'hôpital. Elle aura peut-être envie de te voir un autre jour. Nous reviendrons, d'accord ? »

Il ferma les yeux un instant et prit une grande inspiration dans l'espoir de chasser ce douloureux souvenir qui s'infiltrait dans son cerveau dans les circonstances les plus inopportunes.

Un des nombreux moments passés avec des familles d'accueil dont il avait parfois oublié le nom, jusqu'à ce qu'on l'adopte enfin.

Il rouvrit les yeux et sourit à Angela.

— Deux ovocytes devraient suffire pour que vous ayez un enfant, répondit-il d'une voix qu'il s'efforça de maintenir calme. Une femme n'est pas un golden retriever, vous savez. Votre utérus n'est pas conçu pour accueillir une portée de chiots.

— Vous avez raison, répondit-elle.

Le sourire qu'elle lui adressa le soulagea. Mais plus vite elle serait sous anesthésie et plus vite il récupérerait ses ovules, mieux ce serait.

Mais l'infirmière n'était pas là.

Etonnant ! Kathy était d'ordinaire aussi ponctuelle et fiable qu'une horloge atomique.

Une infirmière pointa son nez dans l'entrebâillement de la porte.

— Docteur Cartwright, Kathy a eu un problème. Elle ne sera pas là ce matin.

— Pouvez-vous m'assister ?

— Non, je ne peux pas. On m'attend en salle de travail.

— D'accord. Merci.

Il retira son masque pour adresser un sourire rassurant au couple en attente.

— Je suis désolé. Je vais chercher une autre infirmière. Je reviens tout de suite.

Il se dirigea le cœur battant vers la salle de travail, espérant secrètement tomber sur une sage-femme blonde au corps de déesse, séduisante même dans sa blouse verte informe.

Comme par enchantement, la femme qui occupait ses pensées sortit de la salle.

— Hope, dit-il en la rejoignant. Je suis sur le point d'extraire les ovocytes d'une patiente pour procéder à une ICSI, mais je n'ai pas d'infirmière. Tu ne serais pas disponible pour m'assister, par hasard ?

— T'assister ? répéta-t-elle en le fixant de ses grands yeux bleus.

La tension qu'il avait ressentie le jour où elle s'était approchée de lui au gala se manifesta de plus belle. Percevait-elle aussi cette électricité qui vibrait entre eux ?

Mais ce n'était ni le lieu ni le moment de penser à quoi cette alchimie pourrait les mener, même si la réponse lui paraissait plus évidente encore que la première fois qu'il s'était posé la question.

Il afficha une expression professionnelle et sérieuse.

— Oui. Il faudrait poser une perfusion pour la sédation et surveiller pendant l'extraction des ovocytes. C'est l'affaire d'un quart d'heure. Vingt minutes au maximum.

— D'accord. Je n'ai jamais assisté à cette procédure. Ça m'intéresse.

— Merci. La patiente est un peu tendue. Ta présence lui sera sans doute bénéfique.

Comme il le prévoyait, John et Angela Walters avaient de nouveau l'air anxieux.

— Je vous présente Hope Sanders, sage-femme à la maternité royale. Hope, voici John et Angela Walters, qui sont ici pour une ICSI, après que j'aurai extrait les ovules de madame.

— Merci d'être venue, dit Angela dans un soupir. Devoir reporter l'intervention aurait été une torture pour nous.

— Je suis heureuse de pouvoir être utile, répondit Hope avec un sourire amical et sincère, tout en se préparant pour l'intervention. La maternité royale a pour politique d'éviter autant que possible la torture à ses patients.

Le couple pouffa de rire. En quelques secondes, elle était parvenue à les mettre à l'aise !

— Hope va vous endormir, maintenant, Angela.

Hope posa la perfusion d'un geste assuré et doux.

Non seulement elle avait la réputation d'être une excellente sage-femme, mais encore elle était une infirmière aussi efficace que délicate.

— John, vous pouvez rester, mais si cela vous est inconfortable, sentez-vous libre de sortir pendant l'intervention. Angela est entre de bonnes mains, quoi qu'il en soit.

John opina, mais il retint sa respiration dès que l'écran de l'échographe s'alluma.

Il ne supporterait peut-être pas de voir s'enfoncer l'aiguille dans le ventre de sa femme.

Aaron essaya de le distraire en lui expliquant ses gestes et en attirant son attention sur le moniteur plutôt que sur cette aiguille qui avait tendance à impressionner les hommes, mais la respiration de John devint saccadée.

Aaron adressa un coup d'œil entendu à l'aide-soignante, qui proposa de l'accompagner dans le couloir.

Puis il se concentra de nouveau sur l'écran, conscient de la présence de Hope à ses côtés.

— Combien d'ovocytes retire-t-on en général ? demanda-t-elle.

— Huit à dix, moins chez une femme plus âgée. Angela en a pas mal, pour une femme de quarante ans. Plusieurs sont sans doute viables.

— C'est une bonne nouvelle, j'imagine ?

— Je l'espère. Mais le plus difficile reste à venir.

— C'est-à-dire ?

— D'ici quelques minutes, quand j'aurai extrait les ovocytes, ils seront envoyés au laboratoire, où on les préparera en vue de la fécondation. C'est là que j'irai les examiner et que je devrai en choisir deux.

— C'est ce qu'on m'a dit…

Elle s'interrompit brusquement, le regard soudain en alerte. Le peu qu'il voyait de son visage sous son masque était devenu cramoisi.

— Que se passe-t-il, Hope ?

— Rien. Je veux dire, on m'a dit la même chose à l'école des sages-femmes.

Et elle détourna la tête pour vérifier les fonctions vitales de la patiente.

Il termina l'intervention sans se poser davantage de questions.

— As-tu le temps de t'occuper du réveil d'Angela ou es-tu attendue en salle de travail ?

— Je vais aller voir à quel point en est ma patiente, mais je doute qu'elle soit au bout du travail. En tout cas, je suis impressionnée par ce que tu viens de faire. C'est merveilleux d'aider les gens à avoir les enfants qu'ils ne pourraient pas concevoir sans ces procédures.

— C'est mon métier, répondit-il, sans préciser que derrière son envie d'aider les gens à fonder une famille se dissimulait la volonté d'empêcher des drames tels que celui que sa propre famille avait vécu. Je pense qu'un neurochirurgien ou qu'un oncologue est encore plus utile.

— Crois-moi, ce que tu fais est très précieux, dit-elle.

A sa grande surprise, elle se pencha pour l'embrasser sur le front.

Il eut envie de se redresser pour la prendre dans ses bras et l'embrasser à pleine bouche, mais s'abstint.

Il avait partagé une seule nuit avec cette femme, mais elle l'avait envoûté. Il avait du mal à accepter de ne plus jamais passer de temps avec elle sans en comprendre la raison. Il mourait d'envie de lui faire encore la cour dans l'espoir qu'elle change d'avis.

— Si ça t'intéresse et si tu es libre, tu peux venir assister à la fécondation cet après-midi. C'est une procédure assez fascinante.

— Merci, mais j'aurai terminé mon service, et j'ai un rendez-vous dont je ne sais pas jusqu'à quand il va durer. Si je peux, je viendrai avec plaisir. Pour le moment, je vais voir ma patiente et je reviens.

Il la regarda sortir de la pièce, plus sexy que jamais malgré son uniforme qui engloutissait ses courbes magnifiques. Il savait quel corps se cachait sous le tissu informe, et cette pensée lui fit bondir le cœur.

Il posa les doigts sur son pouls en se demandant ce qui, chez Hope Sanders, le transformait en un adolescent à son premier coup de foudre.

Il n'en avait aucune idée, mais c'était probablement le signe qu'il devait commencer à penser à son prochain poste. Il n'avait pas l'intention de demeurer toute sa vie à Cambridge !

Cependant, en attendant de trouver le futur endroit où poser ses cartons, il espérait bien partager encore un peu de temps avec la merveilleuse Hope Sanders. Existait-il une meilleure façon de passer les fêtes de Noël ?

4.

Le cœur battant, Hope avança sur la pointe des pieds dans le service d'assistance médicale à la procréation de l'hôpital, priant pour ne pas tomber sur le Dr Aaron Cartwright.

Il lui aurait fallu une potion magique d'invisibilité. Ou un nouveau cerveau.

Comment était-il possible qu'elle se soit jetée la tête la première dans une telle situation sans se poser davantage de questions ?

Heureusement, seule la réceptionniste était en vue, ainsi qu'une patiente assise dans la salle d'attente.

Les jambes en coton, elle s'approcha du guichet.

— Puis-je vous aider ? demanda la réceptionniste avec un grand sourire.

Pouvait-elle lui fournir un nouveau cerveau ?

— Je suis Hope Sanders, dit-elle sur un ton tel que la réceptionniste allait sans doute croire qu'elle avait une extinction de voix. J'ai rendez-vous avec le Dr Devor.

— Ah, dit la femme, dont l'air brusquement soucieux ne laissa augurer rien de bon. Suivez-moi.

Elle la précéda jusqu'à une petite salle et la pria de s'asseoir en attendant la venue de la responsable administrative, Sue Calloway.

Hope prit une brochure sur la table basse dans l'espoir d'arrêter de penser à l'éventualité de croiser Aaron et à ce qu'elle lui dirait si cela se produisait. Elle tourna distraitement les pages sans qu'aucune information accroche vraiment son attention.

De toute façon, elle était déjà largement informée. De plus, elle avait eu la chance d'assister en direct à l'extraction d'ovocytes par le très habile et très posé Dr Cartwright.

Elle se remémora son visage, ses yeux de braise, son corps de rêve imbriqué au sien, la fougue de ses baisers, les frissons sous ses doigts, l'odeur virile de sa peau…

Le souvenir était si présent qu'elle eut presque l'impression qu'il se trouvait devant elle.

Elle rouvrit brusquement les yeux, se pencha pour vérifier que la porte était toujours fermée, puis se cala sur sa chaise, soulagée.

Soulagée de quoi ? Ce n'est pas parce qu'elle avait couché avec un homme canon que cela remettait en question les décisions qu'elle avait prises avant de succomber à son charme ! Elle voulait un enfant, et elle assumait parfaitement ce désir. Ce n'était pas une lubie, mais une décision prise en son âme et conscience, après mûre réflexion. Du reste, elle avait le soutien de sa mère. C'était le plus important. Le reste, en dépit des sensations nouvelles que cela avait fait naître en elle, était secondaire. Elle avait pris une décision très intime, qu'elle n'avait pas particulièrement envie de partager, à plus forte raison tant qu'elle ignorait l'issue de l'intervention.

Mais si Aaron la voyait dans ce service, pourrait-elle lui mentir ?

« Je suis venue me renseigner sur la FIV parce que le sujet me passionne, pas du tout parce que j'ai l'intention d'être enceinte d'ici quelques semaines. »

Elle poussa un soupir.

Il finirait bien par voir son ventre s'arrondir. D'ici là, leur fabuleuse nuit d'amour ne serait plus qu'un lointain souvenir.

Elle sursauta lorsqu'on ouvrit la porte.

Une petite femme d'une cinquantaine d'années avança vers elle, la main tendue.

— Bonjour, je suis Sue Calloway, la responsable de la gestion de ce service, et n'écoutez pas les médecins qui vous diraient le contraire !

Son sourire chaleureux lui plut immédiatement.

— Ma mère dit toujours que les femmes gèrent le monde et que les hommes s'en attribuent le mérite, rétorqua-t-elle.

Sue Calloway hocha la tête sans cesser de sourire, puis l'invita à s'asseoir.

— Gérer ce service consiste aussi à donner de mauvaises nouvelles aux patientes. En l'occurrence, je dois vous informer que le Dr Devor a dû s'absenter pour un grave problème personnel. Il ne sera pas de retour avant la semaine prochaine, au plus tôt.

— Oh…

Curieusement, loin de se sentir abattue, Hope eut l'impression que, d'une certaine manière, la nouvelle la soulageait.

Depuis son adolescence, elle avait toujours rêvé de deux choses : devenir sage-femme et avoir un enfant. Pourquoi avait-elle écouté ses parents qui lui avaient seriné qu'elle ne pourrait pas faire les deux en même temps, qu'elle devrait faire des choix ?

Tout ça parce qu'eux-mêmes n'avaient pas su relever ce défi : sa mère était tombée enceinte, et ils avaient dû se marier très jeunes sans être amoureux l'un de l'autre. Leurs disputes s'étaient peu à peu muées en un silence froid et distant. Son père ne lui avait pas vraiment accordé d'attention. Etait-ce la raison pour laquelle elle n'avait jamais eu de vraie relation amoureuse ni même vraiment aimé un homme ?

Et George, se trompait-il lorsqu'il lui avait dit qu'elle n'était pas capable d'aimer qui que ce soit, pas même cet enfant qu'elle désirait déjà si fort à l'époque ?

Elle sentit sa gorge se serrer.

Elle aimerait son enfant. Elle en avait la certitude.

— Il y a plusieurs solutions possibles…, reprit Sue.

Hope s'efforça de se concentrer sur les paroles de son interlocutrice.

— Vous pouvez attendre le retour du Dr Devor — dans ce cas, je vous place en priorité dans son carnet de rendez-vous. Vous pouvez aussi vous adresser à un autre spécialiste qui prendra le relais pour vous expliquer les différents traitements et vous faire passer les examens nécessaires.

Son sang ne fit qu'un tour.

Elle craignait déjà de tomber par inadvertance sur Aaron Cartwright, elle ne risquait pas d'en faire son médecin. Ils avaient couché ensemble ! L'idée était non seulement bizarre, mais encore contraire à la déontologie, non ?

Mais que répondre à la femme qui se tenait devant elle ?

« Trouvez-moi un autre médecin que ce canon de Dr Cartwright, parce qu'il m'a déjà vue dans mon plus simple appareil et sous toutes les coutures… »

Sue Calloway la regardait d'un drôle d'air, et elle se demanda quelle tête elle pouvait bien avoir, à part être rouge tomate.

Elle s'éclaircit la gorge.

— Je pense que je vais attendre le retour du Dr Devor.

— Parfait. Merci pour votre compréhension.

Elles se levèrent. La responsable la raccompagna jusque dans le hall du service.

Les nerfs en pelote, Hope jeta des coups d'œil furtifs autour d'elle et fonça vers la porte sans se préoccuper de savoir si on la prenait pour une folle. Puis elle ralentit le pas et pressa les mains sur ses joues en feu.

Elle marcha sans prêter attention à la direction qu'elle empruntait jusqu'à ce qu'elle se retrouve devant les portes du bloc où Aaron procédait à l'ICSI destinée à Angela Walters.

Ce n'était pas la procédure qu'elle subirait elle-même. Quand elle était possible, la FIV traditionnelle était plus simple. Mais le processus d'extraction des ovules avait été passionnant et il ne faisait aucun doute que l'insémination le serait tout autant.

Elle hésita.

Aaron l'avait invitée officiellement à assister à la procédure, non ? Cela faisait partie de sa formation professionnelle et n'avait rien à voir avec l'indéniable alchimie qui produisait des étincelles entre eux chaque fois que leurs regards se croisaient.

Alors ?

Elle exhala un grand soupir et… tourna les talons.

Ce n'était pas la peine d'inciter Aaron à penser qu'elle s'intéressait à lui. Elle avait un autre projet en tête. Un projet magnifique qui n'incluait absolument pas la présence de cet homme outrageusement sexy de jour comme de nuit.

Aaron prit sa mallette et sortit de son bureau. Il passa la tête dans la porte entrebâillée du bureau de Sue.

— Ma dernière patiente a annulé son rendez-vous. Je rentre.

— Un rendez-vous galant ?

— En quoi cela vous intéresse-t-il ? Seriez-vous jalouse ? dit-il en haussant les sourcils.

— J'adore les ragots, comme vous le savez.

— Désolé de vous décevoir, mais je vais simplement profiter de ce qu'il fait encore jour pour aller courir avant de faire un peu de paperasserie. Une soirée excitante, comme vous voyez.

— Hmm… Soit vous ne me dites pas toute la vérité, soit vous avez pris la décision de ne plus être un bourreau des cœurs.

La vérité ?

La vérité, c'était que la seule femme qui l'intéressait lui avait signifié on ne peut plus clairement qu'elle n'avait qu'une nuit à lui offrir. Il était déçu de ne pas avoir vu Hope lors de la procédure d'ICSI. Le rendez-vous dont elle parlait avait dû durer… A moins qu'elle n'ait préféré garder ses distances vis-à-vis de lui.

Les jours précédents, les quelques occasions où il avait trouvé des prétextes pour se rendre à la maternité et où il l'avait aperçue de loin, elle s'était contentée de lui adresser un bref sourire ou un signe de la main avant de prendre la direction opposée.

Le message était clair : « Gardons nos distances. »

Pourquoi ne parvenait-il pas à passer à autre chose ? Pourquoi était-il obnubilé par l'idée de la voir et de passer du temps avec elle ? Et comment y parviendrait-il si elle le fuyait ?

— Je ne sais pas où vous avez vu que j'étais un bourreau des cœurs, protesta-t-il. Les femmes avec qui je sors n'attendent pas de moi une histoire qui dure.

— Ce qui ne veut pas dire qu'elles n'en ont pas envie. Je ne sais pas pourquoi vous vous obstinez à donner de vous cette image de quelqu'un de libre et sans attaches.

Il ne fallait pas avoir fait une thèse en psychologie pour le comprendre. Les enfants abandonnés deviennent des adultes qui prennent rarement le risque que l'expérience se reproduise. Dans ce cas, la solution est de déménager sans arrêt et de ne pas s'attacher. Pathétique ? Sans doute. Mais cela lui avait jusqu'à présent convenu.

— Je ne sais pas pourquoi vous vous obstinez à souhaiter qu'une femme me mette le grappin dessus. Vous voudriez que je devienne comme Paul ?

Elle lui lança une boule de papier.

— Allez, à demain, conclut-il en riant.

— Après une telle insulte, pas sûre que vous me revoyiez demain !

— Vous serez là, j'en suis certain. Vous ne pouvez pas vous passer de moi !

Il esquiva une seconde boule de papier et sortit du bureau en fonçant dans la réceptionniste.

— Désolé, Liz ! dit-il en la retenant par le bras. Sue m'a encore agressé. Elle est de fort mauvaise humeur.

— Regardez ça, docteur ! Voilà qui devrait la mettre de meilleure humeur. Elle avait prédit qu'il y aurait dans le journal une photo de vous au gala avec une jolie femme.

Il prit le journal qu'elle lui tendait.

Depuis qu'il organisait ce gala annuel, les journalistes adoraient évoquer sa vie sentimentale. Peu importe, tant que ça ne nuisait pas au travail de la fondation. Par chance, l'article parlait davantage de la fondation et de l'adoption que de lui.

— Montrez-moi ça, dit Sue en sortant à son tour de son bureau.

— On dirait une pub pour la Saint-Valentin, s'exclama Liz, enjouée. Vous dansiez avec cette jolie blonde très grande. Vous vous mangiez des yeux !

De fait, la photo les montrait, Hope et lui, collés l'un à l'autre, les yeux dans les yeux comme s'ils étaient seuls au monde.

Un sentiment de gêne se mêla au plaisir de revoir Hope, somptueuse dans sa robe bleue, avec son élégant chignon blond et son irrésistible sourire. Puis cette nuit torride…

Il saisit le journal d'un geste sec.

— Je lirai ça plus tard. Sue, n'oubliez pas de parler aux journalistes de la soirée d'adoption de Noël. Il nous faudra des photos.

— C'est déjà fait, et vous le savez ! Je n'y suis pour rien s'ils prennent ce genre de clichés. Montrez-le-moi ! De toute façon, je lirai le journal chez moi ce soir, alors je finirai bien par la voir.

— Vous écoutez trop les ragots, en particulier quand ils me concernent.

Il lui tendit le journal pour ne pas éveiller ses soupçons et attendit sa réaction. Il savait qu'elle allait faire des commentaires sur la façon dont ils se tenaient et se regardaient.

— Mais ! s'exclama Sue, l'air ahuri.

— Mais quoi ? demanda-t-il.

— Elle n'est pas sage-femme ici, à la maternité royale ?

— Oui. Elle est venue soutenir notre cause, ce que j'ai grandement apprécié. Nous avons partagé une danse, et c'est à ce moment-là qu'un photographe a pris ce cliché ridicule. Il n'y a pas de quoi en faire un plat.

Il n'allait pas lui dire que le photographe avait saisi exactement l'émotion de ce moment magique.

— Elle ne vous intéresse pas ? demanda Sue d'une voix peu convaincue.

— Non. Nous avons dansé sur une chanson, rien de plus, mentit-il.

Sue esquissa un sourire étrange et rendit le journal à Liz.

C'était bizarre qu'elle s'en tienne là, au lieu de parcourir le service pour montrer la photo à tout le monde comme elle l'avait fait par le passé dans des circonstances similaires. Que lui arrivait-il ?

Cela dit, il n'était pas mécontent que le sujet soit clos.

— Bon, je vais y aller, dit-il. A demain.

La photo du journal à l'esprit, il se retint de courir à la maternité pour voir Hope en personne. Peut-être était-elle, elle aussi, sur le point de quitter son service ?

Mais elle semblait préférer qu'ils ne se voient plus. Or il n'avait aucune intention d'être lourd. Si elle ne voulait plus de lui, il trouverait d'autres femmes séduisantes avec qui passer du temps. A moins que ce ne soit l'occasion de quitter Cambridge et de changer de poste.

Il se dirigea vers la sortie.

Le temps était encore clair, et suffisamment chaud pour qu'il aille courir sans trop se couvrir. Un peu de sport, voilà ce dont il avait besoin pour se sortir Hope Sanders de l'esprit.

— Il y a une urgence ! cria une voix de femme. J'ai besoin d'un chirurgien ! Quelqu'un peut-il m'aider ?

Il se retourna et vit Hope Sanders traverser le hall au pas de course, poussant un brancard sur lequel était allongée une femme. Une infirmière les suivait de près.

5.

Aaron les rejoignit en quelques foulées.

— Que se passe-t-il ? demanda-t-il.

— Une dystocie des épaules. Je ne peux pas repositionner le bébé. Les médecins de garde sont tous occupés sur des naissances à risques. Il n'y a pas une minute à perdre, je l'emmène au bloc.

— Qu'est-ce qui te fait penser à une dystocie des épaules ?

— La tête s'est présentée puis rétractée contre le périnée, et les joues du bébé se sont gonflées, répondit Hope, manœuvrant habilement le brancard sans ralentir sa course.

Il fallait en effet réagir au plus vite sous peine de séquelles graves pouvant conduire à la mort du fœtus.

— On a emmené le père. Il était sur le point de s'évanouir, précisa-t-elle en entrant dans la salle.

La patiente poussait des gémissements terrifiés.

Rares avaient été les occasions d'intervenir sur des dystocies osseuses pendant ses études aux Etats-Unis et au cours de sa carrière, mais il n'hésita pas.

— Nous allons vous occuper de vous, ne vous inquiétez pas, dit-il d'une voix qu'il souhaita posée et rassurante.

Il prit une profonde inspiration.

— Quand est-ce que la tête s'est présentée ?

— Il y a une minute, pas plus. J'ai aussitôt appelé à l'aide. J'ai eu le service de néonat, et l'anesthésiste aussi, au cas où une césarienne serait nécessaire.

Ils entrèrent dans l'un des blocs disponibles.

— Chronométrez et prévenez-nous toutes les trente secondes, ordonna-t-il, après s'être lavé les mains, à l'infirmière qui lui passait la tenue stérile.

Il se pencha vers la patiente.

— L'épaule du bébé est coincée dans votre bassin. Nous allons essayer de la libérer, d'accord ?

Pour toute réponse, la patiente émit un autre gémissement.

— Trente secondes, annonça l'infirmière.

Il leva les yeux vers Hope et sut qu'elle pensait la même chose que lui : s'ils ne parvenaient pas à intervenir de façon efficace rapidement, le risque que le bébé souffre de séquelles était conséquent.

— C'est un gros bébé. Il faut passer à la manœuvre de Zavanelli, annonça-t-il après avoir essayé quelques manœuvres sans résultat. L'anesthésiste est-il arrivé ? Préparez-la pour une césarienne classique.

Il prit une inspiration et exécuta la manœuvre consistant à repousser la tête du bébé dans les voies génitales avant de procéder à une césarienne. La sueur lui perlait au front.

— Il faut une anesthésie générale et du Versed. Tenez bon, madame.

Déjà, l'anesthésiste intubait la patiente.

Lorsque celle-ci fut endormie, Aaron s'adressa à l'infirmière.

— Scalpel. Hope, je vais avoir besoin de toi.

— Je fais remonter le bébé encore un peu. Voilà, il est de nouveau dans l'utérus.

— Bien. Les aides-soignants de néonatalité sont là ?

— Pas encore.

— Alors prépare-toi à réanimer le bébé et à le transporter aux soins intensifs s'ils n'arrivent toujours pas.

— Je suis prête.

Il procéda à la césarienne et sortit promptement le bébé cyanosé. Sans réanimation immédiate, il risquait la mort ou de graves dommages cérébraux.

Il le tendit à Hope, dont le regard intense reflétait la même préoccupation que la sienne.

— Le sac de réa est prêt ? demanda Hope tout en libérant les voies respiratoires du nouveau-né.

— Tenez, répondit l'infirmière.

Hope posa le masque à oxygène sur le visage du bébé, que l'infirmière sécha et réchauffa en le frottant avec une serviette.

L'équipe de néonatalité entra enfin dans la salle.

Aaron poussa un soupir de soulagement.

Ils allaient prendre le relais. Restait à prier pour que le nouveau-né s'en sorte sain et sauf.

Il commença à refermer l'incision sur le ventre de la patiente tandis que Hope informait l'équipe de néonatalité d'une voix calme et posée.

— Le bébé est entre de bonnes mains, docteur Cartwright, lança-t-elle. Je vais me changer, et je reviens contrôler l'expulsion du placenta.

Elle revint se poster à côté de lui, et ils travaillèrent ensemble durant la suite des opérations.

Il jeta un coup d'œil et croisa son regard.

Derrière son masque, elle souriait, sans doute aussi soulagée que lui que l'intervention touche à sa fin.

— Bon travail, docteur. On dirait que vous avez fait naître des bébés toute votre vie ! Ce cas n'était pas le plus facile, en plus.

— N'exagérons rien, mais merci. Bravo à toi pour le diagnostic et pour ta réactivité. Grâce à toi, j'ai pu intervenir rapidement. Nous formons une bonne équipe, je trouve.

— Oui, je trouve aussi.

Leurs regards se croisèrent de nouveau, et ils demeurèrent quelques instants immobiles, les yeux dans les yeux.

— On a vérifié les gaz du sang dans le cordon ? finit-il par demander.

— Oui. Ils l'ont envoyé aussitôt au labo, nous devrions bientôt connaître son pH. J'espère que tout ira bien.

— Dans quel état sont son bras et son épaule ?

— Ils ne sont pas aussi mobiles qu'ils devraient l'être, mais la pédiatre pense qu'il n'aura pas de séquelles.

— Bien.

Il donna ses instructions concernant le réveil de la patiente, et ils sortirent du bloc. Côte à côte, ils se dirigèrent vers la salle d'attente pour aller s'entretenir avec la famille.

Il ressentait avec Hope la même proximité que lors de la soirée de gala, mais décuplée.

C'était probablement parce qu'ils venaient de vivre ensemble une intervention stressante dans laquelle la vie d'un bébé était en jeu. Toujours est-il que cette sensation de lien ne lui était pas habituelle. Et il ne savait pas qu'en faire.

— Si nous appelions le labo, au cas où ils auraient déjà les résultats, avant d'aller parler à la famille ? S'ils sont bons, nous leur transmettrons cette bonne nouvelle. Dans le cas contraire, nous pourrons leur expliquer les conséquences d'un défaut d'oxygène et les préparer à l'éventualité de séquelles.

— Excellente idée, acquiesça Hope avant de parler dans le petit micro accroché autour de son cou.

Une fois sa conversation avec le labo terminée, elle leva les yeux vers lui, une expression de joie sur le visage.

— Son pH était de 7,4 : il n'a pas de lésion cérébrale, il va bien !

Il éprouva un soulagement d'une intensité surprenante.

L'expérience avait été stressante, mais le bébé se portait bien. C'était l'essentiel.

Aider les gens à concevoir un enfant représentait son quotidien. Mettre au monde cet enfant était autre chose. Cet épisode lui rappelait que le miracle de la conception aboutit au miracle de la naissance.

— C'est grâce à toi, Hope. Tu as agi vite et bien.

— Et grâce à toi, sa mère se porte bien ! rétorqua-t-elle en se jetant littéralement à son cou. Heureusement que tu étais dans le hall quand j'ai appelé à l'aide !

— C'est vraiment un bon travail d'équipe, Hope, dit-il en resserrant les bras autour d'elle.

Elle le fixa de ses grands yeux bleus et, à sa grande surprise, fit claquer un baiser sur sa bouche.

Il se retint de lui répondre par un baiser plus sensuel.

— Cela dit, j'ai vraiment eu peur après les différentes manœuvres. Je me suis dit qu'il était peut-être trop tard.

— Pour être honnête, moi aussi, j'étais inquiet. Et, ne le dis à personne, mais c'était la première fois de ma vie que j'affrontais seul une dystocie des épaules.

— Tu plaisantes ? C'en est encore plus admirable. Cela dit, c'est vrai que tu aides à la conception, pas à la naissance. A quand remonte ton dernier accouchement ?

— J'en ai fait pas mal pendant mes stages d'obstétrique, mais pas depuis. Et la dystocie est plutôt rare, bien que l'on ait à déplorer de plus en plus de cas à cause du poids plus important des bébés.

— J'espère que tu n'auras pas à affronter cela de sitôt...

Hope parut prendre brusquement conscience qu'elle était toujours accrochée à son cou et s'écarta. A son grand regret.

Ils se dirigèrent vers la salle d'attente, où un homme se leva d'un bond en les voyant.

— Monsieur Smith ? dit Hope. Sachez tout d'abord que la maman et le bébé se portent bien. Ensuite, que vous êtes papa d'un petit garçon. Félicitations !

— C'est vrai ? Ils vont bien ? Oh ! merci, merci beaucoup ! s'exclama-t-il d'une voix brisée par l'émotion.

Il avança vers elle et lui serra longuement la main.

— Je vous présente le Dr Cartwright qui a procédé à l'accouchement. Il va vous expliquer comment cela s'est déroulé.

— Hope a dû vous dire que l'épaule du bébé s'était bloquée dans le bassin de votre femme. Nous avons essayé par plusieurs moyens de le dégager, mais sans succès. Le fait de rester coincé dans la filière génitale peut s'avérer très traumatisant pour le fœtus. Nous avons dû prendre une décision et procéder à un accouchement rapide par césarienne. Finalement, tout est rentré dans l'ordre. Votre femme se remet petit à petit de l'opération, et votre petit garçon n'a pas gardé de séquelles de la dystocie. C'est un vrai petit malabar. A mon avis, il pourra bientôt faire partie d'une équipe de rugby.

L'homme rit tout en essuyant ses larmes.

— Est-ce que je peux les voir ?

— Le bébé se trouve dans le service des soins intensifs pédiatriques, au deuxième étage, répondit Hope. Je vous y rejoins d'ici quelques minutes. Et, si j'ai le feu vert du service, je vous emmène, vous et lui, voir votre femme.

L'homme se confondit en remerciements avant de prendre la direction de l'ascenseur.

Aaron s'attarda quelques instants pour contempler l'expression joyeuse et détendue de Hope.

En dépit de ses efforts pour se convaincre du contraire, il n'avait pas du tout envie de tenir pour acquise la décision de Hope de ne plus le fréquenter en privé. Il ne comprenait pas clairement pour quelle raison il voulait persuader une femme de rester avec lui contre sa volonté. Mais pourquoi perdre du temps à résoudre cette énigme ? Avec un peu de chance, le cours qu'avaient pris les événements de la journée aurait quelque peu augmenté l'intérêt que lui portait Hope.

— Il me semble qu'il faut aller fêter ça, non ? suggéra-t-il, toujours absorbé par le bleu de ses yeux. Et si nous allions faire de la barque, comme tu meurs d'envie de le faire, avant d'aller boire un verre à la santé du petit rugbyman et de ses parents ? D'après le site météo que j'ai consulté quand je m'apprêtais à rentrer chez moi, il fait plutôt doux.

L'expression joyeuse de Hope se fit tout à coup hésitante.

— Euh…

Comme il détestait voir s'évanouir ce merveilleux sourire !

Il lui saisit doucement le menton pour l'empêcher de détourner le regard.

— A quelle heure finis-tu ton service ? demanda-t-il.

— Je termine tard aujourd'hui, dit Hope. Désolée.

Son ton était brusquement aussi froid que son regard. Il lâcha son menton avec l'impression qu'un courant d'air glacial traversait le couloir.

Il jeta un coup d'œil circulaire alentour.

Les quelques personnes présentes vaquaient à leurs occupations et ne semblaient pas leur accorder grand intérêt.

Il savait qu'il devrait écouter la voix de la raison qui lui enjoignait de respecter l'accord passé lors de leur inoubliable nuit d'amour. Il ferait mieux d'oublier cette femme, si attirante soit-elle, et de se faire une raison. Mais son corps ne pouvait ignorer l'alchimie qui les liait et lui faisait perdre le contrôle.

— Est-ce la vérité, ou une excuse pour ne pas sortir avec moi ce soir ?

Hope le fixa droit dans les yeux.

— Tu as raison, je ne finis pas tard. Mais comme je te l'ai déjà dit, je ne peux pas sortir avec toi.

Elle avait beau faire montre de détermination, le petit froncement entre ses sourcils révélait une certaine indécision.

— Tu n'as pas à me raconter d'histoires. Mon cœur ne le supporterait pas.

— Oh ! comme si le Dr Cartwright avait un cœur ! s'exclama-t-elle en levant les yeux au ciel.

— Tu pourrais être surprise, dit-il en souriant.

Il n'avait pas l'habitude de parler de sentiments, mais il avait la certitude d'en éprouver, a fortiori depuis qu'il avait rencontré Hope. Et ces sentiments le poussaient à insister pour qu'elle accepte de passer un peu plus de temps avec lui, indépendamment de leur bien-fondé.

— Je te propose simplement d'aller fêter le succès de cette intervention et que j'enseigne le bachot à une native de Cambridge afin qu'elle soit digne de sa ville natale. Mais si tu n'as pas envie de te joindre à moi, je vais aller boire une bière tout seul en me rappelant que j'ai volé à ton secours cet après-midi.

— Tu n'as pas volé à mon secours, mais au secours d'une patiente et de son bébé, corrigea-t-elle en croisant les bras.

Toute distance avait disparu, laissant place à l'amusement.

Elle secoua la tête.

— Je vais accompagner M. Smith pour qu'il voie sa femme. Si je peux, j'emmènerai aussi le bébé. Ensuite, je me change et je te retrouve dans un des pubs de la promenade.

Elle rougit visiblement à l'évocation de la promenade au bord de la Cam.

Pourvu que cela ne la fasse pas changer d'avis ! Ces instants faisaient désormais partie de lui et lui donnaient quant à lui tellement envie de la revoir en dehors du travail !

— Je suis venu à vélo. Si tu veux, je rapporte mon vélo chez moi et je prends ma voiture. Je peux passer te chercher ici dans une heure au lieu de te retrouver là-bas.

— Tu es venu travailler à bicyclette ? s'exclama Hope. C'est drôle, moi aussi. Il ne faisait pas si froid, ce matin.

— Tu vois, il n'y a pas de hasard !

Non, il n'y avait pas de hasard. Il avait la sensation que le hasard n'existait pas depuis qu'il avait fait sa connaissance. Le simple fait qu'ils soient tous deux venus travailler à vélo ce jour-là était un signe. Ils étaient destinés à passer encore un peu de temps ensemble.

— On pourrait aller faire du vélo au bord de la rivière, puis faire du bachot et aller manger un morceau. On se retrouve au parking à vélos dans une heure !

Il tourna les talons sans lui laisser le temps de changer d'avis, puis, conscient de se conduire de façon un peu cavalière, il s'arrêta et se retourna.

Pourquoi se mettait-il dans un état pareil ? En quoi la réponse de Hope lui importait-elle autant ?

Il sentit sa gorge se serrer quand elle répondit dans un hochement de tête.

— D'accord, dans une heure au parking à vélos.

— Bien.

Il se dirigea vers le bureau des infirmières où il avait laissé sa mallette, faisant un effort surhumain pour ne pas se retourner.

Il préférait finalement l'imaginer en train de sourire, aussi heureuse que lui de ce rendez-vous. Avec un peu de chance, elle n'avait pas fait que céder à la pression et avait vraiment envie de passer la soirée avec lui ?

Ce genre de question ne lui avait jamais traversé l'esprit. Pourquoi était-ce si important, subitement ?

En tout cas, quelle que soit la tournure que prendrait la soirée, il était vraiment curieux de la réponse.

6.

Le soleil était déjà bas dans le ciel, illuminant le paysage sur lequel se détachait la silhouette des arbres nus. Hope inspira l'air frais, à la fois enjouée et tendue à l'idée de ce qui allait se passer par la suite.

Qu'est-ce qu'il lui avait pris ?

Elle jeta un coup d'œil furtif à sa gauche.

Aaron pédalait, les cheveux au vent. Il portait des lunettes de soleil et un T-shirt à manches longues près du corps qui soulignait sa musculature.

Dieu que cet homme était sexy ! Elle n'avait pas besoin de comprendre l'amour et ses rouages pour frémir de désir rien qu'en le regardant. Pour avoir envie de l'embrasser et de se blottir dans la chaleur de ses bras encore une fois.

Il dut sentir son regard sur lui et croisa ses yeux.

Que faisait-elle là, à vélo avec l'homme le plus séduisant du monde, alors qu'il était hors de question qu'elle se lance dans une relation avec lui ?

L'accélération des battements de son cœur lui donna la réponse qu'elle redoutait. Cela n'avait rien à voir avec l'exercice qu'elle était en train de pratiquer. Ils roulaient à un rythme plutôt tranquille qui lui laissait le loisir d'admirer la rivière et de se rendre à l'évidence : elle était là *parce qu'elle en avait envie*.

Mais Aaron ne cherchait pas non plus à s'engager dans une relation à long terme. Alors, où était le problème ?

Elle lui jeta un autre coup d'œil.

Il la regardait toujours en souriant, comme s'il appréciait cette promenade en sa compagnie.

Et quand bien même ? Ils avaient le droit de passer des moments agréables ensemble en tout bien tout honneur sans attendre quoi que ce soit l'un de l'autre, comme le faisaient des tas de célibataires, non ?

Cette pensée la rassura, et elle ne put s'empêcher de sourire de sa propension à voir des problèmes là où il n'y en avait pas.

— On peut garer nos vélos là-bas, dit Aaron. Viens, suis-moi.

Il accéléra pour passer devant elle.

Au bout d'une centaine de mètres, il ralentit devant un petit parking à vélos. Il glissa la roue avant de son vélo dans un râtelier avant de prendre le sien. Il ôta ses lunettes de soleil qu'il glissa dans la poche de son T-shirt, puis s'approcha d'elle pour défaire la bouche de son casque.

— Au lieu de t'occuper de mon casque, tu ferais mieux d'en porter un toi-même, dit-elle en s'efforçant de ne pas penser au contact de ses doigts sur son cou. Je croyais que les médecins avaient conscience des risques de commotion cérébrale ?

Il sourit, et elle ne put s'empêcher de scruter la courbe sensuelle de ses lèvres. Puis elle se ressaisit et finit d'ôter son casque. Elle tira sur les cheveux qui s'étaient pris dans la sangle, mais Aaron tendit la main pour libérer avec délicatesse les mèches emprisonnées.

— J'en porte un quand je roule vite ou que je skie. Mais quand je me promène à cette allure sur les berges d'une rivière, je préfère sentir le vent dans mes cheveux.

— On peut se blesser en tombant même à l'arrêt, tu sais, dit-elle sur un ton de maîtresse d'école, pour dissimuler l'émotion que son geste avait suscitée.

Elle tenta d'ignorer à quel point il était attirant en tenue de sport, les cheveux effectivement ébouriffés, une légère ombre sur les joues.

Pas étonnant qu'elle ait accepté son invitation à prendre l'air.

— La vie elle-même est une prise de risque, non ? dit-il en plantant son regard brun dans le sien.

Il ne croyait pas si bien dire ! Elle avait le sentiment que le simple fait de se trouver là avec lui constituait un risque sérieux, sans vraiment parvenir à saisir ce qu'elle risquait dans le fond.

Après tout, c'était l'occasion ou jamais de se changer les idées, de s'amuser un peu avant de s'engager dans une nouvelle vie et de se dévouer corps et âme au bébé à qui elle donnerait bientôt le jour. Elle prouverait qu'elle était aussi capable que n'importe quelle autre femme d'avoir et d'élever un enfant, quoi qu'en disent les mauvaises langues. George, en premier lieu.

Elle descendit de sa bicyclette en haussant les épaules.

Son obsession ridicule pour les risques et les conséquences d'une aventure aussi anodine la ferait probablement sourire plus tard.

— Prête pour ta première leçon de navigation en bachot ? demanda Aaron en posant sur sa taille sa grande main enveloppante.

— On va voir. Je ne vais pas être trop ridicule ?

— Non, sauf si tu t'énerves et décides de jeter la perche par-dessus bord, ce que j'ai déjà vu faire à certains néophytes. Mais si tu as envie d'apprendre tout en passant un bon moment, tout ira bien.

— Je sais qu'il faut du temps pour apprendre. Et que je ne suis pas venue pour m'énerver. Je vais laisser de côté mon esprit de compétition.

— Ton esprit de compétition ? Je me demande à quoi il ressemble.

— Il peut faire peur, en particulier dans le sport. Un jour, à l'école, j'étais tellement déterminée à mettre le ballon dans le panier que j'ai donné un coup de tête à une autre joueuse. Ça nous a pratiquement assommées toutes les deux.

— Je comprends pourquoi tu tiens à porter un casque à vélo ! Cela dit, tu le portes très bien, dit-il en se penchant vers elle.

L'idée de laisser tomber la leçon de canotage et de proposer d'autres activités plus excitantes lui traversa l'esprit.

— Le casque n'est pas fait pour être joli mais fonctionnel, dit-elle d'un ton sentencieux, chassant cette pensée déplacée.

— De toute façon, sur le bachot, tu n'en auras pas besoin. Si tu tombes à l'eau, je te promets de plonger à ton secours. Mais j'imagine que tu sais nager ?

— Merci, je sais effectivement nager, et je n'ai pas l'intention de tomber à l'eau.

— On ne sait jamais. Surtout si, en bonne native de Cambridge, tu tiens absolument à respecter le style local.

— Le style local ?

Ils avancèrent sur le ponton, où Aaron demanda à louer une barque.

— A Cambridge, on se place sur la poupe. Alors que, à Oxford par exemple, on se tient à l'intérieur du bachot avec la perche à l'avant. Evidemment, les tenants de chaque méthode sont persuadés que c'est la bonne et que les autres ne savent pas bachoter.

— Comment se fait-il que, toi qui viens d'Amérique, tu sois au courant de tout cela, alors que je n'en ai jamais entendu parler ?

Aaron lui décocha un bref sourire, plus éblouissant que le soleil couchant.

— J'ai eu l'occasion de pratiquer cette activité ici, avec des groupes des deux villes. C'était drôle de les écouter débattre sur le sujet. D'autant que, dans le Colorado, on utilise les deux techniques selon la force du courant. Et je suis au courant de tout cela parce que, comme tu le sais, je suis un expert en de très nombreux domaines.

— Toujours aussi modeste ! dit-elle promptement pour éviter que son esprit ne s'attarde sur certaines facettes de son expertise.

Il lui tendit la main pour l'aider à monter à bord avant d'embarquer à son tour.

— Optons pour le style de Cambridge, nous nous ferons moins remarquer. Si tu veux, je commence pour te montrer, puis tu prendras le relais.

— Bonne idée.

Que pourrait-elle trouver à redire ? Combien d'heures avait-elle passées dans sa vie à contempler les bachots sans vraiment prêter attention à la technique de ceux qui les conduisaient ?

Elle s'assit face à Aaron sur le banc.

Elle allait pouvoir constater de nouveau l'habileté dont il avait déjà fait preuve en d'autres circonstances, en tant que médecin et qu'amant. Etait-ce indispensable qu'elle apprenne à bachoter ? Elle pourrait aussi bien se contenter de contempler le jeu de ses muscles sous le T-shirt ajusté…

L'embarcation s'éloigna doucement du ponton, et elle eut tout le loisir d'admirer le corps parfait d'Aaron, ses traits détendus, ses cheveux en bataille et son sourire radieux.

Décidément, cet homme était très différent du médecin sérieux et affairé qu'elle avait remarqué de loin dans les couloirs de l'hôpital.

— Ça n'a pas l'air si compliqué, dit-elle. Tu enfonces la perche, tu pousses, et tu recommences. Ce n'est pas si sorcier.

Prenant conscience de ce qu'elle venait de proférer, elle se sentit rougir de la tête aux pieds. Mais pourquoi son cerveau ramenait-il tout au sexe ?

Elle fit mine de scruter l'eau pour ne pas croiser son regard, priant pour qu'il ne lise pas dans ses pensées.

— Ça dépend. Parfois, c'est facile, parfois c'est plus dur.

Elle déglutit et se félicita qu'une petite brise vienne rafraîchir ses joues en feu.

Il fallait qu'elle fasse attention à ses paroles, et si possible à ses pensées. Un défi de taille, en présence d'Aaron Cartwright.

Ils glissèrent en silence sur la rivière dont la tranquillité ne parvint pas à calmer sa fébrilité.

Enfin, elle releva la tête et croisa le regard d'Aaron. Ils se sourirent, et elle sentit une vague de plaisir la submerger, lui procurant une sensation de paix et d'énergie incroyable.

Si elle avait éprouvé ces sensations en compagnie de George, peut-être aurait-elle accepté de l'épouser…

Elle se redressa, choquée par cette pensée.

Si elle n'avait pas épousé George, c'est qu'elle n'avait pas su l'aimer, parce qu'il manquait quelque chose en elle. Elle en était consciente, tout comme elle était consciente du ressentiment et de la distance qui avaient gouverné les relations de ses parents, comme de la froideur dont son père avait fait preuve à son égard. Cela avait sans aucun doute marqué au fer rouge sa façon d'appréhender ses relations, notamment avec les hommes. George affirmait qu'elle était incapable d'aimer. Il avait probablement raison, sauf sur un point : elle savait avec certitude qu'elle aurait un enfant et que, cet enfant, elle saurait l'aimer.

Le léger clapotis de l'eau et le mouvement régulier de la barque apaisèrent enfin l'agitation et les préoccupations qui l'habitaient.

Aaron cessa de pousser sur la perche et le bachot s'immobilisa presque.

— Il n'y a personne, par ici. C'est un bon endroit pour t'entraîner, dit-il en lui tendant la main.

La barque oscilla lorsqu'elle se leva. Il s'approcha d'elle, si près qu'elle crut l'espace d'un instant qu'il allait l'embrasser. Son cœur se mit à battre la chamade, mais Aaron la poussa doucement pour qu'elle se tourne. Il la prit par la taille et se colla derrière elle, ce qui ne contribua pas à ramener son rythme cardiaque à la normale.

— Avance une jambe pour te maintenir en équilibre. Prends la perche à deux mains. On a de la chance, celle-ci est en épicéa et pas en aluminium. Les perches en bois sont plus agréables à tenir, plus réactives.

Elle-même devait être faite de bois d'épicéa, pour être aussi réactive à sa présence…

« Concentre-toi ! » s'intima-t-elle en saisissant la perche.

— Plante-la à l'avant, sur le côté du bachot. Laisse-la s'enfoncer et ramène-la près de toi de tes deux mains, ce qui va nous faire avancer, dit-il.

Il avait laissé son bras autour de sa taille et, de son autre main, il tenait aussi la perche.

Dans un même mouvement, ils l'enfoncèrent dans l'eau et la tirèrent vers eux, et elle sentit son corps peser contre le sien, son bras effleurer son sein et son ventre, si bien qu'elle ne se rendit même pas compte que la barque avançait.

— Ensuite, tu te détends en laissant tranquillement la perche remonter à la surface, et tu recommences.

Elle s'efforça de suivre ses instructions, mais ne put réprimer son envie de rire. Hilare, elle tourna la tête.

— Je comprends maintenant pourquoi tu tenais tant à m'apprendre à bachoter ! Ce sport est-il toujours plein d'allusions sexuelles, ou est-ce réservé aux cours particuliers ?

— Je ne vois pas de quoi tu parles, dit Aaron d'un air faussement naïf. Si tu prenais des cours au club, ils te diraient la même chose. Ce sont les instructions officielles. C'est toi qui les interprètes de cette façon.

Il inclina légèrement la tête, effleurant de ses lèvres sa joue puis son oreille.

Elle frissonna.

— C'est peut-être toi qui vois le sexe partout parce que tu en as très envie. Et peut-être que j'en ai très envie aussi.

Le « peut-être » était de trop dans les deux cas.

Elle appuya sa joue contre la sienne et ferma les yeux pour mieux sentir le trajet parcouru par sa bouche jusqu'au coin de la sienne.

Elle se retourna, et ils se fixèrent, les yeux emplis d'un désir mutuel, jusqu'à ce qu'ils s'embrassent. Elle lâcha la perche et posa les mains sur la nuque d'Aaron pour l'attirer à elle et sentir son corps d'homme contre le sien.

L'harmonie parfaite ! Comme lorsqu'ils avaient dansé à la soirée de gala, comme lorsqu'ils avaient fait l'amour. Leurs corps semblaient être faits pour s'ajuster l'un à l'autre.

Aaron glissa la main dans son dos puis sur son ventre et empoigna son sein par-dessus son pull.

Elle poussa un petit gémissement de plaisir.

Il se détacha d'elle, le souffle court.

— Tu es magnifique. J'adore t'embrasser, j'adore te caresser…

Elle protesta lorsqu'il retira la main de son sein, mais il la glissa sous son pull et son soutien-gorge pour aller pincer doucement le bout de son sein.

Son gémissement s'intensifia, pour se transformer en cri lorsque l'embarcation buta soudain contre la berge.

La main qui tenait son sein s'écarta tandis qu'elle perdait l'équilibre. Aaron fit un pas de côté pour la rattraper et lâcha la perche, qui tomba à l'eau avec bruit.

— Assieds-toi sur le banc, dit Aaron tout en l'aidant, avant de s'agenouiller pour rattraper la perche.

Elle le regarda plonger les bras dans l'eau et faire de grands gestes, comme s'il nageait la brasse.

Mais le bachot continuait de heurter la berge et la perche à dériver.

— Tu crois qu'il va falloir plonger ?

— J'espère que non, grommela-t-il en continuant d'agiter les bras. Tu as dit que tu nageais bien. Ça ne te tente pas ?

— Pas tellement ! Je nage volontiers à la piscine quand c'est chauffé, ou à la rigueur en Méditerranée, l'été.

— Dommage… J'y suis presque. Ah ! Là, ça y est, je l'ai ! s'exclama Aaron.

Il poussa un cri de joie et brandit la perche au-dessus de sa tête comme un gladiateur victorieux, en se laissant tomber dans le fond de la barque dans un mouvement qui les fit dangereusement tanguer. Ses cheveux mouillés gouttant sur son front et son sourire triomphant lui donnaient un adorable air de gamin.

Elle songea presque à regret qu'elle n'aurait pas l'occasion de le voir sortir de l'eau dans ses vêtements ruisselants.

— Impressionnée ? dit-il en posant la perche pour s'essuyer le visage.

— Par le fait que nous avons foncé dans la berge, failli tomber à l'eau, que tu as presque dû plonger pour aller récupérer la perche, sans quoi nous aurions pu rester au milieu de la rivière pendant des jours ?

— Non, répondit-il en venant s'asseoir près d'elle sur le banc. Impressionnée parce que j'ai arrêté de t'embrasser pour réagir juste à temps. Je pensais que seul un tremblement de terre d'amplitude 10 sur l'échelle de Richter pouvait me sortir de l'état second dans lequel je me trouvais.

— Oh..., dit-elle.

Manifestement, elle-même n'était toujours pas sortie de son état second, ce qui l'empêchait d'articuler quelque parole sensée que ce soit.

— Et, pour ta gouverne, sache que si nous étions restés sans perche au beau milieu de la rivière, j'aurais plongé et poussé le bateau jusqu'à ce que tu sois en sécurité, comme Humphrey Bogart dans *La Reine africaine.*

— J'aurais bien aimé voir ça, dit-elle en riant. Finalement, je reviendrai peut-être bachoter avec toi une autre fois.

— Peut-être ? Non, certainement !

Quand il posa ses lèvres sur les siennes, elle s'agrippa à ses manches mouillées.

Etre coincée avec Aaron dans cette barque au milieu de la Cam, ce ne serait pas si désagréable, après tout.

Le bachot fit une autre embardée, et elle s'écarta vivement.

— Tu t'es fait mal ?

— Non, ça va. Et toi ? demanda-t-elle en posant la main sur les lèvres d'Aaron.

Il lui sourit et se mit à embrasser chacun de ses doigts.

— Tout va bien. Mais je ferais mieux de reprendre le contrôle de ce bachot avant qu'il ne nous précipite dans des rapides sans que nous les voyions venir.

— Il n'y a pas de rapides sur la Cam.

— En es-tu bien sûre ? Cette promenade en barque avec toi m'a pourtant donné l'impression de vivre une folle aventure… Et je suis prêt à aller plus loin !

« Une folle aventure. » Cela résumait parfaitement ce qu'elle vivait depuis qu'elle connaissait Aaron Cartwright.

Il se remit à gouverner l'embarcation sans cesser de lui jeter des regards enfiévrés.

Pas besoin d'être une sibylle pour comprendre ce que « plus loin » signifiait dans sa bouche. Mais que faire ? Allait-elle poursuivre cette « folle aventure » avec lui ?

Elle posa les yeux sur les muscles qui saillaient sous son T-shirt mouillé et contempla leur mouvement régulier jusqu'à ce que le bachot regagne du ponton. Puis elle croisa de nouveau son regard.

La réponse à sa question ne faisait plus de doute : l'attirance qu'elle ressentait pour lui n'avait rien à voir avec tout ce qu'elle avait pu éprouver auparavant.

Toute sa vie, elle avait su ce qu'elle voulait et avait tout fait pour l'atteindre. Cela incluait sa décision d'avoir un enfant. Elle avait envie de fonder une famille. L'idée lui plaisait, et elle ferait en sorte qu'elle se réalise, n'en déplaise aux personnes de son passé qui avaient cherché à l'en dissuader. Mais Aaron lui plaisait aussi. Elle avait envie de lui, et rien ne les empêchait de passer encore une nuit de rêve ensemble, puisque ni elle ni lui ne recherchaient de relation durable.

Ses projets n'entraient pas en ligne de compte. Ils ne le concernaient en rien. Ils ne concernaient personne d'autre qu'elle. Après cette seconde soirée, ils reprendraient le cours de leur vie, chacun de son côté, et elle finirait par oublier cette jolie parenthèse.

— Te reste-t-il de ce cognac que tu m'as proposé l'autre soir ?

— Oui, pourquoi ? Tu as besoin de te réchauffer ?

— Oui, j'en ai besoin. Et surtout très envie.

7.

— Tiens, dit Aaron en tendant un verre à Hope. Voici de quoi te réchauffer.

— Merci, répondit-elle avec un sourire sexy en diable.

Il avait une autre idée pour la réchauffer, et il ne doutait pas un instant que cela avait également traversé l'esprit de Hope.

Il prit une gorgée du liquide ambré, se retenant de boire son verre d'une traite pour passer plus rapidement à la suite.

Il était nécessaire qu'il tempère ses pulsions s'il ne voulait pas se jeter sur elle comme un rottweiler sur un filet mignon !

— Dis-moi, déclara-t-il, qu'est-ce qui t'a décidée à venir ici ce soir, alors que tu m'avais dit après le gala que nous ne passerions qu'une soirée ensemble ?

Hope posa son verre sur le bar, s'approcha de lui et lui passa les mains autour du cou. Ses yeux brillaient d'une lueur particulière, entre l'excitation et l'amusement.

— Je me suis dit que ne pas m'engager dans une relation à long terme ne signifiait pas devoir me priver d'une autre soirée merveilleuse. J'ai pensé que nous pourrions nous offrir une seconde nuit. C'est pour cette raison que j'ai décidé de te charmer une dernière fois.

— Me charmer ? répéta-t-il dans un éclat de rire, ignorant volontairement l'effet contrasté que produisaient sur lui les mots « une dernière fois ». C'est en dénigrant les prouesses sportives d'un homme que tu comptes le charmer ?

— Pour être honnête, je n'ai pas une très grande pratique de la séduction. En te demandant de m'offrir un verre, j'étais au maximum de mes compétences en la matière. J'espère que tu me pardonnes ma maladresse, dit-elle en effleurant ses lèvres des siennes.

— Tu ne t'en rends peut-être pas compte, mais tu maîtrises parfaitement l'art de la séduction ! Tu m'as séduit lorsque je t'ai vue au gala. Et je crois que j'étais déjà sous le charme quand je t'apercevais à l'hôpital, même sans te connaître.

— On dirait que nous sommes sur la même longueur d'onde, alors. Nous sommes aussi attirés l'un que l'autre et avons envie de passer une dernière nuit mémorable ensemble, n'est-ce pas ?

Il plongea dans la profondeur de ses yeux bleus.

De toute évidence, Hope était déterminée à ce que cette soirée soit la dernière. Pour la première fois de sa vie, les rôles étaient inversés. Le malaise qu'il ressentait était-il dû à ce fait, ou y avait-il une autre raison ?

Il posa à son tour son verre sur le bar et n'eut pas le temps de trouver la réponse à cette question, car Hope avait plaqué sa poitrine contre son torse et l'embrassait.

Il ferma les yeux en sentant leurs langues se toucher.

Le goût puissant du cognac s'ajouta à la chaleur de leur baiser. Un baiser qui témoignait de la même intense alchimie ressentie lors de leur première nuit. Comme cette nuit-là, il se sentait à la fois attiré et désarmé, comme s'il avait perdu tout contrôle de la situation.

Il plaqua les mains sous ses fesses et la souleva pour qu'elle s'accroche autour de ses hanches. Elle resserra les cuisses, et il sentit son bassin contre son sexe excité. Retenant un gémissement, il se dirigea vers un large fauteuil et s'agenouilla de façon à l'y asseoir, les jambes nouées autour de lui.

— Tu n'as plus froid ? murmura-t-il d'un air entendu, en passant la main sous l'élastique de son pantalon.

— Non, je me réchauffe… Je… Oh ! Aaron…

Il glissa les doigts sous le tissu humide de ses sous-vêtements, excité par ses gémissements et par la façon dont elle prononçait son prénom.

La passion de leur baiser, le contact de ses cuisses chaudes et mouillées faillirent lui faire perdre tout contrôle. Il détacha sa bouche de la sienne et s'efforça de se concentrer sur l'action de ses doigts, afin que Hope prenne tout le plaisir qui lui revenait et qu'il avait lui-même tellement de plaisir à lui donner.

Ses yeux bleus le fixaient, emplis du même désir. Ses lèvres humides écartées laissaient passer un souffle brûlant. Il n'avait jamais rien vu d'aussi beau et d'aussi excitant que Hope Sanders au bord de l'orgasme.

Des images de leur première nuit lui vinrent à l'esprit, redoublant son envie de la voir jouir sous ses caresses. Sans cesser de la caresser d'une main, il passa l'autre sous son T-shirt et son soutien-gorge et se mit à lui titiller le bout des seins.

— Viens, Hope, jouis pour moi, murmura-t-il. Je veux te voir jouir.

— Je…

Elle poussa un cri et ferma les yeux tandis que son corps se contractait.

Lorsqu'elle rouvrit les yeux, elle ne lui présenta pas d'excuses comme elle l'avait fait la première fois. Au contraire, elle le regarda en souriant, prit sa tête dans ses mains et l'embrassa.

Il se sentit envahi d'un doux sentiment de complicité.

Il se sentait bien avec Hope, comme s'il avait enfin trouvé sa place — ce qui était pour le moins étonnant, car trouver sa place n'avait jamais fait partie de ses priorités.

— Aaron…, dit-elle en se détachant de lui.

A son tour, il prit son visage entre ses mains, enfonçant les doigts dans sa chevelure soyeuse. Il serait resté dans cette position pendant des heures, à l'embrasser tendrement et passionnément, si Hope ne s'était pas écartée pour passer son pull par-dessus sa tête. Puis elle se releva pour retirer son pantalon. Elle lui déboutonna ensuite le sien et le fit glisser le long de ses jambes.

Ils n'étaient plus vêtus que de leurs sous-vêtements.

— Il est temps que je m'occupe de vous, docteur Cartwright. La route de l'extase n'est pas à sens unique.

Il sentit son excitation repartir de plus belle et l'aida à retirer le reste de leurs vêtements.

— Qu'est-ce que tu es belle ! dit-il, le souffle coupé devant ses petits seins fermes aux bouts roses, la courbe douce de ses épaules et de sa taille, le triangle mouillé entre ses cuisses qu'il avait eu le privilège de fouiller quelques minutes plus tôt. Je pourrais passer la nuit à te regarder. Et à t'embrasser.

Il referma la bouche sur le bout de sein qui se dressait devant lui et se mit à le caresser de sa langue.

Mais, à sa grande surprise, Hope le repoussa.

— On avait dit que c'était mon tour de m'occuper de toi, dit-elle, une lueur coquine dans l'œil.

— Cela n'interdit pas que je te caresse, répondit-il en prenant ses seins dans ses mains.

Elle prit à son tour son visage dans ses mains et déposa de petits baisers sur ses lèvres, le long de sa mâchoire, son cou, descendit sur son torse, son ventre, sans cesser de donner de petits coups de langue chauds et mouillés. Il sentait chaque centimètre carré de sa peau s'embraser. Après quelques minutes passées à échanger des baisers et des caresses, il alla dans la salle de bains chercher un préservatif, que Hope lui prit des mains au retour avec un sourire plein de promesses.

Elle le poussa à sa place dans le fauteuil, et il regarda ses doigts délicats et déterminés ouvrir le petit sachet puis enfiler le préservatif sur son sexe dressé. Enfin, elle écarta les jambes au-dessus de lui, s'accroupit et enfonça doucement son membre en elle.

Ils se mirent à bouger à l'unisson.

Hope le regardait avec le même regard brûlant que lorsqu'elle s'apprêtait à jouir sous ses caresses quelques minutes plus tôt, se levant et s'abaissant sur lui à un rythme parfait. Leur entente physique était différente de la première fois qu'ils avaient fait l'amour. Elle lui semblait plus intime, plus complice.

N'en pouvant plus, il agrippa ses hanches pour que leurs deux corps ne fassent plus qu'un et accéléra le mouvement jusqu'à ce qu'ils atteignent le paroxysme du plaisir dans un dernier soubresaut commun.

Elle se laissa tomber sur lui, laissant ses cheveux s'étaler sur son torse.

Empli d'un bien-être qu'il n'avait jamais éprouvé jusqu'alors, il lui caressa doucement le dos et les fesses tout en reprenant son souffle.

C'est alors qu'une sensation étrange le tira de son état de béatitude et lui fit ouvrir brusquement les yeux.

— Oh non, c'est pas vrai ! s'écria-t-il. Je crois que le préservatif s'est déchiré !

Hope était presque tombée lorsque Aaron s'était redressé d'un coup, l'air affolé. A son air horrifié, elle comprit qu'il était très sérieux.

— Je ne… C'est…

Il s'interrompit et se dirigea vers la salle de bains en secouant la tête.

Il serait si simple de le rassurer, de lui expliquer qu'il n'avait rien à craindre ! Mais elle eut peur qu'une conversation sur son infertilité ne s'ensuive et qu'elle n'ait à se justifier sur des choix qui ne concernaient qu'elle, comme celui de recourir à la FIV et de faire un bébé toute seule.

Elle pouvait toujours lui dire qu'elle n'était pas dans la période la plus fertile de son cycle. Mais parler d'un sujet aussi grave en tenue d'Eve au milieu d'un salon inconnu lui parut tout à coup incongru.

Elle attrapa ses sous-vêtements et les enfila en un temps record.

Aaron réapparut. Il avait enfilé son bas de jogging et tenait un peignoir bleu marine à la main.

— Tiens, mets ça si tu veux…

Il poussa un soupir dépité.

— Je ne sais pas quoi dire. Je viens de les acheter. Je ne comprends pas comment cela a pu se produire.

Elle enfila le peignoir.

— La bonne nouvelle, c'est que je fais très attention aux phases de mon cycle et que je ne suis pas dans une période critique. Je pense que nous n'avons pas de souci à nous faire.

— Tu es sûre ?

L'homme qui se tenait face à elle avait enfin l'air d'un humain normal. Il était blême comme quelqu'un qui va défaillir d'un instant à l'autre. De toute évidence, la paternité n'était pas dans ses priorités. Cela dit, qui envisage d'être parent à l'issue d'une aventure sans lendemain ?

Ce contretemps était une confirmation, s'il en fallait une, que le temps était venu de mettre un terme à leur histoire. Il y avait fort à parier que, cette fois-ci, Aaron serait d'accord.

Cette pensée la déprima légèrement.

— Je pense que je vais rentrer, dit-elle.

Aaron s'approcha d'elle, prit ses mains dans les siennes et exhala un soupir.

— Je suis désolé d'avoir paniqué, Hope. Je pensais que tu serais dans le même état que moi. Cela me rassure de voir que tu n'es pas plus inquiète que ça.

— Tu peux être rassuré, je te promets.

Elle le lâcha pour aller chercher ses vêtements éparpillés, mais elle se sentit soulevée de terre lorsqu'il la prit dans ses bras pour aller se rasseoir dans le fauteuil.

— Je vais te ramener, d'accord. Mais j'ai envie de sentir la chaleur de ton corps contre le mien encore quelques instants, dit-il en resserrant les bras autour d'elle. Si tu es d'accord…

Elle était d'accord. D'accord pour sentir encore son torse ferme et la peau douce de son épaule sous sa joue.

Elle hocha la tête et se blottit avec volupté dans ses bras.

— Tu organises une autre soirée à Noël pour ta fondation ? questionna-t-elle.

Elle avait toujours eu envie de le lui demander, mais elle n'en avait pas eu l'occasion jusque-là puisqu'ils avaient passé la majeure partie de leur temps à s'embrasser et à faire l'amour chaque fois qu'ils s'étaient retrouvés seuls.

— Oui, mercredi prochain. L'hôtel où s'est déroulée la soirée de gala me fait un prix sur la location d'une de leurs salles de réunion.

— C'est une autre soirée pour lever des fonds ?

— C'est une soirée au cours de laquelle des parents qui cherchent à adopter peuvent rencontrer des enfants dans un contexte plus détendu que les bureaux des centres d'adoption. Comme il y a du monde et que l'ambiance est festive, la pression est moins forte que lors d'entretiens en tête à tête.

Il lui caressa le bras puis entrelaça ses doigts aux siens avec une douceur qui lui emplit le cœur de tendresse.

A trente-quatre ans, ce n'était pas la première fois qu'on la caressait. Mais les caresses d'Aaron n'avaient rien à voir avec ce qu'elle avait connu jusque-là. Pourquoi chacun de ses regards, chacun de ses gestes lui donnait-il cette impression de plénitude ?

Probablement parce que ses projets de grossesse et les changements imminents qui allaient se produire dans sa vie lui permettaient d'être plus détendue face à lui. Elle ne se posait pas la question de savoir ce qu'elle pouvait ou ne pouvait pas donner. Cela lui donnait un sentiment de liberté que l'on éprouve rarement, lui semblait-il, dans une dynamique de couple habituelle.

— Quelle idée merveilleuse au service d'une cause aussi grave ! s'exclama-t-elle, une fois de plus émerveillée par les multiples facettes de son talent.

— En tout cas, ça fonctionne assez bien. Les adultes et les enfants passent du bon temps ensemble. Ils dînent et jouent et, dans certains cas, ils ont envie que ça se prolonge.

— Tu as besoin d'aide ? J'adore les enfants… les bébés, surtout. C'est d'ailleurs la raison pour laquelle j'ai eu envie de devenir sage-femme. Mais je m'entends bien aussi avec les enfants plus grands, j'adore passer du temps avec eux.

— J'accepte avec plaisir, dit Aaron en lui déposant un baiser sur le bout du nez. Je regrette de ne pas avoir eu une baby-sitter comme toi. La plus belle et la plus adorable des baby-sitters.

Pourquoi tout ce qu'Aaron lui disait la faisait-il fondre ? Ce n'étaient que des mots, que les hommes de son genre savent manier à la perfection, mais elle adorait les entendre dans sa bouche.

— Très bien, je note ça dans mon agenda, s'entendit-elle dire, avant de se figer.

Qu'est-ce qui lui était passé par la tête ? Elle était sur le point de commencer son traitement ! Il était hors de propos qu'elle passe encore du temps avec lui.

La panique s'empara d'elle, et elle se creusa la tête en quête d'une excuse valable qui lui permette de revenir sur sa proposition irréfléchie. D'un autre côté, elle serait tellement contente de s'investir pour une telle cause !

Heureusement, la solution surgit dans son esprit : trouver des chaperons qui n'auraient pas l'air d'en être.

Ce serait peut-être un bon moyen pour qu'elle garde une certaine distance avec Aaron. Car ce qu'il s'était passé entre eux ce soir était la preuve de son incapacité à résister à son charme en dépit de toutes ses résolutions dès qu'il se trouvait dans un rayon d'un mètre.

— Je peux demander à une ou deux autres collègues de l'hôpital si elles seraient disponibles.

— Toute bonne volonté sera la bienvenue.

Elle se détendit, soulagée qu'il n'ait pas décelé son arrière-pensée.

— Qu'est-ce qui t'a incité à créer cette fondation ? poursuivit-elle.

Le regard d'Aaron s'attarda longuement sur la mèche blonde qu'il faisait tourner entre ses doigts. C'était à se demander s'il avait entendu la question.

Elle ouvrait la bouche pour la répéter lorsqu'il prit la parole.

— Je suis moi-même un enfant adopté. En Californie, j'ai été bénévole dans une association qui s'occupait de placer durablement les enfants dans des familles au lieu de les faire déménager sans arrêt. Quand je suis arrivé à Cambridge et que j'ai vu tous ces enfants qui avaient du mal à trouver des familles, j'ai décidé de créer le même genre d'association ici.

Elle essaya de croiser son regard, toujours concentré sur ses cheveux.

— A quel âge as-tu été adopté ?

Le silence retomba.

— Tu peux me parler, tu sais. Ça restera entre nous.

Peut-être n'avait-il pas envie d'évoquer cet épisode de sa vie privée. Ni aucun autre, d'ailleurs…

Aaron finit par lever les yeux, et elle crut y déceler de la tristesse. Il la dévisagea un long moment, le visage impénétrable. Puis, juste au moment où elle se disait qu'il ne lui confierait rien d'autre de son histoire, il parla.

— J'avais presque deux ans quand on m'a placé dans une famille d'accueil. Ma mère biologique était… instable. Les services sociaux lui ont laissé du temps pour qu'elle se rétablisse, mais ça ne s'est jamais produit. Pendant ce temps, je suis passé de famille d'accueil en famille d'accueil jusqu'à ce que mes parents m'adoptent. J'avais sept ans.

— Oh ! Aaron…

Son cœur se serra en imaginant ce petit garçon passant de maison en maison pendant cinq ans avant de trouver sa famille définitive.

— Ça n'a pas dû être facile. Et c'est d'autant plus impressionnant quand on voit l'homme que tu es devenu. C'est admirable d'avoir créé une fondation pour aider d'autres enfants à trouver une vraie famille.

Il la serra plus fort et l'embrassa doucement.

Le sujet était manifestement clos. La peine qu'elle avait ressentie en apprenant ce qu'il avait vécu dans son enfance s'estompa dès qu'il posa ses lèvres sur les siennes.

— Et toi ? murmura Aaron en s'écartant. Quel est ton problème dans la vie ?

Elle le regarda d'un air détaché, comme pour signifier qu'elle n'en avait aucun, mais il ne se laissa pas convaincre.

— Pourquoi tiens-tu absolument à ce que nous ne nous voyions pas plus d'une fois… deux, en l'occurrence ?

Désormais, il ne regardait plus dans le vague, mais la fixait avec gravité.

Etonnamment, son sérieux lui donna presque envie de se confier à lui comme il avait eu le courage de se confier à elle en dépit de ses réticences manifestes. Elle pourrait dire enfin ce qui occupait ses pensées — du moins ce par quoi elles étaient entièrement occupées *avant* qu'elle ne le rencontre. Elle pourrait lui dire la vérité.

Elle devrait, même…

Mais elle n'y parvint pas. Elle redoutait trop sa réaction.

Après tout, Aaron ne lui avait raconté que quelques bribes de son histoire. Ne pouvait-elle pas se contenter de faire de même ? Elle n'était pas obligée de lui parler de la relation de ses parents qui avait rendu son enfance si inconfortable. Ni du ressentiment qu'avait éprouvé son père coincé entre sa femme et sa fille, ce qui expliquait sans doute en partie sa propre incapacité à aimer un homme. Elle pourrait trouver quelques épisodes de son passé à lui raconter. Mais en aucun cas elle ne parlerait de son avenir. Le projet qui la rendait à la fois anxieuse et impatiente ne regardait qu'elle.

— Je suis sortie avec un homme pendant plusieurs années, lança-t-elle. Huit ans pendant lesquels je n'ai jamais voulu m'engager davantage en dépit de son insistance. Alors, il a fini par rompre. Depuis, je n'ai rencontré personne avec qui j'aie eu envie de construire quelque chose de sérieux. J'en conclus que je ne dois pas être faite pour les relations durables.

— Cela répond à la question qui me taraude depuis que je te connais, à savoir : comment se fait-il qu'une femme aussi incroyable que Hope Sanders soit toujours célibataire ? En revanche, ça ne me dit pas pourquoi tu limites notre relation à ce point. Ni l'un ni l'autre ne voulons d'une histoire qui dure, et nous nous entendons bien. Pour moi, cette situation confine à la perfection. Pourquoi y mettre un terme ?

Quelle idiote ! Son argumentation ne tenait pas, puisque lui non plus ne souhaitait pas s'engager dans une relation durable. Le problème n'était pas là. Comment justifier sa décision de ne plus le voir sans dévoiler ses projets personnels ?

— En fait, je suis dans une période de ma vie où je ne peux pas avoir d'histoire avec un homme. Ni toi ni un autre, dit-elle d'un ton qu'elle voulut léger. Si je pouvais, sache que tu serais numéro un sur ma liste. Mais j'aimerais que nous en restions là. D'accord ?

Aaron la scruta longuement en silence avant de hocher la tête.

— Tu veux quand même venir nous aider mercredi soir ? Ne te sens pas obligée.

— Bien sûr. Je serai très contente de pouvoir célébrer Noël de cette façon.

— Merci, dit-il avant de l'embrasser.

Son baiser était doux et tendre, et elle ressentit un pincement au cœur à l'idée que c'était le dernier. Puis il ouvrit les bras pour la libérer.

— Je laisserai le planning à l'accueil du service pour que tu y jettes un coup d'œil.

— D'accord, dit-elle en se levant. Je vais rentrer. Je commence tôt demain.

Elle fila dans la salle de bains sans se retourner, sentant le regard d'Aaron dans son dos, aussi perçant que la douleur dans sa poitrine à l'idée qu'ils ne se reverraient pas.

8.

Hope posa sa tasse de thé sur la table de la cafétéria entre elle et Bonnie, la sage-femme nouvellement arrivée à la maternité royale.

— C'est demain soir, Bonnie, et je me demandais si tu voudrais m'accompagner. Il s'agit de proposer des jeux aux enfants et aux parents. Il y aura d'autres personnes de l'hôpital. Je crois que ce serait un bon moyen pour toi de rencontrer des gens.

— C'est gentil d'avoir pensé à moi, Hope, dit Bonnie. Quelle bonne idée d'organiser une soirée pour que les parents adoptifs rencontrent les enfants ! Je savais que le Dr Cartwright était merveilleusement beau, mais là, je le classe aussi dans la liste des gens merveilleusement bons.

Hope ne dit rien, mais elle n'en pensait pas moins.

L'image d'Aaron Cartwright, beau, bon, avec son corps de rêve, son regard tantôt rieur, tantôt grave et son sourire à tomber la hantait. Contrairement à ce qu'elle prétendait, elle n'était pas faite pour les aventures sans lendemain, puisqu'elle ne faisait que penser à lui dès qu'elle ne le voyait plus. Qui aurait pu imaginer qu'elle se languirait d'un homme avec qui elle n'avait passé que quelques heures ?

C'était pourtant un fait, qui lui faisait regretter d'avoir proposé ses services à la soirée.

Il faudrait qu'elle l'évite autant que possible et qu'elle se concentre sur les enfants et les adultes invités au lieu de se pâmer dès qu'elle apercevrait Aaron.

— Oui, sa fondation aide vraiment les gens, dit-elle d'une voix professionnelle, afin que Bonnie ne se doute pas que des images d'eux s'embrassant et faisant l'amour lui traversaient l'esprit chaque fois que quelqu'un mentionnait son nom.

Elle repensa à son rendez-vous imminent au service d'assistance médicale à la procréation de l'hôpital et tressaillit à l'idée de tomber sur Aaron.

— J'irai chercher le planning tout à l'heure pour que nous commencions à nous organiser.

— Est-ce que je peux venir avec ma fille Freya ?

— Je crois que oui. Le Dr Cartwright m'a dit que les parents venaient avec les enfants qu'ils avaient déjà. Je pense qu'elle aussi va se faire des amis. Quel âge a-t-elle ?

— Elle a cinq ans. Et elle est très sociable.

— Il me tarde de la voir ! Les enfants sont adorables, à cet âge. Je suis vraiment contente que tu viennes. Merci.

Elle avala sa dernière gorgée de thé en espérant que cela dissolve la boule d'angoisse qui se formait dans son estomac à l'idée de se rendre à son rendez-vous.

— Il faut que j'y aille. Alors, à demain !

Une fois dans le service d'assistance médicale à la procréation, elle suivit la réceptionniste jusqu'à une salle d'attente qu'elle ne connaissait pas, le cœur battant et les mains moites.

Elle se laissa tomber sur une chaise, soulagée.

Quelle chance elle avait eue qu'on la conduise aussi vite dans la salle d'attente sans la faire traîner dans les couloirs ! Là, elle était à l'abri des beaux yeux bruns qui l'auraient sans doute regardée avec perplexité s'ils l'avaient aperçue…

Assez avec cette histoire ! Elle était prête à commencer les traitements hormonaux précédant la FIV. Il fallait qu'elle se concentre sur son objectif sans se préoccuper du reste, et encore moins d'un homme avec lequel elle avait couché deux fois. Après cette soirée de bienfaisance, elle ne reverrait plus Aaron Cartwright que de loin dans les couloirs de l'hôpital. S'il découvrait son secret, quelle importance ? Elle assumerait ses choix comme elle l'avait toujours fait.

Elle sursauta quand on ouvrit la porte.

— Docteur Devor ! cria-t-elle d'une voix un peu trop enjouée, en lui adressant un sourire tel qu'il se demanderait sûrement si elle n'était pas un peu simplette.

— Bonjour, Hope, dit sobrement le médecin en refermant la porte derrière lui. Je suis désolé pour la semaine dernière. Mon fils a eu un accident de voiture, et ma femme et moi sommes allés le voir à l'hôpital.

— Je suis désolée. Il va bien ?

— Par miracle, oui. Mais le choc sur la tête a été violent. Finalement, il a eu de la chance d'avoir la tête dure.

— Je croirais entendre mon père ! Mais l'obstination est une qualité, dans certains cas.

— Vous avez raison, dit-il en s'asseyant face à elle. Et c'est bien que vous en fassiez preuve. Avez-vous lu les brochures que je vous avais données ?

— Oui. Je suis bien informée.

— Bien, opina-t-il. Je regrette que l'insémination intra-utérine ait échoué. C'est probablement dû à votre endométriose. Avez-vous bien réfléchi aux conséquences de procéder à une FIV tout en étant célibataire ?

— Oui. J'ai longuement réfléchi et en ai parlé avec mes parents. Je sais dans quoi je me lance, et ma famille sera là pour m'aider si besoin. J'ai toujours rêvé d'avoir des enfants, et je suis fermement décidée.

— Bien. J'ai toutes les raisons de penser que la FIV réussira dans votre cas et que vous aurez le bébé que vous désirez.

Un nœud se forma dans sa gorge. Elle vit apparaître des images d'un bébé joufflu gazouillant, d'un petit enfant marchant d'un pas hésitant avant de venir s'accrocher à ses jambes pour qu'elle le prenne, et qui devenait ensuite un enfant joyeux jouant et lisant, débordant de tendresse et de vie.

C'était un projet merveilleux. Sa décision était la bonne. Un jour, elle sortirait de l'hôpital avec ce bébé dans les bras.

Elle frappa des mains et prit une profonde inspiration.

— Je suis prête !

— Voici le planning que nous suivrons, dit le Dr Devor en lui tendant un calendrier. Aujourd'hui, prise de sang pour une analyse. La semaine prochaine, vous recevrez une injection d'hormone folliculo-stimulante dont l'objectif est de stimuler vos ovaires afin qu'ils produisent plus d'un ovule. La semaine suivante, nous ferons d'autres analyses de sang et une échographie pour déterminer si les ovocytes sont prêts à être extraits. Si ce n'est pas le cas, nous attendrons que la HFS agisse — en général un ou deux jours supplémentaires suffisent. Puis on vous administrera un médicament pour faire mûrir les ovules.

— Après quoi vous procédez à l'extraction ?

— Il faut que chacune des phases soit bien respectée. On ne peut les extraire ni trop tôt ni trop tard, sans quoi ils ne se développent pas normalement.

Le praticien dut voir l'inquiétude dans son regard, car il sourit et se pencha pour lui tapoter la main.

— Je connais mon métier, ne vous inquiétez pas. Vous serez sous anesthésie quand je procéderai à l'extraction. Au moment idéal.

— Je sais. J'ai eu l'occasion de voir le Dr Cartwright accomplir cette opération. C'est vraiment incroyable.

Elle s'agaça de sentir des picotements au ventre rien qu'en prononçant ce nom. Pourquoi continuait-elle à réagir de la sorte ? Aaron Cartwright n'avait plus rien à voir avec sa vie, ses projets, son avenir.

— Le Dr Cartwright et moi-même avons reçu une excellente formation, à laquelle s'ajoute une solide expérience clinique. Vous n'avez rien à craindre.

Il lui adressa un autre sourire.

— Comme je vous l'ai dit lors de votre premier rendez-vous, la fécondation avec le sperme du donneur a lieu aussitôt. Au bout de quelques jours, j'examinerai les embryons qui ont l'air viables, j'en choisirai trois et congèlerai les autres. Nous procéderons alors au transfert des embryons.

— Vous m'avez dit que cette phase était rapide, non ?

— En général, cela prend une demi-heure. La plupart des femmes ne sentent rien. Vous pourrez reprendre votre activité normale sans forcer. Et on attend de voir combien d'œufs se sont implantés dans la paroi utérine.

— Nous le saurons au bout d'une dizaine de jours, alors ? demanda-t-elle, le cœur battant.

— Normalement oui. Si le test de grossesse est négatif, on attend encore quelques jours avant de revérifier.

— Très bien, dit-elle en exhalant un grand soupir. J'aimerais commencer la stimulation hormonale dès que possible.

— J'ai pris un peu de retard durant mon absence, mais la réceptionniste va vous trouver une place dans le courant de la semaine prochaine. A ce moment-là, nous aurons les résultats des analyses.

— Parfait, dit-elle en trépignant déjà. Merci infiniment, docteur.

Tout en se dirigeant vers le guichet de la réceptionniste pour prendre rendez-vous, elle calcula rapidement quel jour elle devrait prendre les médicaments et combien de temps il faudrait attendre après la procédure, et elle sourit à part elle.

Le retard pris par le Dr Devor dans ses consultations était peut-être une bonne chose. Elle apprendrait normalement la bonne nouvelle pour Noël. Pouvait-elle espérer plus merveilleux cadeau ?

Sur le bureau, une grande enveloppe à son nom attira son attention, et elle se souvint qu'Aaron avait promis de lui transmettre le planning.

Elle sentit les battements de son cœur accélérer et jeta un coup d'œil autour d'elle, priant pour ne pas le voir.

Elle était confiante au sujet de cette nouvelle phase de sa vie, mais elle n'avait pas envie d'en parler à qui que ce soit pour le moment, encore moins à l'homme avec qui elle avait passé deux soirées torrides quelques jours plus tôt.

— Jeudi prochain, annonça la réceptionniste.

— Très bien, merci, bredouilla Hope en se demandant pourquoi son interlocutrice la regardait d'un drôle d'air.

Quelle expression son visage arborait-il quand elle pensait à ses nuits avec Aaron Cartwright ?

— Et je crois que cette enveloppe m'est destinée.

— Ah ? En effet, acquiesça la jeune femme en lui tendant le pli.

Hope sortit précipitamment du service, soulagée de n'y avoir pas croisé Aaron.

Leur intimité était encore trop proche. Plus tard, lorsque sa grossesse commencerait à se voir, leur aventure lui paraîtrait lointaine et insignifiante. Mais, pour l'heure, cela avait encore trop d'importance, et elle ne savait pas pour combien de temps encore.

En sortant de son bureau pour se rendre à l'accueil, Aaron marqua un temps d'arrêt à la vue d'une chevelure blonde dans le dos d'une femme grande et mince. Il eut l'impression que son cœur cessait de battre : il n'avait pas besoin de voir le visage de Hope Sanders pour reconnaître ses courbes gracieuses.

Lorsque les portes du hall se refermèrent derrière elle, il éprouva un besoin urgent de la rattraper… Ce qu'il ne fit pas, évidemment.

Leur histoire avait été un épisode bref et mémorable, comme il n'en avait jamais vécu, mais elle était terminée, que ça lui plaise ou non. Elle avait dû passer prendre le planning de la soirée.

Il jeta un coup d'œil sur le bureau de la réceptionniste, où l'enveloppe avait disparu, comme il s'en doutait.

Au moins la reverrait-il au cours de la soirée…

Il était certain que sa présence auprès des enfants serait bénéfique. Il savait aussi qu'il devait se la sortir de la tête. Par chance, son activité l'amenait rarement à fréquenter la maternité. Le temps passerait, les souvenirs s'estomperaient, et avec eux cette obsession dérangeante.

Il n'allait d'ailleurs pas tarder à chercher un autre poste. Ça l'aiderait à oublier Hope plus vite.

Cette pensée suscita autant de mélancolie que d'attrait. Il se surprit à penser que Cambridge et la maternité royale lui manqueraient.

— A quelle heure est ma prochaine consultation ? demanda-t-il à Sue, qui venait d'envoyer la réceptionniste en pause et qui prenait momentanément sa place à l'accueil.

Elle scruta l'écran de l'ordinateur.

— Dans un quart d'heure. Vous avez le temps d'aller boire un café.

— Je viens de le prendre. Je préfère rester ici pour vous embêter.

— Alors, prenez ma place le temps que je classe ces dossiers et que j'aille faire une microsieste, suggéra-t-elle en prenant une pile de dossiers médicaux.

— Je croyais que les tornades ne faisaient jamais de sieste ? De toute façon, vous…

Il s'interrompit alors que son regard tombait sur le premier dossier de la pile.

Le nom « Hope Sanders » était écrit en lettres capitales sur la couverture.

— Qu'est-ce que c'est que ce dossier ? demanda-t-il. C'est une sage-femme de l'hôpital.

— Je sais, répondit Sue avant d'ajouter des dossiers supplémentaires à sa pile. C'est la jeune femme avec qui vous dansiez sur la photo du journal. Celle qui, soi-disant, ne vous intéressait pas !

— Elle ne m'intéresse toujours pas. Simplement, je ne comprends pas ce que fait son nom sur un dossier de notre service.

Sue le regarda d'un air entendu.

— Vous êtes médecin, vous avez le droit de consulter les dossiers médicaux. Mais laissez-moi en dehors de tout cela.

Son sang ne fit qu'un tour — ce qui était ridicule, étant donné qu'il n'avait aucun lien avec Hope Sanders.

Tout en tâchant de s'en convaincre, il ne put s'empêcher de saisir le dossier portant son nom et de l'ouvrir fébrilement.

Sur la droite figuraient les dates des rendez-vous pris et le nom du médecin. Deux rendez-vous avec le Dr Devor, dont un ce jour-là et un le jeudi suivant. Pour commencer le traitement préparatoire à une FIV.

Il cligna des yeux, incrédule, puis se concentra de nouveau sur le document.

Les notes du médecin qui la suivait lui sautèrent aux yeux, aussi explicites qu'incroyables.

Maintenant, il savait pourquoi la femme avec qui il avait passé ces moments inoubliables quelques jours auparavant avait montré tant d'empressement à mettre un terme à leur relation : elle avait programmé de tomber enceinte très rapidement. Elle s'apprêtait à subir une FIV.

Passé le premier moment d'hébétude, il se mit à sentir des brûlures dans tout son corps, comme si un million d'aiguilles le piquaient des pieds à la tête. Il avait du mal à respirer.

Hope allait faire féconder ses ovules par un donneur anonyme ! Le ou les enfants qui naîtraient ne sauraient jamais qui était leur père, d'où il venait ni pourquoi !

Détournant le regard du dossier qu'il avait sous les yeux, il croisa celui de Sue et comprit que toute obstination à prétendre que Hope Sanders l'indifférait serait vaine.

— Asseyez-vous une minute, suggéra-t-elle, l'air soucieux.

— Ça va, rétorqua-t-il.

Ça irait surtout mieux lorsqu'il aurait parlé à Hope pour lui dire tout ce qu'il pensait des mères célibataires ayant recours à la fécondation in vitro, et les risques et les conséquences d'une naissance multiple. Certes, il savait que ça ne le regardait pas. Il n'était pas son petit ami, pas même son médecin. Mais comment une femme aussi extraordinaire que Hope Sanders pouvait-elle vouloir avoir un bébé ou plusieurs toute seule ? Ne savait-elle pas combien d'hommes seraient aux anges à l'idée de fonder une famille avec elle ?

Il soupira, essayant de remettre de l'ordre dans ses idées.

Il avait envie de se précipiter chez elle dès qu'il aurait fini ses consultations. Elle n'apprécierait certainement pas qu'il s'immisce dans sa vie privée. Elle devait être persuadée d'avoir pris une décision mûrement réfléchie. Mais lui avait une certaine expérience du sujet, il connaissait les difficultés qu'une telle décision peut générer, pour la mère comme pour les enfants. Des difficultés qui engendraient de la souffrance et qui avaient parfois des conséquences terribles.

« Ta mère a renoncé à ses droits parentaux, Aaron. Et comme tu le sais, nous ignorons qui est ton père. Je comprends que cette situation t'attriste, mais c'est la meilleure solution. Tu vas trouver une nouvelle famille, comme ton frère et ta sœur. Tout ira bien. »

Il serra le dossier jusqu'à ce que ses jointures blanchissent.

N'était-il pas de son devoir d'informer Hope, de lui faire comprendre qu'elle n'avait pas conscience de ce qu'elle et son bébé risquaient d'avoir à affronter ? N'était-ce pas précisément ce qui l'avait poussé à se spécialiser dans l'assistance à la procréation : aider les parents à comprendre les enjeux et les risques de la fécondation artificielle ? A plus forte raison quand le confrère qui procédait à l'intervention envisageait d'implanter plus de deux embryons ?

Il reposa le dossier sur la pile d'une main tremblante.

— Je vais attendre ma prochaine patiente dans mon bureau, dit-il.

— Je suis désolée que cela vous bouleverse autant, dit Sue en posant la main sur son avant-bras.

— Je suis surpris, c'est tout. En fait, je la connais à peine.

Ce qui était la vérité. Jamais il n'aurait imaginé qu'elle nourrisse un tel projet.

Il se laissa tomber dans son fauteuil, espérant se plonger dans des dossiers médicaux. Ou que sa prochaine patiente était en avance. Il avait besoin de penser à autre chose pour que le choc de la nouvelle s'estompe.

Aller parler à Hope n'était peut-être pas la chose à faire. Avec un peu de chance, il aurait recouvré son calme d'ici la fin de la journée, et son envie irrépressible de foncer chez elle aurait disparu. Il s'était demandé pourquoi elle était si réticente à poursuivre leur relation au-delà d'une ou deux soirées. Maintenant qu'il en connaissait la raison, il pouvait au moins se féliciter que cela n'ait rien à voir avec lui.

L'après-midi passait, mais le besoin d'Aaron de parler à Hope demeurait intact. Il essaya de se convaincre que son intérêt pour son cas était purement professionnel, mais c'était un mensonge, et il le savait. L'idée qu'elle envisage de tomber enceinte toute seule, sans partager cette expérience avec un homme ni donner de père à son enfant, le rendait malade.

Pourtant, ce qu'elle faisait de sa vie privée ne le regardait pas. Il n'avait pas à s'y immiscer. Mieux valait qu'il ignore son envie d'aller lui rendre visite. Ce serait totalement inapproprié. Si elle venait à la soirée d'adoption de Noël, il se montrerait amical mais distant. Après quoi, il n'aurait plus de raisons de la croiser, sauf s'il avait la malchance de tomber sur elle dans le service à l'occasion de ses rendez-vous avec le Dr Devor.

Cependant, ce serait difficile de ne plus remarquer le bleu de ses yeux. Ni sa cascade de cheveux blonds tombant sur ses épaules ou retenue en une queue-de-cheval. Ni son corps aux courbes parfaites, qui se déformerait si elle attendait des jumeaux ou des triplés. Ce serait difficile de ne pas la contempler lorsqu'il la croiserait à la cafétéria et qu'il la verrait rire avec ses collègues. Et de ne pas remarquer son absence pendant son congé de maternité.

Mais Hope Sanders avait une vie qu'elle gérait comme elle voulait. Lui avait la sienne, dont était exclue la fondation d'une famille. Donc, il ne lui restait qu'à l'oublier.

Il saisit sa mallette et sortit, disposé à aller faire le jogging le plus long de sa vie pour se débarrasser de la tension insupportable qui l'habitait.

9.

Le rendez-vous était pris ! Elle allait réaliser son rêve !

Hope sentait cette pensée palpiter dans son esprit et son cœur, refaisant surface chaque fois que son travail lui laissait un instant de répit.

Comment réagirait-elle au traitement ? Que ressentirait-elle quand on lui retirerait les ovules ? Serait-elle impatiente pendant que la fécondation aurait lieu ? Sentirait-elle quelque chose quand on implanterait les embryons dans son utérus ?

Elle allait être enceinte. Pour de bon.

— Il est magnifique, dit-elle aux jeunes parents hébétés en leur tendant le bébé lavé et habillé. Je vous laisse faire connaissance tous les trois, et je reviens vous voir dans un moment.

Elle sortit de la salle d'accouchement, les mains moites.

Une tasse de thé l'aiderait peut-être à apaiser son agitation. Toutes les femmes enceintes pour la première fois ou en passe de l'être réagissaient-elles de cette façon ? Etaient-elles, comme elle, aux anges à l'idée de devenir mères, et inquiètes au sujet de tout le reste ? Elles se demandaient sans doute ce qu'allait devenir leur corps, comment se déroulerait l'accouchement, si leur bébé allait se développer normalement, s'il allait faire ses nuits dès les premières semaines ou s'il allait passer son temps à avoir des coliques et à pleurer…

Peu importe. Le bébé qu'elle porterait serait *son* bébé pour le meilleur et pour le pire, quels que soient les problèmes qui surviendraient. Peut-être même aurait-elle plusieurs bébés en même temps. C'était une possibilité à ne pas écarter en cas de FIV.

En tout cas, elle avait la certitude qu'elle saurait gérer les éventualités qui se présenteraient. Cette pensée lui faisait du bien, comme celle que sa mère soit heureuse de devenir grand-mère et de dorloter le ou les petits êtres qu'elle allait mettre au monde.

Elle poussa un profond soupir et sourit.

Sa mère l'avait eue jeune, sans avoir eu le temps de s'y préparer. Pour autant, elle l'avait aimée, et elle l'aimait toujours. L'amour qu'une mère ressent pour sa progéniture est une forme d'amour unique, qui n'a rien à voir avec celui que l'on éprouve pour un homme. Même si elle n'avait pas vraiment eu de modèles de couple amoureux ni connu elle-même de belle histoire d'amour, elle sentait qu'il s'agissait de deux choses distinctes. Elle n'avait pas à s'inquiéter. Tout se passerait bien. Même si le temps qui la séparait de son rendez-vous avec le Dr Devor lui semblait interminable.

Par chance, il y avait eu beaucoup de naissances à la maternité, et elle avait de quoi s'occuper. Tous les bébés se portaient bien, et elle se réjouissait de voir les familles heureuses.

Elle se dirigea vers la chambre de Mme Smith, qui avait accouché par césarienne. Celle-ci avait l'air fatiguée, mais contemplait son bébé en souriant.

— Tout va bien ? demanda-t-elle en s'approchant du lit. Lui avez-vous donné un prénom ?

— Patrick, comme son grand-père. Le Dr Cartwright a dit à Ted que Patrick était un malabar et qu'il le voyait bien jouer au rugby plus tard. Il se trouve que son grand-père était rugbyman. La boucle est bouclée ! En revanche, son père s'est mis à l'appeler Malabar, et j'ai bien peur que ce surnom ne lui reste…

— Patrick est un joli prénom, mais moins original que Malabar, plaisanta-t-elle, tandis que l'image d'Aaron refaisait surface dans son esprit.

Elle revit ses yeux rieurs derrière son masque lorsqu'il s'était adressé au père de ce gros bébé dont la naissance avait été un moment compromise.

Comme il avait été calme et efficace durant toute la durée de l'accouchement ! D'autant plus calme et efficace qu'il n'avait pas accouché depuis longtemps et que c'était la première fois qu'il le faisait seul. M. et Mme Smith avaient-ils conscience de la chance qu'ils avaient eue qu'Aaron Cartwright se trouve au bon endroit au bon moment ?

— En tout cas, merci pour tout ce que vous avez fait, Hope, dit la patiente en lui prenant la main. J'ai eu tellement peur ! Le Dr Cartwright m'a dit que c'était grâce à vous que mon bébé était sain et sauf. C'est parce que vous avez posé très tôt le bon diagnostic et que vous avez réagi très vite. Ted et moi vous sommes très reconnaissants.

— Je n'ai fait que mon métier. Je suis heureuse d'avoir pu vous aider. Nous avons eu de la chance que le Dr Cartwright ait été là pour l'intervention en urgence. La situation était critique, et il l'a gérée de main de maître. Je suis désolée que l'on ait dû procéder à une césarienne, mais c'était la condition pour sauver votre bébé, dit-elle en souriant au petit garçon.

Peut-être aurait-elle elle-même à affronter cette situation, à plus forte raison si elle donnait naissance à des jumeaux ou à des triplés…

Elle caressa la tête duveteuse sans pouvoir s'empêcher de penser au bébé qu'elle tiendrait bientôt dans les bras et qui serait enfin le sien.

On frappa à la porte.

— Comment se portent le petit malabar et sa mère, aujourd'hui ?

Elle se raidit.

Elle n'avait aucun doute sur l'identité de la personne qui venait de parler. Il fallait qu'elle ait une réaction normale, pas le souffle coupé ni des papillons plein la tête, comme chaque fois qu'Aaron Cartwright entrait dans son champ de vision.

Aaron marqua un temps d'arrêt en la voyant, et son visage se rembrunit. Son regard exprima une froideur qu'elle ne lui connaissait pas. Ses lèvres étaient serrées, tout dans sa posture semblait signifier qu'il lui en voulait terriblement.

Mais de quoi ?

Elle déglutit, la gorge soudain sèche.

— Mademoiselle Sanders, dit-il d'un ton incroyablement sec, si vous avez une minute, j'aimerais vous parler après cette visite.

Elle faillit répondre qu'elle n'avait pas le temps. Elle avait le pressentiment que leur conversation ne lui serait pas agréable. Mais l'esquiver ne serait une réaction ni très mature ni très professionnelle. Si cela concernait son travail, mieux valait qu'elle en soit informée le plus rapidement possible. De toute façon, elle était adulte et capable d'affronter toutes sortes de situations, même les plus délicates.

— Je vais attendre dans le couloir.

Elle se retourna vers la patiente et afficha un sourire un peu forcé.

— Je repasserai demain. Avec un peu de chance, vous pourrez bientôt rentrer chez vous.

Elle prit la porte en entendant à peine la réponse de Mme Smith. Aaron ne lui accorda même pas un regard lorsqu'elle passa devant lui. Il s'approcha du lit comme si elle était devenue invisible.

Que se passait-il ?

Une fois dans le couloir, elle exhala un grand soupir et lutta pour ne pas écouter la petite voix qui lui disait qu'elle ferait mieux de prendre ses jambes à son cou.

Si Aaron Cartwright avait des choses importantes à lui dire, il la trouverait bien le moment venu ?

Mais la curiosité la poussa à rester pour comprendre ce qu'il se passait. Ensuite, elle pourrait passer à autre chose.

Le temps lui parut s'éterniser avant que la porte de la chambre ne se rouvre.

Aaron se planta devant elle.

— Y a-t-il un endroit, à cet étage, où nous pourrions parler tranquillement ?

Tranquillement… Voulait-il respecter la confidentialité du dossier d'un patient, ou avait-il l'intention de lui dire ses quatre vérités à l'abri des oreilles indiscrètes ?

— Il y a une salle de réunion là-bas, dit-elle en en prenant la direction, fière que sa voix n'ait pas tremblé.

Il la suivit en silence et referma derrière lui la porte de la salle.

Elle n'avait aucune envie d'une conversation interminable autour d'une table, aussi décida-t-elle de ne pas s'asseoir.

— Qu'as-tu de si important à me dire ? demanda-t-elle, l'estomac noué.

Aaron croisa les bras et la regarda droit dans les yeux. La lumière crue de la salle, impitoyable, accentuait la tension et la dureté de son expression.

— Hier, à l'accueil de mon service, je suis tombé sur un dossier à ton nom. Tu imagines quelle a été ma surprise.

Il était au courant. Voilà de quoi il voulait lui parler. De toute façon, il l'aurait appris tôt ou tard. Par ailleurs, elle n'avait pas de comptes à lui rendre.

Elle redressa fièrement le menton et attendit la suite.

— Qu'est-ce qu'il te prend de te lancer dans une procédure de fécondation in vitro ? Avec le Dr Devor, qui plus est, pour qui l'éventualité d'une grossesse multiple n'est pas un problème ? Est-ce que tu te rends compte des risques que tu prends, pour toi et pour ton ou tes enfants ?

Elle se frotta les mains sur sa blouse et prit une profonde inspiration.

— Primo, j'ai pris cette décision après une longue et mûre réflexion, et je suis parfaitement consciente des pour et des contre d'une telle procédure. Deuxio, je ne vois pas en quoi ce choix te concerne. Notre histoire a été brève, et elle est terminée de surcroît.

— Maintenant, je comprends pourquoi. Ce que j'ignore, en revanche, c'est pourquoi tu fais ça. Ça ne me concerne pas directement, mais il se trouve que c'est mon métier et que je connais plutôt bien le problème. Tu es jeune, Hope. Tu as largement le temps de rencontrer un homme qui veuille avoir des enfants avec toi.

— J'ai mes raisons et, effectivement, elles ne te regardent pas, même si tu es spécialiste en la matière.

Il n'était pas nécessaire qu'elle entre dans les détails de l'endométriose de sa mère à vingt ans, ni de la sienne, qui augmentait le risque d'infertilité avec l'âge. Elle n'avait pas envie d'évoquer avec lui ses défaillances de femme.

— Hope, dit-il en se rapprochant. Tu peux me croire quand je te dis que je connais bien le sujet. J'ai vu trop de femmes célibataires se retrouver seules avec des jumeaux ou des triplés et ne pas s'en sortir. Ces femmes souffrent et font souffrir leurs enfants. Sans parler des enfants qui se demandent toute leur vie qui est leur père et qui ressentent un vide incommensurable parce qu'ils ignorent d'où ils viennent et qui ils sont vraiment. C'est ça que tu veux offrir à tes enfants ?

Elle dévisagea Aaron, saisie.

L'angoisse et la colère déformaient ses traits. De toute évidence, la souffrance qu'il décrivait faisait partie de son histoire.

Elle sentit s'atténuer sa propre colère contre cet homme qui se permettait de lui faire la leçon.

Elle posa les mains sur son torse. Son cœur battait sous ses paumes.

— Je suis bien entourée, Aaron. Ma mère est impatiente d'être grand-mère. Elle pourra m'aider, me soutenir. C'est bon pour un enfant d'avoir des liens privilégiés avec ses grands-parents. Après tout, des millions d'enfants ne vivent qu'avec un parent.

La colère avait diminué dans la voix d'Aaron, mais son regard demeurait froid et dur.

— Et des millions d'enfants n'ont pas de parents du tout et attendent qu'une famille veuille bien s'occuper d'eux. Tu ne peux pas t'appuyer sur ta mère pour élever tes enfants. La vie nous prive parfois des ressources sur lesquelles on croit pouvoir compter. Mes parents adoptifs sont morts tous les deux brusquement à une année d'intervalle. N'as-tu pas l'impression d'agir égoïstement ? Comment ferais-tu pour travailler, si tu avais trois bébés et que ta mère venait à disparaître ?

Elle s'écarta de lui. Elle en avait assez. Elle avait envie de s'éloigner de sa colère et de sa désapprobation.

— Je me débrouillerais ! Je sais que tu as des patientes en difficulté, mais on ne peut pas s'arrêter de vivre sous prétexte que des événements imprévus peuvent survenir.

— Annule ton rendez-vous, Hope. Prends plus de temps pour réfléchir. Et si tu veux toujours élever un enfant seule, pense à l'adoption. Il y a beaucoup d'enfants qui ont été abandonnés et ont besoin d'un foyer aimant. Un seul enfant, c'est déjà plus gérable pour un parent célibataire.

La colère monta en elle, décuplée.

Aaron lui avait dit tellement de belles choses, de compliments, de mots qui montraient qu'il la respectait. Mais ce n'était qu'une des facettes de cette aventure bancale dans laquelle elle s'était jetée sans réfléchir. Jamais elle ne commettrait de nouveau une telle erreur !

— Tu penses que je ne suis pas capable de m'occuper de plus d'un enfant ? Que je suis égoïste ? Que je serai prise au dépourvu le jour où un problème va se présenter ? Qui es-tu pour me dire ce que je dois faire de ma vie ? Tu ne me connais même pas ! Je veux que tu sortes de mon existence. Cette conversation est close.

— Hope, écoute-moi. Je…

Elle l'écarta d'un coup d'épaule, ignorant les accents plus doux, la confusion et peut-être même le remords dans sa voix.

— Au revoir, docteur Cartwright.

Aaron gara sa voiture, puis posa sa tête sur l'appuie-tête.

Il était toujours impatient à l'approche de la soirée d'adoption de Noël. Il adorait parler aux gens, voir qu'ils passaient une bonne soirée. Il observait et encourageait les rencontres entre les enfants et les parents qui avaient envie de se lier pour la vie. Mais ce soir, il n'avait pas le cœur à la fête. Il se sentait minable, et l'idée d'affronter le regard de la femme face à qui il s'était montré aussi arrogant lui donnait envie de se faire porter pâle.

Ce qui était évidemment impossible. Il avait invité des parents à parler des différents soutiens qu'ils avaient reçus de la fondation avant et après l'adoption. Il devait être là pour les enfants et les parents pour qui cette soirée serait peut-être l'une des plus importantes de leur vie.

Et il devait aussi voir Hope, en espérant qu'il trouve l'occasion de lui présenter ses excuses.

Hope était furieuse de la façon dont il s'était permis de lui parler. Il y avait de quoi. Depuis leur conversation, il n'avait cessé de s'en vouloir d'avoir ainsi perdu le contrôle.

Il demeura immobile quelques minutes, le temps de rassembler ses idées avant d'entrer dans l'hôtel.

Après le choc de la nouvelle, il s'était convaincu que la décision de Hope ne le regardait pas. Certes, il aimait bien cette femme, mais ce qu'elle faisait de sa vie ne concernait qu'elle. Son enfance malheureuse ne lui donnait pas le droit de faire des sermons à qui que ce soit. En tant que spécialiste des méthodes d'assistance à la procréation, il avait seulement le droit de prodiguer des conseils à ses patientes. En aucun cas de dicter leur conduite aux femmes.

Qu'est-ce qu'il lui avait pris ?

Il avait ouvert la porte de la chambre d'une patiente et avait vu Hope sourire et caresser la tête de son nouveau-né. Aussitôt avait surgi l'idée qu'elle était sur le point de recourir à la FIV pour concevoir un enfant, et son sang n'avait fait qu'un tour. La colère et la frustration s'étaient emparées de lui tels un tsunami, les souvenirs douloureux avaient balayé son bon sens : la maladie mentale de sa mère, son abandon, le fait qu'il n'ait jamais rien su de son père biologique…

Le désir de lui parler, de lui faire comprendre qu'elle était sur le point de commettre une erreur avait jailli de son cœur… Et il lui était tombé dessus à bras raccourcis. Il ne fallait pas s'étonner de la réaction qu'elle avait eue. Il s'était mêlé de ce qui ne le regardait pas en lui disant que son projet, qui lui tenait évidemment très à cœur, allait probablement gâcher sa vie et celle de sa descendance.

Il avait commis des tas d'erreurs dans sa vie, des choses dont il n'était pas fier, mais celle-là était de loin la pire. Hope avait dû le prendre pour un macho ayant l'habitude de décider comment les femmes devaient mener leur vie.

Cette pensée lui retourna l'estomac.

Il fallait qu'il lui présente ses excuses. S'il lui racontait sa propre histoire, elle pourrait comprendre pourquoi il s'était emporté de la sorte…

Mais le pourrait-il ? Personne ne connaissait son histoire, à l'exception de ses parents, Tom et Caroline. Qui étaient morts tous les deux.

Il prit une inspiration et sortit de sa voiture avec l'impression d'avoir des semelles de plomb.

Il n'avait pas d'autre choix que d'accepter la colère de Hope et de faire son possible pour que la soirée soit un succès comme les précédentes.

La salle qu'il avait louée était trois fois moins grande que la grande salle de réception où avait eu lieu la soirée de gala. Il faudrait qu'il remercie chaudement les personnes de son service, qui avaient orné la pièce de sapins, de guirlandes et de boules étincelantes qui lui conféraient une atmosphère chaleureuse et festive.

Tout le contraire de son état intérieur.

Il s'efforça d'avoir l'air détendu et sourit aux femmes déguisées en elfes qui distribuaient de petits cadeaux aux enfants ébahis. Il reconnut des employés de l'hôpital occupés à installer des jeux ou déjà lancés dans une partie, tandis que d'autres bénévoles apportaient des plateaux de gâteaux, des corbeilles de fruits et des friandises sur une longue table à la nappe rouge.

Il jeta un coup d'œil circulaire dans la pièce, le cœur serré.

Pas de Hope Sanders.

Elle avait peut-être décidé de ne pas venir, ce dont il ne pouvait pas lui tenir rigueur…

L'angoisse qui l'étreignait monta d'un cran : la déception de ne pas la voir était pire que la peur d'affronter son regard courroucé. En fait, même s'il était conscient d'avoir dégringolé dans son estime, il avait encore envie de la voir, de lui parler, de passer du temps avec elle !

Cette prise de conscience le terrassa.

Enfin, il aperçut du coin de l'œil une chevelure dorée.

C'était Hope, qui émergeait de derrière un sapin, un petit ballon dans les mains, un délicieux sourire sur les lèvres.

— Regarde, je l'ai retrouvée !

— Merci, Hope ! répondit une petite fille avant de retourner à l'endroit où elle jouait avant de perdre son ballon.

Il avança en direction de Hope sans même avoir réfléchi à ce qu'il pourrait ou devrait lui dire. Ni s'être posé la question de savoir s'il était judicieux de s'approcher d'elle. Les battements de son cœur firent éclater sa sensation d'oppression.

Mais il ne l'avait pas encore rejointe qu'un autre enfant la prit par la main pour l'emmener jouer à ce qui semblait être le jeu des chaises musicales.

Il s'arrêta et la regarda de loin. Il contempla la façon dont la lumière se reflétait dans ses cheveux blonds et les faisait scintiller. Son enthousiasme et la patience avec laquelle elle expliquait le jeu à ceux qui ne le connaissaient pas. Ses éclats de rire et les câlins qu'elle faisait aux enfants pour les consoler et les encourager à réessayer.

Comment n'avait-il pas compris dès le début que cette femme enjouée, douce et chaleureuse débordait d'amour, de résilience et d'attentions ?

Un enfant sur la hanche, Hope avança vers le buffet et se mit à parler à une femme aux cheveux auburn qui tendit les bras. Après lui avoir confié l'enfant, Hope se retourna, et leurs regards se croisèrent. Elle s'immobilisa une fraction de seconde.

De son côté, il eut la sensation que son cœur s'arrêtait de battre.

Comment engager la conversation ? Comment lui présenter des excuses ?

Il n'eut pas le temps de réfléchir plus longtemps, car elle traversa la salle dans la direction opposée.

Son cœur se remit à battre de plus en plus fort au rythme de ses pas qui faisaient ondoyer sa jupe sur ses hanches et ses cheveux dans son dos.

Un autre constat faisait son chemin dans son esprit : il était jaloux du donneur dont le sperme la féconderait. Si fou, si idiot et ridicule que cela puisse paraître, c'était ce qu'il ressentait. Et cette jalousie avait peut-être bien compté dans son besoin viscéral de lui dire tout le mal qu'il pensait de la FIV chez les mères célibataires.

Décidément, il devrait consulter un psy de toute urgence !

Il n'avait jamais eu envie de s'attacher à une personne ni même à un endroit. Et certainement pas de devenir père. Certes, son père adoptif avait été un bon père et un modèle positif, même s'il n'avait pas pu profiter de sa présence très longtemps. Et son père biologique, celui qui avait fait don de son sperme ? Il tenait la moitié de ses gènes de cet homme, et l'autre de sa pauvre mère psychologiquement instable. Quelle hérédité ! Cela suffisait pour qu'il n'ait pas envie de la transmettre à un enfant…

Mais ce genre de réflexions étaient aussi pénibles que vaines. Il les chassa de son esprit et avança vers des convives en s'efforçant de ne pas jeter trop de coups d'œil en direction de Hope.

— C'est une belle fête, dit un père. Ma femme et moi avons rencontré plusieurs enfants au cours des derniers mois, mais jamais dans un cadre comme celui-là. Ici, on peut leur parler, les voir bouger, jouer. Ils sont plus détendus. Et nous aussi, probablement.

Aaron sourit.

— C'est le but de ces rencontres. Je suis content que cela vous plaise. Avez-vous…

Un bruit métallique l'interrompit. Il tourna la tête et aperçut un petit garçon par terre, manifestement tombé d'une chaise.

Les hurlements que le petit se mit à pousser refroidirent brusquement l'ambiance.

Aaron le rejoignit promptement.

10.

Aaron s'accroupit et tenta d'immobiliser le petit garçon qui se débattait afin d'éviter qu'il ne se blesse davantage.

— Tout va bien, dit-il doucement. Je suis le Dr Cartwright. Respire fort et dis-moi où tu as mal.

Le petit garçon, qui devait avoir six ans, leva vers lui des yeux apeurés et emplis de larmes.

— Là, au bras.

— Je vais regarder ça de plus près.

Il posa doucement un doigt sur le bras et serra les dents en entendant le hurlement que son geste déclencha. De toute évidence, le garçon s'était sérieusement cassé le bras. D'après la forme de son avant-bras, il était plausible qu'il souffre d'une fracture ouverte. Par chance, l'os n'avait pas transpercé la peau.

Il leva la tête et s'écria :

— Appelez une ambulance et reculez, s'il vous plaît.

Hope s'accroupit à côté de lui.

— Que s'est-il passé, Aaron ?

— Je pense que tu t'es cassé le bras, dit-il au petit garçon. Nous allons t'emmener à l'hôpital pour le réparer.

— J'ai… envie de vomir.

Il jeta un coup d'œil à Hope, qui attrapa une poubelle au cas où.

— Il est moite, murmura-t-elle tandis qu'il prenait le pouls de l'enfant.

— Oui, et son pouls est filant.

Il ne fallait pas qu'il s'évanouisse ou tombe en état de choc.

— Nous allons te trouver un endroit plus confortable, d'accord ?

Il s'adressa de nouveau aux convives.

— Est-ce que quelqu'un peut nous apporter des nappes pour lui faire un oreiller, ou des manteaux ? Et quelques paquets de gâteaux vides, ainsi que de la ficelle solide ou un chiffon que l'on puisse découper en bandes ?

Plusieurs personnes s'activèrent, et quelques instants plus tard on posa une pile de manteaux près du corps de l'enfant.

Hope se mit à les plier.

— Ne bouge pas ton bras, dit-il.

— Il s'appelle Ethan, dit une femme d'une voix chevrotante.

— Bien, Ethan, continue à ne pas bouger.

Le petit garçon hocha la tête, mais il préféra le stabiliser pour éviter tout mauvais mouvement qui risquerait d'aggraver sa blessure.

Hope souleva précautionneusement les jambes de l'enfant pour les poser sur des manteaux et glissa la nappe sous sa tête.

Aaron prit la main indemne de l'enfant et lui pinça le bout des doigts.

— Tu vérifies le temps de remplissage capillaire ? demanda-t-elle.

— Oui, je veux m'assurer que la fracture n'a pas d'incidence sur ses artères. Ça n'a pas l'air d'être le cas.

— En tout cas, tu es drôlement courageux, Ethan ! L'ambulance va bientôt arriver, dit-elle sur un ton rassurant.

Le petit garçon esquissa un pâle sourire, auquel elle répondit par un grand sourire plein de douceur et de réconfort.

Quelle chance avaient ses patientes d'être suivies par une sage-femme comme elle ! Et quelle chance il avait, lui, de pouvoir la côtoyer encore un peu !

— Voici les paquets de gâteaux vides, dit quelqu'un.

— Merci. Et nous aurons besoin de ficelle ou de chiffons, aussi.

— On vous apporte ça tout de suite.

Il posa les boîtes de carton sur le sol.

— Tu vas t'en servir comme attelle ? Comment vas-tu t'y prendre ?

— Je ne sais pas vraiment. Il ne faut pas que son bras bouge. Il souffre déjà suffisamment comme cela.

Le petit garçon le regarda avec des yeux apeurés.

— Je vais te faire une attelle pour que ton bras ne bouge plus du tout. C'est un peu rudimentaire, mais à la guerre comme à la guerre ! On n'a qu'à dire que tu es un soldat blessé et que je te soigne dans un hôpital de campagne.

— Je veux pas être un soldat blessé, murmura l'enfant, le menton tremblant.

Sa stratégie était tombée à l'eau. Il leva les yeux vers Hope. Peut-être aurait-elle une meilleure idée ?

— Avec quoi aimes-tu jouer ? demanda-t-elle.

— Je sais pas. Avec mes dinosaures. Et mes voitures.

— Tu connais les voitures qui se transforment en robots ?

Les yeux d'Ethan s'illuminèrent malgré la douleur et l'inconfort de sa situation.

— Et bien, on va te fabriquer une attelle. Ce sera comme si tu avais un bras de robot.

— D'accord, dit-il en souriant, les yeux emplis d'excitation.

— Bien joué, murmura-t-il. Tu es très douée.

— Je sais. Tu t'en aperçois maintenant ?

— Comme tu as pu le remarquer, je ne suis pas toujours très subtile, dit-il d'un air entendu, avec l'espoir qu'elle comprenne l'allusion et qu'elle la reçoive comme une forme d'excuses anticipées.

— Tenez, les gens de l'hôtel m'ont donné ça, dit un homme en tendant une pelote de ficelle.

— C'est parfait, répondit Aaron. Merci. Allez, Ethan, c'est l'heure de construire le bras du robot. Mais n'oublie pas : tu ne dois pas bouger d'un millimètre !

Avec l'aide précieuse de Hope, il parvint à découper et à installer le carton autour du bras de l'enfant en le fixant avec la ficelle.

— Et voilà, dit Hope une fois qu'ils eurent terminé l'attelle. Ton bras de petit garçon s'est transformé en bras de robot !

Ethan émit un petit rire, imité par Aaron.

Cette femme avait vraiment des pouvoirs magiques. Et lui, au lieu de l'admirer pour toutes ses qualités, il l'avait offensée en émettant des doutes sur ses qualités maternelles ! Quel idiot…

Des ambulanciers entrèrent dans la pièce avec une civière.

— Voilà les ambulanciers. On va t'emmener à l'hôpital pour soigner ton bras, dit-il avant de se lever.

Il aida Hope à se relever, et ils s'écartèrent pour laisser leur place. Tandis que les urgentistes vérifiaient les fonctions vitales d'Ethan et le préparaient pour le transfert, il observa le profil de Hope, qui les regardait avec attention.

Peut-être vaudrait-il mieux qu'il lui fasse ses excuses maintenant, au cas où l'occasion ne se présenterait pas plus tard. Mais d'abord, il devait la remercier d'être venue.

— Merci pour ce que tu as fait, dit-il. Sans toi, je ne sais pas ce que j'aurais fait d'Ethan.

— Je ne suis pas la seule, répondit-elle. Tout le monde a coopéré. Ton idée d'attelle était super ! Et je sais que, si tu t'étais retrouvé tout seul avec lui, tu t'en serais parfaitement sorti quand même.

Sans réfléchir, il lui prit la main. Constatant avec soulagement qu'elle ne le repoussait pas, il s'enhardit à se rapprocher d'elle.

— J'ai un autre secret à te confier : je n'avais pas vu de bras cassé depuis la fac.

— Alors, tu es un héros ! Imagine le succès que tu vas avoir quand les journaux se seront emparés de l'affaire ! Le dirigeant de la fondation Cartwright qui se trouve également être gynéco obstétricien, sauve le bras d'un petit garçon à la soirée d'adoption de Noël. Les dons vont pleuvoir !

Le sourire de Hope lui mit du baume au cœur et atténua la dureté du jugement qu'il avait de lui-même depuis leur dernière conversation.

Comme si elle avait lu dans ses pensées, son visage se rembrunit, et elle retira sa main de la sienne.

— En revanche, poursuivit-elle, je t'ai trouvé moins héroïque la dernière fois, quand tu m'as dit des choses pas très gentilles.

« Pas très gentilles. » C'était le moins que l'on puisse dire. Il l'avait blessée avec son attitude dictatoriale et ses jugements à l'emporte-pièce. Le moment était venu de lui dire à quel point il regrettait ses paroles.

— Tu sais, je…

— Y a-t-il quelqu'un qui puisse signer les papiers pour l'enfant et l'accompagner à l'hôpital ?

Aaron chercha du regard l'assistant social qui avait emmené à la fête plusieurs enfants dont Ethan, et il échangea un signe de tête avec lui.

— J'ai quelque chose d'important à te dire, mais il faut que je règle ça. Je peux t'appeler plus tard ?

— Oui, répondit Hope sans se départir de son air grave.

Il aurait tellement voulu lui parler maintenant ! Mais il ne pouvait pas faire autrement que d'accompagner Ethan. L'assistant social devait rester là avec les autres enfants dont il avait la charge.

— Je vous tiens au courant, lui dit-il, au cas où les médecins voudraient garder Ethan en observation cette nuit.

Il posa la main sur la jambe du petit garçon allongé sur la civière et lui adressa un sourire rassurant.

— Je vais avec toi à l'hôpital, dit-il.

Le petit garçon le regarda d'un air sérieux mais tranquille.

Hope était toujours là, une expression indéchiffrable sur le visage. Au moins n'était-elle plus furieuse contre lui.

Il lui adressa un sourire dépité, espérant qu'elle l'interprète comme il l'entendait, à savoir : « Je sais que je me suis comporté comme un idiot et que je te dois des excuses. »

— Je signerai les papiers sur le trajet, dit-il à l'ambulancier.

— Attendez !

Une femme accourut vers eux, un homme sur ses talons.

— Serait-il possible que nous accompagnions Ethan à l'hôpital ? Nous pourrions faire plus ample connaissance avec lui, suggéra-t-elle en prenant la main du petit garçon.

— Si Ethan est d'accord, je n'y vois pas d'inconvénient, au contraire.

L'homme s'approcha de lui.

— Nous avons très envie de passer plus de temps avec lui. Aujourd'hui, mais aussi à Noël et après…

— Je dois simplement signer une décharge. L'un des assistants sociaux vous appellera à l'hôpital pour prendre rendez-vous avec vous. En tout cas, l'idée semble réjouir Ethan.

Il signa les documents nécessaires et laissa Ethan partir avec ceux qui allaient sans doute constituer sa future famille.

Cet accident allait finalement déboucher sur quelque chose de positif !

La fête reprenait peu à peu. Il chercha Hope du regard.

Elle était assise avec un groupe d'enfants occupés à donner des formes d'animaux à de la pâte à modeler. Elle riait, amusait les grands, aidait et cajolait les petits.

Y avait-il sur terre femme plus adorable que Hope Sanders ?

Pourtant, il éprouvait toujours cette sensation désagréable qui lui enserrait la poitrine : il n'avait pas encore trouvé le moyen de lui demander pardon. Il fallait qu'il lui parle.

Des convives vinrent lui serrer la main et le détournèrent de l'objet de toutes ses attentions. Il s'entretint un moment avec eux, puis avec d'autres, et, quand son regard repartit à la recherche de Hope, elle avait disparu.

Serait-elle partie sans le saluer ? Il en doutait. Cela dit, ce n'était pas parce qu'ils avaient fabriqué ensemble une attelle pour Ethan qu'elle avait pour autant envie de lui consacrer sa soirée.

Peut-être pouvait-il la rattraper sur le parking ?

Il s'apprêtait à poser la question à l'une de ses collègues sages-femmes lorsqu'il aperçut sa longue queue-de-cheval blonde.

Il se sentit bêtement heureux qu'elle ne soit pas partie et la rejoignit en quelques enjambées.

— Pas trop fatiguée ?

— Fatiguée mais contente, dit-elle d'un air joyeux et détendu.

La plupart des invités étaient partis, il n'y avait plus d'enfants pour la solliciter. C'était le moment ou jamais.

— Hope… Je suis désolé pour tout ce que je t'ai dit l'autre jour sur tes projets. Je me suis comporté comme un crétin. Je me suis emporté pour rien. Je n'ai aucun droit de te juger comme je l'ai fait. C'était totalement déplacé.

— Je confirme.

Il attendit, lui laissant le loisir de développer sa pensée et peut-être de lui dire à son tour ses quatre vérités. Mais elle continua de le fixer en silence.

Sans s'en rendre compte, il plongea dans le bleu de ses yeux, avec l'impression d'avoir retrouvé quelque chose qu'il avait perdu et qui lui avait terriblement manqué.

A force de la contempler, il allait perdre de vue l'objectif de cette conversation !

Voyant qu'elle n'ajoutait rien, il se ressaisit.

— J'espère que tu vas accepter mes excuses, reprit-il. J'ai vu à quel point tu es douée et compétente, que ce soit dans ton métier et là, ce soir, avec les enfants. Si tu as pris la décision de recourir à la FIV, c'est ton choix. Je le respecte, et je te souhaite bonne chance.

Il demeura immobile, toujours hypnotisé par son regard impassible, et se mit à transpirer.

— Je suis un peu nerveux, dit-il. Je me sens mal à l'aise.

— Je ne cherche pas à te mettre mal à l'aise. J'attends simplement que tu m'expliques pourquoi tu m'as agressée comme tu l'as fait.

Il s'éclaircit la gorge.

— J'ai vu tellement de familles, en particulier des familles monoparentales, en baver à cause de grossesses multiples et des conséquences auxquelles elles n'avaient pas réfléchi avant de se lancer dans cette aventure. Des naissances prématurées, des bébés en sous-poids, des anomalies congénitales, tous ces cas qui nécessitent des soins supplémentaires dans une situation déjà déstabilisante en temps normal. C'est tout. Mais si tu me dis que tu te sens prête et que tes parents te soutiennent, alors je te renouvelle mes excuses pour avoir essayé de te convaincre du contraire.

Hope le fixa encore un moment, comme si son regard pénétrait plus loin et voyait des choses qu'il aurait préféré qu'elle ne voie pas.

— Veux-tu venir avec moi au festival de Mill Road, ce week-end ? lança-t-elle sans transition.

Il écarquilla les yeux.

Il avait beau avoir tout imaginé comme réponses de sa part, une invitation à aller passer une partie du week-end avec elle ne lui avait même pas traversé l'esprit. Il eut envie de hurler de joie.

Mais une interrogation le retint.

— Je ne saisis pas. Tu m'as dit et répété que notre histoire était terminée.

— Elle l'est. Maintenant, tu sais pourquoi. Ce qui signifie que tu peux comprendre et accepter que nous restions de simples amis. Mais si je t'invite, c'est aussi pour une autre raison.

— Tu veux me faire payer mon arrogance de l'autre jour ? ironisa-t-il.

— D'une certaine manière. Je suis bénévole pour vendre des smoothies. Les bénéfices sont versés à une association qui en a bien besoin. J'ai vu tes prouesses avec un scalpel au bloc l'autre jour, je me dis que tu sauras mieux que quiconque couper des fruits pour les mixer.

Il marqua un temps d'arrêt avant d'éclater de rire.

A la lueur dans son regard, il savait qu'elle n'attendait pas autre chose qu'une réponse positive de sa part. Et, étrangement, l'idée de passer une journée sur un stand de smoothies à couper des fruits avec elle le réjouissait, qu'ils soient de simples amis ou plus que cela.

Plus que cela ? Ce n'était pas possible ! Même si Hope renonçait à la FIV, elle faisait évidemment partie de ces femmes qui cherchent le grand amour, avec une maison, un jardin et des enfants. Et ça, il ne pouvait pas le lui offrir.

De simples amis ? Il n'était pas sûr d'y arriver non plus, étant donné qu'il avait envie de l'embrasser et de la prendre dans ses bras dès qu'il la voyait. De plus, être ami avec elle si jamais elle tombait enceinte lui semblait difficile à gérer, et ce, pour toutes sortes de raisons qu'il ne s'expliquait pas davantage que sa réaction stupide à la lecture de son dossier médical.

Pourtant, ses yeux rieurs le rendaient heureux comme il ne l'avait pas été de toute la journée. Et lui donnaient envie de passer encore une journée à ses côtés avant qu'elle ne s'engage dans sa procédure de FIV, même s'il continuait à penser que c'était une mauvaise idée.

De toute évidence, elle attendait une réponse.

— Couper des fruits avec toi est la meilleure proposition que j'aie reçue de toute la semaine, déclara-t-il.

11.

Hope versa dans le mixeur ce qui devait être le centième saladier de fruits coupés avec le yaourt, le lait et le jus, et mit l'appareil en marche.

— Un délicieux smoothie Mill Road tout frais ! dit-elle en tendant un verre au garçon qui venait de passer commande.

— On dirait une publicité, dit Aaron. Je me demande si tu ne fais pas des heures supplémentaires dans le marketing quand tu n'es pas en service à l'hôpital.

Il avait déjà passé deux bonnes heures à couper des tonnes de fruits sans se plaindre. Jamais elle n'aurait imaginé, lorsqu'elle l'apercevait de loin dans les couloirs de l'hôpital, qu'Aaron Cartwright taillait les pommes et les ananas comme un chef. Ni qu'il consacrait autant de temps à des causes qui lui tenaient à cœur.

— Tu n'imagines pas ce que je fais quand je ne travaille pas à l'hôpital. Il se peut que je sois monitrice de bachot, plaisanta-t-elle.

Mais il ne rit pas. Au contraire, il la fixa d'un air très sérieux, et elle prit conscience de ce qui venait probablement de lui traverser l'esprit à l'évocation de leur tour sur la rivière et ce qui s'en était suivi.

Elle ne put s'empêcher de contempler ses épaules larges, ses bras musclés, son visage aux traits virils. Il était encore plus appétissant que les fruits frais et colorés qu'il coupait.

Il se pencha vers elle.

— Si la monitrice de bachot continue à me regarder comme ça, je risque d'oublier que nous sommes amis et que j'ai du jus d'orange plein les mains pour la prendre dans mes bras et l'embrasser.

Sa voix était grave et sexy et son regard, brûlant.

— Je te regarde comme ça parce que je me demande pourquoi tu ralentis le rythme, dit-elle en remplissant la cuve du mixeur. Tu ne vois pas tous ces gens qui font la queue ?

— Mmm… Si tu le dis.

Elle ne risquait pas de le lui avouer, mais elle aussi, son cœur s'était emballé rien qu'à le regarder. La question était de savoir pourquoi. Parce qu'ils avaient passé deux nuits torrides et, il faut bien le dire, merveilleuses ?

Elle avait pensé que leur colère mutuelle aurait pesé sur l'attirance physique qu'ils ressentaient l'un pour l'autre. Et qu'il en serait resté une belle amitié sans arrières-pensée. Mais elle se trompait.

Elle ne devait pas oublier qu'il s'était permis de lui tenir des propos offensants qui la blessaient encore quand elle y repensait, même si ses excuses avaient été touchantes. Cet homme talentueux et sûr de lui avait aussi une forme de vulnérabilité. Que s'était-il passé dans son existence pour qu'il soit autant à fleur de peau sur certains sujets ? Il avait évoqué son adoption, mais sans entrer dans les détails. N'était-ce pas là que se tapissaient les démons qui l'empêchaient d'être tout à fait serein ?

Il est bon pour tout le monde de partager sa souffrance, de ne pas garder des choses pour soi. C'était sans doute pourquoi elle lui avait proposé aussi spontanément de l'accompagner à Mill Road. Peut-être l'ambiance du festival permettrait-elle à Aaron de se détendre suffisamment pour qu'il lui explique plus en détail pourquoi il avait réagi aussi violemment ?

Quoi qu'il en soit, cette journée devait absolument être la dernière qu'ils passaient ensemble. Elle était sur le point de commencer un nouveau chapitre de sa vie. Un chapitre qu'il n'approuvait pas, ce qui paraissait curieux de la part d'un homme qui avait fait de l'assistance à la procréation son métier !

Cette pensée apaisa l'agitation qu'elle avait éprouvée quelques instants plus tôt, et elle se remit à la tâche, avec l'objectif de préparer le plus de smoothies possible pour satisfaire ses clients.

Lorsqu'ils eurent écoulé toute leur provision de fruits, elle s'étira, le dos endolori.

— Merci, Aaron, tu es vraiment un coupeur de fruits hors pair. Oh ! Tes mains ! Elles sont tout abîmées ! Tu aurais dû me dire, j'aurais pris ta place.

— Je préfère que ce soient les miennes que les tiennes. Vois comme j'ai souffert ! Je vais peut-être regagner tes bonnes grâces ?

— Tu n'as pas besoin de souffrir pour obtenir mes bonnes grâces. Tu m'as présenté tes excuses, tu m'as aidée à vendre des smoothies. Te voilà pardonné.

— Et maintenant, qu'est-ce qu'on fait ? On coupe du poisson pour faire des smoothies au poisson ?

— Berk ! Non. On peut se promener un peu dans le festival, si tu veux, suggéra-t-elle en s'étirant de nouveau. Comment se fait-il que j'aie mal au dos après avoir fait des smoothies pendant quelques heures, alors que je n'ai jamais mal au dos à l'hôpital, même après dix heures d'affilée en service ?

— On se déplace beaucoup, à l'hôpital. Quand on reste immobile pendant longtemps, cela sollicite beaucoup les muscles extenseurs du dos qui nous permettent de nous tenir droit. Mais si tu veux, je peux te faire un massage. Je masse bien…

Elle n'en doutait pas un instant. Comme elle ne doutait pas que le massage dégénérerait rapidement.

— Merci pour l'explication, docteur. Mais, tu sais, j'ai moi aussi suivi des cours d'anatomie pendant ma formation. De plus, je pense que ces remarques suggestives doivent cesser entre nous. Nous avons décidé de rester amis, je te le rappelle.

— Je suis désolé. Il y a quelque chose en toi qui me donne envie de jouer au sale gosse. Mais j'arrête, promis.

Elle s'éclaircit la gorge en se demandant si elle ne regretterait pas qu'il cesse de « jouer au sale gosse ».

— Alors, qu'est-ce que tu as envie de faire ? Il y a plein de concerts, les restaurants ont installé des stands et vendent leurs spécialités à emporter. On peut aussi aller danser.

— Je t'ai dit que je n'étais pas très doué.

— Il y a un atelier de danse du ventre. Tu n'as pas envie d'essayer ?

— Je n'ose pas imaginer la scène. Et si c'est toi qui danses, j'ai peur de faire une attaque.

— Il n'y a pas de risque. La danse du ventre n'est pas ma spécialité. Sois tranquille, ton cœur ne craint rien.

Aaron ne répondit pas et la fixa avec gravité, comme si elle avait dit une chose très sérieuse. Puis il jeta un coup d'œil sur la foule et enfonça les mains dans ses poches.

— En général, qu'est-ce que tu aimes bien faire, ici ? demanda-t-il.

Sa froideur soudaine la rendit nerveuse. Mais mieux valait qu'ils instaurent une certaine distance, non ? Et si ça venait de lui, elle aurait moins d'efforts à déployer pour résister à son charme.

— Je veux bien que nous allions manger.

— Bonne idée. Tant que tu ne me forces pas à manger des smoothies au poisson.

Elle éclata de rire, soulagée de voir qu'il n'avait pas perdu son sens de l'humour.

Ils s'engagèrent dans les rues bondées, croisant toutes sortes de personnages aussi extravagants les uns que les autres. Certains portaient des déguisements d'époque, d'autres, des vêtements et des maquillages bariolés, des ailes de papillon ou des chapeaux délirants.

Elle jeta un coup d'œil à Aaron qui demeurait silencieux, se demandant ce qu'il pensait de tout cela.

— C'est fou, non ? Et encore, tu n'as pas vu les gens déguisés pour le défilé.

— Ces gens vivent à Cambridge ? questionna-t-il sur un ton comiquement alarmé.

— Entre autres. Ce festival a attiré dix mille personnes l'an dernier.

— Et moi qui trouvais que les gens d'ici étaient calmes !

— Je ne te savais pas aussi vieux jeu ! Ça fait du bien de se déguiser et de se défouler. Tu devrais essayer.

Pourtant, elle avait du mal à l'imaginer. Cet homme dégageait tant de testostérone qu'elle n'arrivait pas à le visualiser dans un déguisement ridicule.

— Non, merci. Sauf si je peux enfiler une blouse et jouer au docteur.

— Tu ne jouerais pas au docteur, tu *es* docteur. A moins que tu m'aies menti et que tu aies obtenu ton diplôme sur Internet à l'issue d'une formation de six semaines ?

— Mince ! Tu m'as démasqué, dit-il en souriant. Est-ce que cela peut rester entre nous ? Au moins jusqu'à ma prochaine paie ?

— Ce sera notre secret.

Elle se réjouit intérieurement qu'il se remette à plaisanter et qu'il ait l'air d'apprécier cette journée, comme il avait apprécié leur promenade en barque. C'était ce qu'elle espérait quand elle l'avait spontanément invité à l'accompagner à Mill Road...

Enfin, pas exactement, car leur promenade sur la Cam s'était terminée en accident de bachot, puis en baisers torrides suivis d'ébats inoubliables.

— Tu trouves ça normal, toi, de ne pas avoir envie de se déguiser et de s'amuser ?

— Je ne sais pas. Jusqu'ici, je croyais que j'étais une personne assez normale, mais plus ça va, plus j'en doute.

Voilà qu'il redevenait sérieux, grave, même. Pour quelle raison ? Qu'est-ce qui le taraudait et le faisait passer d'une humeur à une autre en un éclair ?

Elle se demandait comment aborder la question et faire parler Aaron de lui, lorsqu'une bonne odeur de grillades parvint à ses narines.

Apparemment, elle provoqua chez lui la même réaction.

— Que penses-tu de s'arrêter ici pour manger ces brochettes ?

Pour toute réponse, elle posa les mains sur son estomac gargouillant.

Il sourit et insista pour lui offrir une assiette de brochettes de poulet et de riz pilaf recouverts de sauce au yaourt.

Elle se demandait comment manger sans renverser la moitié de son assiette sur sa chemise quand une des tables posées sur le trottoir se libéra.

— Viens, dit Aaron, qui rejoignit la table en quelques enjambées.

Il posa son assiette avant de tirer la chaise pour qu'elle s'asseye.

— Merci. C'est parfait ! dit-elle. Tu sais pourquoi ?

— Parce que nous pouvons enfin reposer notre dos et que nous avons une chance de manger proprement.

— Oui, et aussi parce que la parade doit passer dans cette rue d'ici… une minute. Tu verras, les costumes et l'ambiance sont impressionnants !

Elle avait à peine terminé sa phrase qu'un son d'accordéon et de percussions se fit entendre.

Elle tendit le cou.

Des danseurs ouvraient la marche, vêtus de costumes qui leur donnaient l'air de sortir d'un film de science-fiction. Des clowns suivaient en faisant tournoyer des hula hoops. Derrière les accordéons apparut un immense objet en forme d'arbre enveloppé d'un méli-mélo de tissus et de drapeaux voletant au vent. Au sommet, une femme portait sur la tête une énorme sphère argentée.

Aaron tenait sa brochette entre le pouce et l'index et regardait d'un air ébahi le cortège avancer.

— Je me demandais pourquoi tu m'avais invité ici alors que j'avais été odieux avec toi. Maintenant, je comprends. Tu te venges !

Elle éclata de rire.

— Non, je t'assure. J'adore venir ici et voir ce défilé délirant.

— Tu es sérieuse ? Tu aimes vraiment les costumes et…

Il fit tourner sa brochette.

— Et tout ça ?

— Oui.

Loin de s'agacer de ce qu'il n'apprécie pas particulièrement l'ambiance de Mill Road, elle trouvait adorable son air de petit garçon désorienté.

— Je ne pensais pas que tu serais horrifié. Je pensais que ça t'amuserait. Quand nous aurons fini de manger, je t'emmènerai voir d'autres choses, promis.

— Je ne suis pas horrifié, juste surpris. Mais si tout cela te fait plaisir, je suis content d'être là avec toi.

Toute trace de perplexité disparut en elle à la découverte qu'Aaron était sincère.

Quelle gentille pensée ! Mais elle n'était pas vraiment surprise. Elle avait vu sa générosité s'exprimer en de nombreuses occasions, tellement loin de l'attitude de certains médecins avec qui elle avait travaillé, arrogants et qui se prenaient pour le centre du monde autour duquel tout doit tourner.

— Puis-je te poser une question personnelle ? demanda-t-elle.

L'endroit était bondé et bruyant, mais ces circonstances étaient peut-être plus propices pour engager une discussion qu'un moment où ils se retrouveraient seuls et où Aaron aurait l'impression de se faire examiner au microscope. Elle avait envie de mieux le comprendre, même si elle sentait qu'elle n'avait pas davantage le droit de fouiller dans sa vie privée que lui ne l'avait eu de lui faire un sermon.

Il leva la tête, l'air soudain méfiant.

— Quel genre de question personnelle ?

— Je n'arrête pas de me demander comment un spécialiste de l'AMP peut avoir un avis aussi tranché sur la FIV pour les mères célibataires. Cela fait pourtant partie de ton métier que d'aider des femmes à avoir des enfants, à plus forte raison si elles n'ont pas de partenaire, non ?

Il la dévisagea longuement avant de répondre.

— Je n'arrête pas de me demander comment une femme merveilleuse comme toi, avec qui n'importe quel homme serait prêt à vivre et à faire des enfants, se lance dans une telle procédure seule, privant par là même son ou ses enfants d'une figure paternelle essentielle à leur développement.

Elle serra les lèvres.

Elle avait envie d'en savoir un peu plus sur lui et sur sa vie, et la conversation revenait sur ses choix à elle.

— « N'importe quel homme » ? Tu es pourtant le premier à dire que tu n'as pas envie d'une histoire sérieuse et durable. Cela signifie-t-il qu'il y a un problème, que tu n'es pas un homme comme les autres ?

— Peut-être pas n'importe quel homme, mais la plupart d'entre eux. Ce n'est pas parce que je n'en ai pas envie que j'ai un problème.

— Ah non ? En revanche, *moi* qui n'en ai pas envie non plus, j'ai un problème. Les critères changent selon qu'on est un homme ou une femme, c'est ça ?

— Hope, non. Je…

Il exhala un gros soupir.

— Je n'ai pas envie d'entrer dans ce genre de discussion, et encore moins de me disputer avec toi.

— Je t'ai dit que j'étais apparemment incapable de m'engager auprès d'un homme. Pourtant, je veux avoir des enfants. Je ne vois pas en quoi ces deux états seraient incompatibles et révélateurs d'un problème. En revanche, tu veux savoir quel est mon vrai problème ?

Elle tremblait. Elle prit une inspiration pour se donner le temps de se calmer avant de poursuivre, mais les mots sortirent tout seuls.

— J'ai une endométriose. Mes parents m'ont eue très jeunes, et ils ont tout fait pour me convaincre de ne pas commettre la même erreur. Ils ne voulaient pas que j'aie un enfant avant d'avoir acquis une stabilité matérielle. J'ai donc consacré mon énergie à mes études et à ma carrière. Le problème, c'est que personne ne s'est demandé si l'endométriose que ma mère a eue à vingt ans pouvait être héréditaire. Or j'ai trente-quatre ans, maintenant. Et je suis atteinte de la même maladie. Même si j'avais un homme dans ma vie, cela n'y changerait rien. Si je ne fonde pas une famille maintenant, je prends le risque de n'avoir jamais d'enfants.

Elle pointa son index sur lui.

— Toi, tu ne veux pas d'enfants. Tu ne peux donc pas comprendre ce que je ressens. J'ai toujours voulu fonder une famille, du plus loin que je m'en souvienne. Et tu veux que je te dise ? Oui, j'ai peur de ne pas être une bonne mère, j'ai peur que mon enfant souffre de ne jamais connaître son père. Je suis peut-être égoïste de vouloir faire un enfant quand même, mais je m'efforce de croire en moi. Malgré mes doutes et mes peurs et malgré les gens qui, comme toi, ne font que leur donner un peu plus de poids. Alors, si tu ne veux pas d'enfants et que peu t'importe de me comprendre ou non, tu devrais garder tes jugements et tes idées bien-pensantes pour toi.

Sentant des larmes jaillir, elle se leva d'un bond et traversa la foule à l'aveuglette.

Que lui arrivait-il ? Elle qui voulait aider Aaron à se décharger de son fardeau, elle n'avait fait que déverser son angoisse et sa souffrance sur lui. Elle avait laissé libre cours à ses émotions, ses inquiétudes, la peur qui l'habitait depuis ses tentatives échouées d'insémination. Sa peur de ne jamais avoir d'enfant. Sa peur d'avoir effectivement un problème avec les hommes et que George ait eu raison en disant qu'elle était incapable d'aimer. Sa peur de rester seule toute sa vie sans amour à donner ni à recevoir.

Elle essuya ses larmes et continua d'avancer.

— Hope ! Hope ! Attends !

Elle accéléra le pas. Elle n'avait plus envie de poursuivre cette conversation avec Aaron, d'essuyer ses critiques ni de se donner en spectacle.

— Hope, attends, dit-il en la rattrapant. Je suis désolé.

Il la força à se tourner vers lui et resserra les bras autour d'elle.

— Je suis désolé…

Elle demeura raide dans ses bras. Elle n'avait pas besoin de son réconfort.

— Laisse-moi, dit-elle. Je vais rentrer.

— Hope, écoute-moi, dit-il en lui soulevant le menton. Je suis un crétin. Au lieu de te répéter ce que je t'avais déjà dit sur ce ton désapprobateur, j'aurais dû t'écouter. J'aurais dû te demander ce que tu ressentais vis-à-vis de la décision que tu as prise, si tu étais inquiète au sujet de la FIV ou si je pouvais faire quelque chose pour t'aider.

— La FIV ne m'inquiète pas.

— Non, mais l'endométriose, si. Je suis désolé de t'avoir mise dans un tel état, alors que tu n'avais peut-être pas envie de parler de tout cela dans ces circonstances. Cela dit, je suis content que tu l'aies fait. Parce que, quoi que tu en penses, je tiens à toi.

Il prit son visage entre ses mains.

— C'est d'ailleurs pour cette raison que tout ceci est arrivé. C'est parce que je tiens à toi. Je me fais du souci pour toi, même si je ne te le montre pas de la bonne façon.

Elle fixa Aaron dans les yeux.

Son regard était tendre, empli de cette vulnérabilité qui y transparaissait parfois. Mais elle était déjà tombée dans le piège, et on ne l'y reprendrait plus. Après tout, elle ne le connaissait pas. Qui était-il, dans le fond ? Que savait-elle de lui, à part qu'il avait un sacré sens de l'humour, qu'il embrassait et faisait l'amour comme un dieu, que le sort des autres et notamment des enfants sans famille l'intéressait, et qu'il était un grand médecin ?

C'était aussi un homme qui ne comprenait pas qu'une femme célibataire ait recours à la fécondation in vitro.

Elle voulut se dégager, mais il ne lui en laissa pas le temps et posa sur elle ses lèvres, aussi douces et tendres que son regard.

Elle ne résista pas, alors qu'elle avait des tas de bonnes raisons de le faire. Sans doute à cause de ce débordement émotionnel, ou parce que quelque chose en lui la touchait, à la fois dans le bon sens et dans le mauvais.

Fermant les yeux, elle s'abandonna une fois encore à ce qu'Aaron Cartwright suscitait en elle.

De la colère, oui, mais aussi une ivresse délicieuse et excitante, un désir qu'elle n'avait jamais éprouvé avant lui et dont elle s'était crue incapable.

Il resserra son étreinte, et elle s'agrippa à ses épaules, caressant sa nuque et ses cheveux, enregistrant chacune de ces sensations dans sa mémoire.

Ils se détachèrent l'un de l'autre.

— Est-ce que ce baiser peut t'aider à comprendre que je tiens à toi et à me pardonner pour tout ce que j'ai dit et qui t'a blessée ?

Elle aurait voulu répondre quelque chose de léger, conclure cet épisode sur une bonne note. Une trêve. Un clin d'œil avant qu'ils ne se séparent définitivement. Mais rien de tel ne sortit de sa gorge.

— Moi aussi, je tiens à toi, s'entendit-elle dire. Ce que tu m'as dit m'a blessée, mais je pense que tu me l'as dit parce que tu as souffert. Même si tu ne m'as raconté que des bribes de ton histoire, je suis sûre que cela a un rapport avec ton enfance en familles d'accueil. Alors, oui, je te pardonne.

Elle prit une profonde inspiration, posa les mains sur son torse et recula.

— Nous pouvons maintenant refermer le chapitre de notre aventure amicale. Merci encore d'être venu m'aider aujourd'hui. Au revoir, Aaron.

Elle parvint à afficher un sourire avant de s'éloigner et se dirigea vers le parc à vélos, priant pour qu'il ne la rattrape pas.

Il avait dû se faire une raison, parce qu'elle n'entendit ni sa voix ni ses pas.

Il était temps qu'elle reprenne le cours de sa vie. Une vie incomplète, certes, mais que la présence tant souhaitée d'un bébé viendrait combler… Ce qui était une bonne chose, vu le vide sidéral dans lequel elle avait l'impression de sombrer.

12.

— Félicitations, dit Aaron en serrant la main du jeune papa. Vos jumelles sont magnifiques.

— Merci pour tout, docteur. C'est grâce à vous que nous sommes parents. Je ne vous dirai jamais assez à quel point nous vous sommes reconnaissants pour tout ce que vous avez fait.

— Merci, docteur, ajouta la mère, une expression de ravissement sur le visage.

Aaron s'efforça de sourire, mais l'effort lui coûta. A la vue de cette jeune femme blonde allongée avec un bébé dans chaque bras, il ne pouvait s'empêcher de penser à Hope.

Comme elle serait belle, d'ici neuf mois, avec un bébé dans les bras !

Si toutefois la FIV fonctionnait. Il savait qu'elle devait commencer son traitement l'après-midi même.

Son ventre se contracta, et il eut du mal à conserver le sourire en donnant son congé aux parents comblés.

Il sortit de la chambre et se dirigea vers son bureau.

— A quelle heure est ma première consultation ?

— A 13 h 15, répondit Sue en le regardant d'un drôle d'air.

Cette femme était vraisemblablement dotée d'un sixième sens. Il n'avait pas envie de s'y frotter.

— Je serai dans mon bureau.

Mais il ne parvint pas à avancer dans sa paperasserie et se mit à arpenter son bureau en long et en large, avant de s'arrêter devant la fenêtre pour scruter le ciel chargé de nuages.

Qu'aurait-il pu dire à Hope pour lui faire entrevoir les choses différemment ? Il s'y était tellement mal pris !

Mais pourquoi ce problème l'obsédait-il à ce point ? Après tout, ils avaient passé de bons moments ensemble, mais ça ne lui donnait pas le droit de s'immiscer dans sa vie. De toute façon, si l'ambition de Hope était de fonder une famille, il ne pouvait rien pour elle. Il fallait qu'il passe à autre chose. Qu'il se réjouisse pour elle et reprenne le cours de sa vie.

On frappa.

— Votre patiente aura dix minutes de retard, dit Sue dans l'entrebâillement de la porte.

Mais au lieu de repartir, elle entra dans le bureau et referma la porte derrière elle.

Mauvais signe.

— J'ai l'impression que quelque chose vous tracasse, et je me demandais si ça n'avait pas un rapport avec le fait que Hope Sanders commence un traitement hormonal aujourd'hui.

— Et en quoi cela devrait-il me tracasser ? lança-t-il en croisant les bras pour se donner une contenance.

— Vous seul le savez, dit Sue en haussant négligemment les épaules, avant de ressortir du bureau.

En quoi cela le tracassait-il ? Bonne question, à laquelle il était incapable de répondre.

Par chance, les consultations s'enchaînèrent tout l'après-midi. Il savait que le rendez-vous de Hope avec le Dr Devor était fixé à 16 heures, heure à laquelle il recevait lui-même un couple très angoissé qui accaparerait cent pour cent de son attention.

Une fois la consultation terminée, Sue entra dans son bureau.

— Votre rendez-vous de 16 h 30 a annulé. Est-ce que vous pourriez aller dire aux patients du Dr Krantz qu'il a pris du retard au bloc ? Ils commencent à s'agiter dans la salle d'attente. Je pense que vous serez plus à même que moi de répondre à leurs questions.

— Bien sûr, j'y vais tout de suite.

Il s'engagea dans le couloir, et son cœur se serra lorsqu'il passa devant le bureau du Dr Devor.

La porte s'ouvrit au moment même. Hope en sortit et poussa un cri en se retenant à lui pour ne pas tomber.

Elle leva vers lui des yeux paniqués. Son visage était d'une pâleur inquiétante.

La façon dont elle le regardait déclencha en lui un sentiment de panique, sans qu'il sache pourquoi.

— Hope, ça va ? demanda-t-il en la rattrapant par le bras.

— Je… Je…

Il leva la tête vers son confrère.

— Que se passe-t-il, Tom ?

— Rien de dramatique. Il faut simplement qu'elle s'asseye un moment.

— Non. Je… je veux rentrer chez moi, parvint-elle à articuler.

Puis elle se dégagea et prit la direction de la sortie.

Il avait envie de lui courir après, mais de quel droit ? Hope Sanders était la patiente de Tom Devor, pas la sienne. De toute façon, elle ne le considérait même plus comme un ami.

Hope se souvenait à peine d'avoir fait le trajet jusque chez elle. Mais elle était parvenue à rentrer.

Elle enfila son douillet pyjama de flanelle et alla faire sa toilette, dans l'espoir que ces gestes quotidiens redonnent à cette journée un semblant de normalité après la nouvelle qu'elle avait reçue de la bouche du Dr Devor.

C'était impossible. Ou plutôt irréel.

Son rêve s'était réalisé, mais d'une façon totalement inattendue, et qui lui donnait plutôt l'allure d'un cauchemar.

Elle s'essuya le visage et marcha, tel un automate, jusque dans le salon, pour se laisser tomber sur le canapé.

Qu'allait-elle faire ?

Ses mains se posèrent instinctivement sur son ventre.

D'une certaine manière, ce simple geste l'apaisa.

La question n'était pas tant de savoir ce qu'elle allait faire, puisqu'il ne faisait aucun doute qu'elle allait garder cet enfant, qui était une vraie bénédiction bien que totalement imprévu. Mais peut-on tout prévoir, dans la vie ?

Elle prit une profonde inspiration en essayant de digérer l'information.

Elle était sous le choc, mais, à sa grande surprise, ses peurs et ses doutes ne redoublèrent pas. Au contraire, elle se sentit submergée par une sensation de profonde gratitude à l'idée qu'elle allait avoir un bébé qu'elle aimerait de tout son cœur. De plus, comme elle était déjà enceinte, cela lui épargnait de se poser davantage de questions sur la FIV et sur sa situation de célibataire. Ainsi que sur sa capacité à aimer. L'amour intense qui emplissait son cœur était une réponse sans équivoque à ce dernier problème.

Elle en éprouvait une joie immense.

La vraie question était de savoir si elle devait en parler à Aaron. Ne valait-il pas mieux qu'elle fasse comme si elle avait recours à la FIV comme prévu et qu'elle mène sa vie avec son bébé sans lui ?

Elle ferma les yeux, et l'image du père de son enfant lui apparut : la beauté de ses traits, son sourire chavirant, sa générosité, son engagement envers ses patientes et envers les enfants. Sans parler de ses baisers, de ses caresses, de ce qu'elle ressentait quand elle était avec lui et qu'elle n'avait jamais éprouvé avec aucun autre homme…

A cette pensée, son cœur se mit à battre, et elle se surprit à avoir envie qu'il soit là et qu'il la prenne dans ses bras.

Oh non !

Elle rouvrit les yeux, le souffle coupé face à la vérité qui se faisait jour dans son esprit : elle était amoureuse d'Aaron Cartwright. Totalement, bêtement, ridiculement amoureuse d'un homme qui fuyait toute forme d'engagement. Et qui avait été clair là-dessus depuis le début.

Comment était-ce possible que, pendant toutes ces années, elle n'ait jamais rien ressenti de tel pour personne, au point qu'elle avait fini par croire que George avait raison quand il disait qu'elle n'était pas capable d'aimer ? C'était faux ! George avait tort. Ce qu'elle ressentait pour Aaron en était la preuve. Cette attirance, ce tourbillon de sentiments contradictoires qui la laissait pantelante depuis des semaines ne trompaient pas : elle était capable d'aimer. D'aimer son enfant et, qui sait, peut-être un jour, d'aimer un autre homme qui aurait envie de partager sa vie.

Cet homme ne serait pas Aaron.

Si douloureuse que fût cette pensée, il fallait qu'elle se fasse une raison. La carrière et la passion d'Aaron consistaient à former des familles, à combler les vides dans l'existence de couples stériles et d'enfants que la vic avait privés de parents.

Mais il méritait de savoir. Ce serait injuste de lui cacher qu'il était père, de ne pas lui laisser le choix de faire partie ou non de la vie de son enfant. Car même si la paternité était la dernière de ses préoccupations, il ferait son possible pour être un bon père et prendrait ses responsabilités, elle le sentait.

Il n'éprouvait pas les mêmes sentiments pour elle qu'elle pour lui, mais le plus important était que leur enfant reçoive leur amour à tous les deux. Et si, pour une raison ou une autre, Aaron ne s'en sentait pas capable, elle se retrouverait dans la situation qu'elle avait choisie au départ : mère célibataire.

A la différence près que les choses ne s'étaient pas déroulées tout à fait comme prévu et qu'elle vivait désormais avec une béance dans le cœur que seul Aaron Cartwright était à même de combler.

La responsable administrative — Sue ? — adressa à Hope un sourire chaleureux qui lui donna le courage d'avancer, avant de refermer la porte dans son dos, la laissant seule avec Aaron.

Tout paraissait si simple, la veille ! Elle avait appelé Aaron pour lui demander s'ils pouvaient se voir. Il l'avait écoutée et lui avait répondu avec sa bienveillance habituelle, un voile d'inquiétude dans la voix.

Mais se retrouver dans le bureau d'Aaron était une autre histoire, à présent qu'il lui tournait le dos, regardant par la fenêtre, les mains enfoncées dans les poches.

Elle prit une grande inspiration et cherchait les mots par lesquels elle pourrait commencer, quand Aaron se retourna.

Elle se figea.

Son visage était pâle, ses traits, tirés. Il la regardait comme s'il ne la reconnaissait pas.

C'est sûr, il était au courant. Il savait qu'elle était enceinte, et l'expression de son visage exprimait clairement ce qu'il en pensait. Comment avait-elle pu imaginer un instant qu'il serait content d'avoir un enfant, alors qu'elle connaissait sa réticence à avoir quelque fil à la patte que ce soit ?

Un sentiment de honte s'empara d'elle.

Aaron avança et prit appui sur son bureau.

— Je viens de... J'ai vu ton dossier. Je sais que tu... Je n'arrive pas à y croire...

Elle s'attendait à ce que la nouvelle le choque, mais pas à ce qu'il en soit horrifié à ce point. Elle s'en voulait d'avoir secrètement espéré qu'il lui dise qu'il l'aime, que c'était le signe qu'ils étaient faits l'un pour l'autre et qu'il prendrait soin d'elle et de leur bébé.

— Tu sais déjà ce que je suis venue te dire, donc, murmura-t-elle d'une voix chevrotante, abandonnant l'espoir de parler d'une voix, sinon détendue, du moins posée.

— Oui, mais... Enfin, Hope...

— Ne t'en fais pas, Aaron. Je suis désolée que tout cela soit arrivé, alors que nous ne le souhaitions ni l'un ni l'autre. En ce qui me concerne, je m'occuperai du bébé comme j'en avais l'intention avant que... avant tout cela. Je tenais simplement à te le dire. Mais puisque tu es déjà au courant, je pense que je n'ai plus rien à faire dans ce bureau.

Elle tourna les talons pour fuir le plus vite possible cet homme dont il ne faisait aucun doute que la naissance d'un bébé était la dernière expérience qu'il souhaitait vivre sur terre.

— Hope, attends !

Elle se retourna, mais la détresse de son regard lui fendit encore un peu plus le cœur.

— C'est bon, Aaron, tu peux garder ta liberté. Loin de moi l'idée de t'enchaîner et de te forcer à quoi que ce soit. J'avais l'intention d'être mère célibataire, de toute façon. Je n'ai pas besoin d'un homme pour me sentir entière.

Loin d'elle l'idée de faire vivre à un homme ce que son propre père avait vécu !

Elle avança jusqu'à la porte, les yeux baignés de larmes, priant pour qu'elle ne se ridiculise pas d'avantage s'il décidait de la rattraper.

Mais elle n'eut pas à s'inquiéter longtemps, car Aaron ne la suivit pas hors du bureau.

13.

Aaron sursauta lorsque la porte de son bureau s'ouvrit sans que Sue ait frappé. C'était la première fois qu'il la voyait dans un tel état.

— Qu'avez-vous fait pour faire pleurer Hope Sanders ?

— Rien, dit-il, comprenant pour quelle raison Hope était sortie précipitamment de son bureau.

Sue lui adressa un regard éloquent.

— Je suppose que vous ignorez aussi qui est le père de l'enfant qu'elle porte ?

Comment cette femme était-elle au courant ? Son sixième sens avait-il encore pris les rênes ?

— C'est moi. Et ça n'a pas l'air de vous étonner.

— Aaron, dit Sue d'une voix radoucie, dès l'instant où je vous ai vu avec elle sur cette photo et que j'ai senti tout ce qui changeait en vous… en bien, j'ai su que vous étiez tombé amoureux d'elle. Et j'ai prié pour que vous vous autorisiez enfin à vivre une vraie histoire d'amour.

Ce n'était pas une question d'autorisation. En réalité, il n'avait pas eu le choix. Sue avait raison, il aimait Hope.

Mais il l'avait blessée une fois encore ! Il venait de lui tourner le dos au moment où elle en avait le plus besoin !

Pourtant, ce n'est pas le choc de la nouvelle qui l'avait laissé sans voix. Non, il avait simplement pris conscience qu'il était tombé éperdument amoureux d'elle, qu'il avait envie et besoin d'elle. Il avait envie d'attendre avec elle ce bébé qui tombait du ciel. Il avait envie de vivre ce qu'il avait toujours redouté mais qui, avec elle, ne lui faisait plus peur. Il ne voulait pas de la liberté dont elle parlait. Ce qu'il voulait, c'était vivre avec elle et le bébé.

Mais son esprit semblait avoir eu du mal à digérer cette succession d'événements, et il était resté là, bégayant, les bras ballants.

Pas question de la laisser partir comme ça.

Il empoigna son manteau, soulagé de voir que son cerveau et son corps n'avaient pas définitivement cessé de fonctionner.

— Il faut que je lui parle, dit-il.

Sue lui rouvrit la porte avec un grand sourire.

Aaron dut se forcer à ralentir pour éviter de se faire verbaliser pour excès de vitesse. De plus, la neige s'était mise à tomber. Se retrouver dans le fossé ne l'aiderait en rien à rattraper Hope à temps pour la prendre dans ses bras, lui dire qu'il l'aimait et la supplier de le pardonner pour la troisième fois.

Il enjamba les marches et tambourina à sa porte, le cœur battant. Pour la première fois de sa vie d'adulte, il avait vraiment peur. Peur que Hope ne partage pas ses sentiments, qu'elle ne comprenne pas pourquoi il avait agi de la sorte et qu'elle ne veuille plus le revoir.

La porte s'entrouvrit sur une jeune femme ébouriffée en pyjama rose, avec un regard tellement triste et vulnérable qu'il dut se retenir pour ne pas la prendre d'emblée dans ses bras.

— Hope, je peux entrer ? Il faut que je te parle.

— Ah bon ?

— Oui, je veux t'expliquer.

— Ce n'est pas la peine. Je crois que j'ai compris. Mais ne t'inquiète pas, nous nous passerons très bien de toi.

Il déglutit.

— Mais moi, je ne pourrai plus jamais me passer de toi, ni de lui, dit-il en indiquant son ventre.

Hope ne cilla pas.

Il secoua la neige qui commençait à s'accumuler sur sa tête.

— Laisse-moi entrer, Hope. Sans quoi je vais rester ici toute la nuit et risquer l'hypothermie. Or une sage-femme laissant mourir de froid le père de son enfant sur le seuil de sa porte, ce ne serait pas bon pour l'image de la maternité royale de Cambridge.

Son visage se dérida à peine, mais elle hocha la tête et ouvrit la porte en grand pour le faire entrer. Puis, sans un mot, elle alla s'asseoir sur le canapé et lui indiqua un fauteuil.

— Ecoute-moi. Tout à l'heure, quand tu es venue dans mon bureau, je venais de consulter à l'instant ton dossier médical. J'étais sous le choc. Mais pas pour les raisons que tu crois. Certes, te savoir enceinte m'a surpris, je ne m'y attendais pas plus que toi. Mais ce qui m'a choqué, c'est que, à la seconde où j'ai lu ces mots dans le rapport, je me suis dit que ma vie était là, toute tracée. Et je n'en suis pas revenu d'en éprouver de la joie et du bien-être. Pour la première fois de ma vie, Hope, j'ai l'impression d'être à ma place.

Son expression avait changé, Hope le regardait désormais avec des yeux écarquillés et incrédules.

— J'ai mis du temps à le comprendre, mais maintenant je le sais : tu m'as plu dès que je t'ai vue, le soir du gala. Pour être honnête, tu me plaisais déjà quand je te croisais dans l'hôpital, mais passer du temps avec toi m'a fait comprendre que j'aimais tout de toi. Je crois que cela m'effrayait. Jusqu'à ce que cette histoire de grossesse me fasse prendre conscience que je tenais à toi plus que tout.

— Qu'est-ce qui te faisait peur ?

Il s'éclaircit la gorge.

Il n'en avait jamais parlé à personne, mais après tout Hope méritait de savoir.

— Cela faisait remonter des choses de mon passé que je préférais ignorer, et que j'ai enfouies en essayant de me convaincre qu'elles étaient derrière moi. Alors qu'elles continuent à avoir un impact sur l'homme que je suis aujourd'hui.

— Tu veux parler de ton adoption ?

— Pas seulement. Je t'ai dit que ma mère biologique était psychologiquement instable, mais je ne t'ai pas tout raconté. En fait, elle était célibataire, elle approchait de la quarantaine et voulait un enfant. Comme toi. Elle a eu recours à la FIV et s'est retrouvée avec des triplés. Je ne sais pas quel était son état de santé avant la grossesse, mais elle a souffert d'une psychose post-partum qui a duré. Elle a fini à l'hôpital psychiatrique après une tentative de suicide. Mon frère, ma sœur et moi avons été placés dans différentes familles. J'ai quelques souvenirs de visite à ma mère à l'hôpital psychiatrique, mais guère plus.

— Oh ! Aaron…, souffla Hope en s'avançant sur le bord du canapé. Maintenant, je comprends ta réaction.

— Je suis désolé d'avoir projeté ma propre histoire sur la tienne. Je n'aurais pas dû.

— Tes frère et sœur, tu as toujours des contacts avec eux ?

Une vive douleur lui serra la poitrine.

— Je sais que j'ai un frère et une sœur, mais j'ignore où ils sont. Ma mère avait décidé qu'une adoption fermée était préférable. A l'époque, rares étaient les familles disposées à adopter des fratries, alors nous avons été séparés sans aucun contact. Il y a quelque temps, j'ai essayé de les retrouver, mais sans succès.

— C'est terrible… Comment s'appelait ta mère ?

— Ma mère biologique ? demanda-t-il.

— Oui. Tu parles d'elle avec distance, froideur, même. Comme si elle ne faisait pas partie de ta vie. Pourtant, elle en fait partie, pour le meilleur et pour le pire.

— Elle s'appelait… Anne.

Etrangement, le simple fait de la nommer la lui rendit plus réelle, plus proche que cette ombre qu'il avait reléguée au fond de sa mémoire.

— C'est joli, dit Hope en lui serrant la main.

Il déglutit, espérant avaler l'émotion qui s'était emparée de lui.

— J'ai fini par comprendre que, si je fuis toute forme d'attachement, que je change régulièrement d'endroit et de poste de travail, c'est parce que j'ai peur de m'exposer à un nouvel abandon. Alors, je prends les devants et quitte les gens et les lieux avant qu'ils ne me quittent.

Il exhala un profond soupir.

Se confier à Hope le soulageait d'un poids qu'il portait depuis toujours et qui l'empêchait d'être vraiment libre.

Il lui sourit.

— Le fait de te rencontrer et de tomber amoureux de toi m'a transformé, Hope.

Ses yeux s'emplirent de larmes, mais elle ne dit rien.

— Je t'aime, Hope. Tout comme j'aime déjà cet enfant. Je veux que nous vivions tous les trois.

Il se leva et vint s'asseoir à côté d'elle sur le canapé.

— Veux-tu m'épouser ? Je ne te le demande pas parce que tu es enceinte, mais parce que je t'aime comme je n'ai jamais aimé personne. J'ignore quels sentiments tu éprouves pour moi, mais…

Il ne termina pas sa phrase, car Hope lui passa les bras autour du cou et l'embrassa.

— Moi aussi, je t'aime, Aaron. Du plus profond de mon cœur ! En fait, j'ai toujours pensé qu'il me manquait quelque chose pour être heureuse. Ce quelque chose, je sais maintenant que c'était toi. Alors, pour répondre à ta question : oui, je veux t'épouser, Aaron. Je serais folle de ne pas épouser l'homme le plus extraordinaire du monde.

— Je crois surtout que tu vas épouser l'homme le plus heureux du monde, dit-il avant de l'embrasser passionnément.

Épilogue

— Le col est à neuf centimètres au moins, Hope, dit Bonnie avec un sourire. Je reviens tout de suite. A mon avis, tu n'en as plus pour longtemps.

Hope serra de toutes ses forces la main de son mari.

— Quel effet ça fait de se trouver de l'autre côté ? demanda Aaron avant de lui déposer un baiser sur le front.

— Ça fait mal. Maintenant, je sais ce que c'est d'être enceinte, de marcher comme un canard et d'être ronde comme un ballon de plage.

— Tu es le plus beau ballon de plage à démarche de canard que je connaisse !

Elle n'eut pas le temps de sourire, car une nouvelle contraction lui tendit le ventre.

— Respire, ma chérie, voilà, comme ça, c'est bien. Respire… J'ai l'impression que les contractions se rapprochent. Je vais peut-être aller chercher Bonnie.

— Elle a dit qu'elle revenait. Raconte-moi plutôt quelque chose pour me distraire, en attendant.

— Hmm. Je voulais attendre que tu aies accouché pour te le dire, mais… Tu sais, les recherches que tu as faites au centre sur l'adoption de Californie ont porté leurs fruits. Le Michael Krieger dont tu pensais qu'il pouvait être mon frère l'est effectivement. J'ai reçu un mail de lui ce matin.

— Oh ! Aaron, c'est merveilleux ! Je suis tellement contente pour…

Une nouvelle contraction interminable l'empêcha de finir sa phrase.

— Aaron, je crois que tu as raison, le bébé arrive. Je crois que… Ahhh… Il faut que je pousse ! Tiens-toi prêt, au cas où Bonnie n'arrive pas à temps…

Il courut au lavabo se laver les mains et enfiler des gants avant de se placer entre les étriers.

— Je suis prêt. Tu peux pousser, ma chérie. Oh ! Hope, je vois sa tête ! Il arrive ! Pousse ! Notre bébé arrive !

— Il était temps que j'arrive aussi ! s'exclama Bonnie en entrant dans la salle. Je suis désolée, je pensais qu'il n'était pas loin, mais à ce point !

La sage-femme laissa Aaron à sa place et contrôla les fonctions vitales de Hope tout en surveillant la naissance, au cas où il ait besoin d'elle.

— Vas-y, ma chérie, pousse encore un peu. Voilà… Je l'ai !

A leur grande surprise, Aaron tenait effectivement le bébé entre les mains. Il le lui déposa sur la poitrine.

— C'est une fille ! Une magnifique petite fille !

— Oh ! Aaron ! Je n'arrive pas à le croire ! dit-elle en refermant les mains sur le petit corps mouillé.

L'émerveillement qu'elle éprouvait chaque fois qu'elle avait aidé une femme à mettre un bébé au monde n'était rien en comparaison de ce qu'elle ressentait en cet instant.

— Elle… elle va bien ? demanda-t-elle en scrutant son visage et son corps.

— Oui, elle est parfaite, répondit Aaron. Comme sa maman.

— Je vais aller la laver, coupa Bonnie. Il ne faut pas qu'elle ait froid. Puis je reviendrai m'occuper de toi, Hope.

Elle regarda Bonnie s'éloigner avec leur bébé puis tourna la tête vers Aaron, et son cœur se serra encore plus fort à la vue des larmes qui baignaient son visage.

— Aaron, murmura-t-elle en essuyant ses joues. C'est un miracle que nous avons fait. Je t'aime tellement !

Il retira ses gants, prit son visage entre ses mains et l'embrassa tendrement.

— Le premier miracle de ma vie s'est produit le jour où je t'ai rencontrée.

Bonnie réapparut avec un petit paquet.

— Qui veut la prendre ?

— Aaron, dit Hope. C'est toi qui l'as mise au monde.

— Mais tu as fait tout le reste pendant neuf mois. Cela dit, je veux bien la prendre, dit-il en tendant les bras.

— Elle a tes yeux bleus, murmura-t-il, les joues humides.

— La plupart des nouveau-nés ont les yeux bleus.

— Pas de ce bleu-là, insista-t-il en s'asseyant à côté d'elle sur le bord du lit. Regarde.

— Tu as raison ! Et elle est brune comme toi, dit-elle en passant un doigt sur le duvet sombre.

Elle n'en revenait toujours pas que ce petit être soit son enfant. Leur enfant. Peut-être était-elle en train de rêver ?

— Tu es toujours d'accord sur les prénoms que nous avons choisis ?

— Oui, Caroline Anne lui va bien. Je sais que mes deux mères auraient aimé cette petite créature autant que nous l'aimons déjà, toi et moi.

— J'en suis sûre, acquiesça Hope, le cœur empli d'un amour débordant pour la petite fille dont elle avait tant rêvé et qui se tenait là, dans les bras de son merveilleux mari.

BLANCHE

Retrouvez prochainement, dans votre collection

BLANCHE

Nuits volées avec un médecin, d'Alison Roberts - N°1581

Le Dr Andrew Mitchell connaît ses priorités. Seul compte le bonheur de son petit garçon, pour lequel il est de retour dans le village paisible de son enfance. Mais, alors qu'il se rend en ville pour une formation aux gestes d'urgence, il fait une rencontre bouleversante – celle de Jenna Armstrong. Un regard, une étreinte, et voilà que la belle occupe toutes ses pensées... Au point d'envisager de renouer avec l'amour ?

Les amoureux du Mississippi, de Susan Carlisle

Shay consacre toute son énergie au cabinet médical qu'elle a fondé à Lewisville, sa ville natale, dans l'État du Mississippi. Si elle est heureuse de recevoir l'aide du Dr Matt Chapman, un brillant chirurgien qu'on lui envoie pour un remplacement, elle sait qu'elle ne doit pas s'attacher à lui. Certes, leur entente professionnelle est évidente et leur attirance irrésistible, mais Matt repartira bientôt pour Chicago. Loin d'elle...

Pompier et papa, de Sue MacKay - N°1582

Appelé en renfort sur une avalanche, le capitaine des pompiers Jamie Gordon secourt une victime bloquée par la neige. Jamais il n'oubliera la façon dont la délicate Kayla agrippe aussitôt sa main, comme s'il était le seul lien qui la rattachait encore à la vie. Quelques jours plus tard, hanté par celle qu'il a sauvée, Jamie lui rend visite à l'hôpital. Une erreur, il en est certain : papa de deux garçons, il n'a pas le temps de tomber amoureux...

La passion en mémoire, d'Annie Claydon

Ravie, Clemmie arrive à l'hôpital St Barnabas où, durant six semaines, elle intégrera la meilleure équipe de neurologie du pays ! Hélas, le directeur du service se révèle être Gil Alexander, l'homme dont elle est tombée amoureuse sept ans plus tôt, avant qu'il disparaisse du jour au lendemain. Encore furieuse contre lui, elle découvre avec stupeur que, frappé d'amnésie, Gil a tout oublié de leur liaison passée...

HARLEQUIN

Leur mission : sauver des vies.
Leur destin : trouver l'amour.

BLANCHE

Les secrets d'un urgentiste, de Carol Marinelli - N°1583

Sitôt qu'elle croise le Dr Garth Hughes, Lina sent les battements de son cœur redoubler. Cet homme est différent des autres, elle en est sûre. Peut-être en raison de la tristesse dans son regard ? Ou de ce secret qu'il paraît dissimuler à tous ? Une chose est certaine, travailler à ses côtés à l'hôpital pourrait conduire Lina à enfreindre la règle qu'elle s'est fixée : ne pas tomber amoureuse d'un confrère !

Lady ou docteure, de Charlotte Hawkes

Dr Oti. Cela fait quatre ans que Lady Octavia a troqué son titre de noblesse pour ce sobriquet. Au sein de l'organisation humanitaire où elle officie, elle est un médecin comme les autres. Hélas, la voilà aujourd'hui contrainte de renouer avec la vie mondaine qu'elle a fuie avec tant d'empressement. D'ici peu, elle convolera avec Sir Lukas Woods, un magnat des affaires. Saura-t-elle convaincre son époux de convenance de partir en mission avec elle ?

Une tendresse désarmante, de Tina Beckett - N°1584

SÉRIE : UN HIVER À LA MATERNITÉ - 3/4

Jessica se sent terriblement seule. Aussi, lorsque son chef de service, le Dr Dean Edwards, se rapproche d'elle en lui témoignant une affection inattendue, Jessica voit-elle son moral remonter en flèche. Elle doit pourtant se méfier, car la réputation de play-boy de Dean n'est plus à faire, et il a déjà brisé le cœur de nombreuses femmes… Alors est-il vraiment judicieux pour elle de côtoyer ce grand séducteur ?

Sous le charme du Dr Sean Anderson, de Louisa George

SÉRIE : UN HIVER À LA MATERNITÉ - 4/4

Le Dr Sean Anderson va travailler dans son service ? Déroutée, Isabel ne sait comment réagir. Car Sean n'est autre que l'homme qu'elle a passionnément aimé autrefois, et qu'elle a quitté à la suite du terrible accident qui leur a fait frôler la mort à tous deux… Mais, si Isabel appréhende de revoir Sean aujourd'hui, c'est aussi parce qu'elle sait qu'elle devra résister à l'implacable attraction qu'il a toujours exercée sur elle…

HARLEQUIN

Leur mission : sauver des vies.
Leur destin : trouver l'amour.

HARLEQUIN
www.harlequin.fr

BLANCHE

Une maman pour Maddie, de Dianne Drake - N°1585

L'amour ? Entre son métier de médecin et Maddie, sa fille de trois ans dont il s'occupe seul depuis la mort de sa femme, Daniel n'a pas le temps pour ça ! Néanmoins, quand il rencontre Zoey Evans, il est troublé. La personnalité joyeuse de l'infirmière agit comme un baume sur son cœur meurtri, et Daniel se surprend à vouloir passer du temps avec elle. Mais peut-il se permettre d'aimer de nouveau ?

Le tumulte du désir, de Scarlet Wilson

En voyant Gabrielle s'approcher de lui, le sourire aux lèvres, Sullivan est gagné par la colère. Comment cette femme dont il était amoureux, et qui a disparu sans lui donner la moindre explication trois semaines plus tôt, ose-t-elle se comporter avec lui comme si de rien n'était ? Exaspéré, Sullivan refuse d'écouter ses explications. Hélas, le pouvoir de séduction que Gabrielle exerce sur lui est toujours aussi puissant…

HARLEQUIN

Leur mission : sauver des vies.
Leur destin : trouver l'amour.

HARLEQUIN
www.harlequin.fr